"中国现当代名家散文典藏"编辑委员会

主　任：阎晶明

副主任：丁　帆

委　员（以姓氏笔画为序）：

　　　　止　庵　孔令燕　何　平　何向阳

　　　　李红强　张　莉　周立民　施战军

　　　　贺绍俊　臧永清

祝勇散文

人民文学出版社

图书在版编目(CIP)数据

祝勇散文 / 祝勇著. -- 北京：人民文学出版社，2024(2024.12 重印). -- (中国现当代名家散文典藏). -- ISBN 978-7-02-018838-3

Ⅰ.I267

中国国家版本馆 CIP 数据核字第 2024VK0733 号

责任编辑　薛子俊
装帧设计　陶　雷
责任印制　宋佳月

出版发行　人民文学出版社
社　　址　北京市朝内大街 166 号
邮政编码　100705

印　　刷　河北环京美印刷有限公司
经　　销　全国新华书店等

字　　数　231 千字
开　　本　880 毫米×1230 毫米　1/32
印　　张　10.875　插页 4
印　　数　5001—8000
版　　次　2024 年 10 月北京第 1 版
印　　次　2024 年 12 月第 2 次印刷

书　　号　978-7-02-018838-3
定　　价　45.00 元

如有印装质量问题，请与本社图书销售中心调换。电话：010-65233595

作者像(孙佳妮 摄)

2018年于人民文学出版社（王金辉 摄）

在拉萨，约 2005 年

2001年第4期《青年文学》封面

出版缘起

中国现代文学开启自一百多年前的一场文学革命。从此，与社会现实密切相关，普通大众可以接受、可以欣赏、可以从中得到思想启蒙和艺术享受的新文学，就如雨后春笋般生长，涌现出一篇又一篇、一部又一部影响当时、传之久远的经典作品。自"五四"新文学以来的中国现当代文学发展进程中，散文无疑是耀人眼目的明星。

散文既能直抒胸臆，又能描摹万物，因此被视为自由多样的文体；散文语言贴近日常，最易触动人们的情感，可以直接地陶冶人们的心灵。这也是经典散文被誉为美文、拥有广泛读者、历经岁月更迭仍让人捧读的原因。百余年来的中国现当代散文创作云蒸霞蔚，已莽莽如浩瀚的文学森林，人们若贸然闯入这片森林之中，时有乱花迷眼、茫然难辨之困扰。为了让广大喜爱散文的读者能够更迅捷地读到中国现当代散文的经典性作品，我们精心编选了这套"中国现当代名家散文典藏"丛书。本丛书编选过程中，我们邀请了文学界的专家学者组成编委会，在认真商讨的基础上，汇集、编选了20世纪以来中国现当代散文史上的名家、名作。目的就是方便广大读者感受散文经典的艺术魅力，有利于集中欣赏、比较阅读、收藏，以及进行相关研究。

在研究、讨论过程中，编委会形成了经典性的编选宗旨。卷帙浩繁的现当代散文作品中,以经典作家、经典作品的筛选为编选原则,是为读者提供阅读便利的需要,也是为百余年散文创作所做的某种回顾和总结。我们深知,任何一部文学经典都并非一蹴而就,也非任由某个权威命名而成,文学经典是经过时间的淘洗,经受了社会和读者等各个方面的考验,自然形成的。这个淘洗和考验的过程就是一部文学作品被经典化的过程。经典,是经典化过程的结晶。中国现代文学是中国当代文学的前身,当代文学是活在我们身边的文学,这是一件非常有趣的事,因为这样一来,我们也许就能亲眼看到一部文学作品是如何诞生的,又是如何引起社会的热议、得到不断深入阐释的,我们对一部当代散文的喜爱,往往也是在这一过程中不断地得以强化。经典便是在这样不断被阅读、被热议、被阐释的过程中得到人们的广泛肯定从而成为大家公认的经典。当我们要编选一套现当代散文经典的丛书时,就应该考虑到当代文学的这一特点,要意识到当代文学的经典并不是凝固不变的,它仍处在不断丰富和不断成熟的经典化过程之中。这就确定了我们的基本编辑思路,即我们自觉地将"中国现当代名家散文典藏"的编选和出版,视为参与到现当代散文的经典化过程的一次积极行动。经典化,为我们的编选打通了一条通往经典性的最佳通道。我们从经典化的角度来审视现当代散文,就要更强调发展和辩证的眼光,更需要发现和辨析那些正在茁壮生长中的新现象和新作品;这也提醒我们,在经典标准的确认上不能墨守成规。我们既要关注作为文学史的经典,同时又要更看重历经岁月变幻始终在广大读者中拥有良好口碑的作品。我们认为,读者是经典化过程中不可忽视的参与者,因此也希望这次"中国现当代名家散文典藏"的编选和出版,能够为广大读者参与到现当代散文经典化进程中来提供一次良好的机会。

经典化的编选思路，自然决定了这套丛书有另一特征：开放性。中国现当代文学作为活在我们身边的文学，这就意味着它是一种具有旺盛生命力的，仍在茁壮生长的文学。回望过去的一百余年，现当代散文已经产生了不少的经典性作品；凝视当下的现实，仍有许多正行走在经典化道路上的优秀作品；放眼未来，我们相信，将会有更多的经典脱颖而出。我们这套散文典藏丛书不光要"回望"，而且还要有"凝视"和"放眼"，也就是说，我们不光要推出已有定论的经典性作品，而且还要把那些正行走在经典化道路上的，以及刚刚萌芽即将脱颖而出的优秀作品也纳入丛书的视野，因此我们必须采取开放性的编选方针。我们不是一次性地编选数十本书就宣布大功告成了，我们还要在此基础上继续延伸下去，把在经典化进程中逐渐成熟了的作家和作品吸纳进来，作为系列丛书、长期工作、"长河"计划而接连不断地出版下去。

本丛书编辑过程中，坚持优中选优原则，同时也充分尊重作家意愿和相关版权要求。在编辑"中国现当代名家散文典藏"过程中，由于版权限制等因素，使得一些名家名作还没有如期纳入丛书当中，我们也将努力创造条件，争取将更多的优秀散文佳作奉献给读者，以呈现中国现当代散文创作的整体成就和总体风貌。

感谢广大作家的支持，感谢广大读者的厚爱。

人民文学出版社
"中国现当代名家散文典藏"编辑委员会

目 录

- 1　　导读

- 1　　烟雨故宫
- 8　　宋代风雪
- 24　　赣州围屋
- 40　　婺源笔记
- 44　　绍兴戏台
- 52　　南方的水
- 55　　一把椅子
- 63　　大地之书
- 97　　木质京都
- 103　　小镇莱恩

- 108　　汉字书写之美
- 118　　故宫六百年
- 129　　永和九年的那场醉
- 160　　韩熙载,最后的晚餐

187 纸上的李白

220 张择端的春天之旅

245 苏东坡的南渡北归

277 吴三桂的命运过山车

导 读

　　一个真正的散文家应该有较大的创作量,他的作品也应具有较大的信息量,还要具备想象力、洞察力和将有限的材料予以扩展、延伸、增长的能力。当然还要有独特而富有感染力的语言和切入事物的个性化角度——因为个性建立在语言和角度上。还需要有持续的创造力,它源自对文学不能舍弃的挚爱。祝勇是一个多产作家,他的作品暗合了我对一个散文家的期待。他是中国新散文运动的发起人和代表性作家之一,他的散文写作具有变革性的、向前的姿态,从他的文字中可以看见一个探索者的精神形象。

　　祝勇近些年来的散文创作,围绕故宫和故宫收藏的各种文物以及历史细节,将文字的焦点对准了中国历史文化中著名的场景、事件和人物,以把握它的意义和价值,以及个体文化心理和精神宿命。这部书中收集了祝勇的部分代表作品,涵盖了他的散文创作的各个方面。总的来说,其中包含着几个不同的祝勇侧影——读书的祝勇、观察的祝勇、思考的祝勇和行走的祝勇。他的读书是为了从书中寻找自己,寻找文字与现实的联系,试图从书中找到不同文化场景之间的对应关系,进而推测过去与现在的逻辑关联。他还是一个个性突出的观察者,从自己出发,找到自己的观察角度,从而为自己观察到的世界建立坐标系。他发现了万物在构建、毁坏和重建之中的意义，发现了古代时空中的观察者和自我的连接，也寻找用推理演绎的方法、用想象力重建现场的可能。

祝勇的散文充分调动和运用自己的知识储备，各种历史文化知识在他的作品中得到了展现，可谓知识性写作的典范。他的几乎每一篇作品都是一次亲近本源的长旅，他不断用空间的交织和转换，甚至用某种时间穿越的手段，为我们建立一种新的言说方式，让我们跟随着他的视野对业已消失了的场景进行推演和重构。更多的时候，他接近唯象论的写作，放弃所用材料的阐释功能，只做现象的呈现和充分的细节想象。他具有文学工匠的技艺，充分尊重材料的特性，在叙事和个人化解读中能够保持历史文化本身的细腻纹络和质朴调性。他也按照自己的理解对原始素材进行重构和组合，以便让个体经验融入其中。

祝勇在故宫工作，有着近距离观察故宫的便利条件。在这里他不是匆匆行走的游客，而是置身其中的研究者和故宫之美的发现者。故宫提供了多重角度的不同景观，每一个位置上和每一个时刻，都有着不相同的故宫。无论是它的哪一个侧影，也无论是它的哪一个角落，以及它的哪一个时刻，都会在完全不同的坐标系上重新显现自己。《烟雨故宫》是一篇美文，它选取了落雨中的时刻，展示了落雨对于故宫的意义。这是具有历史感的雨，因为它携带着另一个历史天空。

祝勇既是行走者也是思考者。行走是为了"看见",为了视野的展开,而思考是为了追寻和梳理"看见"的价值和事物的丰富性,并从事物之间找到微妙的联系。借助这样的行走和思考,世界还原为浑朴的整体。他写赣州围屋,从外在的围屋形象和结构中,看见了客家人被历史挤压的生存境况,看见了客家人居所中呈现的紧张感:"他们抱团取暖,把自己的世界压缩在一道围墙之内。"在一个自给自足的环境中,就可从容淡定地享受自然和人生,就可以在"有雨的时节,坐在门廊下的竹椅上,静静观赏雨丝在庭院里飘洒,内心定然是无限的通透和淡然"。这样的景观给人以足够的感染力:"笑容在不同的面孔上流动着,清亮如水,笑声是我们通用的语言——笑声里我突然想哭,因为透过它,我听见了爹娘的笑声,看见了自己阔别已久的家乡。"

　　他的行走不是为了走马观花,而是希望在现实中突出重围,在时间中穿越、穿插和获得在平行时空自由徜徉的特权。重要的是,他将自己从光阴中的感受带入另一段光阴,让时间和时间连通。因而他是一个时间的欣赏者。因为一切在时间中运行,并在这运行中被赋予美的力量。他欣赏汉字的书法之美,因为它的书写工具毛笔本身就含有弹性和变化的童话般的神奇,它将这神奇带入了书写的文字,让文字本身显现"点画勾连、浓郁枯淡,变化无尽"的魔力——"千百年过去了,这些书写者的肉体消失了,声音消失了,所有与记忆有关的事物都被时间席卷而去,但他们的文字(以诗词文章的形式)留下来了,甚至,作为文字的极端形式的法书(诗词尺牍的手稿)也留传下来,不只是供我们观看,而且供我们倾听、触摸、辨认——倾听他们的心语,触摸他们生命的肌理,辨认他们精神的路径。"

祝勇的散文,喜欢从一个人的暗影中剪开一个切口,然后又让这个暗影打开,展开的却是一个具有历史广度的巨大时空。他从浩瀚的历史中掘出活的人,又将这个人重新放回到历史中,在这放置的过程中,不断生成自我。这样,个体身上发生的每一个事件,不再是事件本身,而是加入了"我"的精神事实。《纸上的李白》就是祝勇散文言说方式的一个范例。他从一个渺小的人影开始,在月光的物象中逐渐使这个人影扩大,铺展到历史情境中。广大的渺茫和李白的深入骨髓的孤独感,"没有同行者"的孤独,山高水长、物象万千的孤独,在"往事的风声"中徐徐展开。李白的《静夜思》,让月光和孤独、人与人、人与历史、历史与现实联系起来,在这里,月亮不再是实有之物,而是心灵之物,是宇宙的自化,是大与小、个体与万物的融合,孤独、思念、故乡和异乡、漂泊流浪与归属感的虚无期待,都在月亮中得以寄托。尽管"一时一事,困不住他",但却被无边的孤独所困。他的同行者不在那个时代,却在所有的时代,即使在现实中,依然有"我在等候写下它的那个人"。因而李白用自己充溢孤独的旷世天才,击破了一个时代的界限,在月光下的每一个世纪游荡。

祝勇是一个充满创造活力的散文家，他能够发现更多的视角，从平凡的材料中找到非凡的意义，并创造广袤而意味深长的形式感，颠覆习见的叙事模式，创建具有不同意义指向的文学数据集，让有限的材料通过充分碰撞获得巨大的丰富性和复杂意义的能量，从而建立了自己的创造个性。他从历史资料中寻找具有价值感的人物，栩栩如生地呈现人的命运和生活细节，让这些人的形象包含"实验中的自己"，这样，不是你附着在他人身上，而是每一个丰富的他人都附着在自己的精神之中，因而他的作品在这"附着"的形态中，获得了某种具有冲击性的长程力。

不能否认，祝勇的散文在重建现场还原历史情境的过程中，具有虚构的特征。但是你要承认文字本身就是虚构的产物，而用文字作为表达媒介的文学怎能逃脱虚构？一个具体的材料只能说明材料本身，一个事件的发生过程也只能说明事件本身，只有在富有创造性的虚构和还原中，才可以加入"我思"，这样的"我思"不是对事实本身的歪曲，而是对残缺的真实在想象力之中予以修复，让文学的真实性获得更切近本质的手段，也是让事实材料捕获价值和精神动能的必由之路，它让真实在边际上产生"溢出效应"。事实材料是简单的，甚至是一些散落的碎片，它必须通过修补才可以获得完整性，才可以再现和重生——博物馆里古物的修复品可以印证这一观点。

祝勇的散文写作具有学者的品性。即使是他在涉及南方山水的游记作品中，这一点也十分突出。它不仅联想纷呈、意象迭起、梦幻与现实交织，而且引文众多，资料和实体彼此互映，构成多重的互文关系。这样的引文不是为了炫耀知识量，而是在文本中注入了另一个维度，使其成为文本的有机部分，从而在文本构建中充分展现复杂性和多重主题。它更像交响乐，在多重演奏和复式构造中显现宇宙的神秘感、神奇性和辽阔悠远，缔造一个恢弘、辉煌、非凡的世界。其中既有可理解、可解读的，也有未完成、不可阐释的待决内容。这样，它不仅仅给我们提供完全性，也提供不完全性，并以有限的事实创建一个共存的世界。

祝勇是一个具有旺盛创造力的散文家，就我的目力所及，像他这样的高产作家寥寥无几。重要的是，他创作的涉及面之广、知识量之大、想象力之丰富，令人惊叹。他的散文创作都保持在他的水平线上，也经常奇峰突起，向我们展现他天赋中洪荒高远、天机清旷、满山明月的非凡生机。他作品中的结构变化和激情充溢，经常将我们引入叙事之中的澄明之境。更重要的是，他的作品具有"引出"的力量，将言说的洪流"引出"堤坝之外，让我们深长思之。他的创作具有某种儿童的纯洁属性，日常生活中的某些习见事实，在他的文字中呈现出陌生的一面。俄国抽象主义画家康定斯基说，只有那些保持儿童禀赋的艺术家，才能倾听到事物内在的呼声。因而，祝勇创作中的内在性特点值得我们充分研究——这是一种具有独白性的言说方式，在某种意义上，他的讲述既不是针对阅读者，也不是针对历史事件本身，而是从材料的抉择中不断生成一种自我的对话、与自然和历史的对话、与灵魂的对话，并顺便将他的心灵烘托到我们的视线中。

张锐锋

烟雨故宫

一

2017年2月18日，农历正月二十二，是节气中的"雨水"。那一天，北京城真的下了一场中雨，让我惊异于节气与气象的精准吻合。我以为在早春二月（阳历的二月），北方不会下雨，但雨在我以为不会下的时候下了，而且下得很果断，很理直气壮，这让我深感诧异，心想这节气的变换里，也深藏着奇迹。

雨落时，我刚好走到了弘义阁（太和殿西庑正中之阁），站立在廊檐下，看雨点实实在在地敲打在冰冷的台基上，又通过台基四周和螭首，变成无数条弧度相等的水线，带着森然的回响，涌进台基下的排水渠。那是一次阵容庞大的合唱，演员是宫殿里的一千多只螭首，平时它们守在台基边缘的望柱下，一言不发，一到雨时，就都活跃起来，众声喧哗，让人相信，龙（螭是传说中一种没有角的龙）这一物种，真的遇水而活。

据说光绪皇帝就喜欢欣赏龙头喷水。下雨时，他常冒雨走到御花园东北角的一个亭子里[①]，"下面池子里有个石龙头，高悬着，后宫的雨水从这个龙头喷泻出来，落在深池子里，像瀑布似的，轰轰作响，长时不断，流入御河。"[②] 这话，是曾跟随慈禧太后八年

[①] 应该是故宫御花园东北角的浮碧亭，亭前有一水池，池壁雕有石蟠首出水口。
[②] 金易、沈义羚：《宫女谈往录》，下册，第324页，北京：紫禁城出版社，2004年版。

的宫女荣子说的。

有人说,建筑是凝固的音乐。故宫(紫禁城)①,就是一个发声体、一个巨大的乐器。在不同的季节,故宫不仅色调不同,而且,声音也不同。这乐器,与季节、气象相合,风声雨声、帘卷树声,落在建筑上,都成了音乐,而且,从不凝固。因此,营建紫禁城的人,是建筑师,也是音乐家。

二

一座好的建筑,不仅要容纳四时的风景,还要容纳四时的声音。故宫的节气是有声音的,熟悉宫殿的人,可以从声音(而不是从色彩)里辨认季节,犹如一个农夫,可以从田野自然的变化里,准确地数出他心里的日历。

很多人都知道故宫宜雪,大雪之日,宫殿上所有的坡顶,都会盖上松软的白雪,把金碧辉煌的皇城,变成"一片孤城万仞山"——那飞扬高耸的大屋顶,已经被修改成雪山的形状,起伏错落、重峦叠嶂。"雨水"前后,故宫不期而遇的,经常是一场雪,如台北故宫博物院藏《关山春雪图》。北宋郭熙笔下的春天,是由一场大雪构成的(他命名为"关山春雪"),说明那的确是北方早春正常的样子。

其实,故宫不只宜雪,也宜雨。它的设计里,早已纳入了雨的元素。宏伟的大屋顶,在雨季里,成了最适合雨水滑落的抛物线,雨水可以最快的速度坠落到殿前的台基上,经螭首喷出,带着曲线

---

① "故宫",意思是"过去的宫殿",即明、清两代皇宫,也叫紫禁城。今天我们说的"故宫",通常是"故宫博物院"的简称。

的造型进入排水道,注入内金水河。贯穿故宫的金水河北高南低,相差一点二二米,具有自流排泄能力,收纳了建筑中流下的水,注入护城河(又称筒子河)。哪怕最强劲的暴雨来袭,护城河的水位也只上涨一米左右。三大殿不止一次被大火焚毁,但故宫从来不曾被水淹过。大雨自天而泻,而宫殿坦然接受。

雨水那一天,我见证了故宫的雨。或许故宫的空间太过浩大,所以下雨的时候,雨点是以慢动作降落的,似从天而降的伞兵。在故宫宏大的背景下,雨点迟迟难以抵达它的终点。但雨点是以军团为单位降落的,在故宫巨大的空间衬托下,更显出声势浩大。不似罗青(台湾诗人、画家)笔下的伦敦阵雨,雨粒大而稀疏,身手好的话,可以如侠客般,从中闪避而穿过。

雨点重叠,让我看不清雨幕的纵深,乍看那只是一片白色的雾,仔细看我才发现,在雨雾后面的,不只是宫殿的轮廓,还潜伏着一个动物王国——故宫更像是一个神兽出没之地,在雨雾后面浮现的身影,有飞龙、雄狮、麒麟、天马、獬豸、神龟、仙鹤……

三

清朝的雨水,和现在相同吗?对潇潇暮雨洒江天,我心中升起这样的困惑。在公元 2017 年雨水这一天,我看不见三百年前的雨水。那时的雨,或许记在《清实录》里,然后,被密集的文字压住,犹如密集的雨,让我什么都看不见——它们定然是存在的,但与不存在没有什么两样。只有我眼前的雨水是具体的,它填满了太和殿广场三万平方米的浩大空间,也飞溅在我的脸上,细碎冰凉。

我想,这宫殿里的皇帝,应该与我一样,也是雨水爱好者。面对春日里的第一场雨，他的内心也应该充满喜悦，就像站在田垄地头的农民一样。皇帝也有自己的田，朝廷就是他的田，他要耕好自己的田。华丽的宫殿，就是一个巨大的田字格——故宫就是由无数个四四方方的院子组成的一块田。

有些皇帝，本身就当过农民，所以一生农民习气不改——或者说，是保持着劳动人民的本色。比如朱元璋，多次在诏书里申明，"朕本农夫，深知民间疾苦""朕本农夫，深知稼穑艰难"，甚至在皇宫里开辟了一块农田，让内侍耕种，还指着他的田地对太子们说："此非不可起亭馆台榭为游观之所，今但令内使种蔬，诚不忍伤民之财，劳民之力耳。"他告诫子孙：

> 夫农勤四体，务五谷身不离畎亩，手不释耒耜，终岁勤动，不得休息。其所居不过茅茨草榻，所服不过练裳布衣，所饮食不过菜羹粝饭，而国家经费，皆其所出，故令汝知之。凡一居处服用之间，必念农之劳，取之有制，用之有节，使之不至于饥寒，方尽为上之道。若复加之横敛，则民不胜其苦矣。故为民上者，不可不体下情。①

清代皇帝也种地，但只是象征性仪式，不在故宫，而是在先农坛。乾隆皇帝玩字画，特别标榜《五牛图》《诗经图》这些与农事有关的题材，以表明他当皇帝不忘本的立场。

---

① 《明太祖宝训》，卷二。

四

但皇帝终归是皇帝，农民终归是农民，至少，面对雨水，他们想的事情不完全一样。对农民伯伯来说，春雨如膏，膏泽土壤，嘉生而繁荣，这是他们对雨水的全部认识。而对皇帝来说，雨更是一种象征，因为只有雨可以证明皇帝是真龙天子，这一点比土壤墒情更加重要。

我写《故宫的隐秘角落》，写到康熙皇帝与封疆大吏吴三桂的那场较量。在战事胶着阶段，帝国的北方一直坚持着不下雨。这让康熙皇帝的面子很受伤，他写"罪己诏"，对下雨的政治意义有深刻的阐述：

> 人事失于下，则天变应于上。……今时值盛夏，天气亢旸，雨泽维艰，炎暑特甚，禾苗垂槁，农事甚忧。朕用是夙夜靡宁，力图修省，躬亲斋戒，虔祷甘霖，务期精诚上达，感格天心……[1]

那时吴三桂已经衡州称帝，天老不下雨，怎么证明康熙是天命所归呢？两个黄鹂鸣翠柳，两个皇帝争天下，拼实力，拼心理，也拼天气，因为天气里，藏着天意。终于，康熙皇帝庄重地穿好礼服，面色凝重地走出昭仁殿，前往天坛祈雨。

---

[1] 《圣祖仁皇帝实录》，见《清实录》，第四册，第950页，北京：中华书局，1985年版。

于是发生了不可思议的一幕——就在康熙行礼时，突然下起了雨。[①] 雨滴开始还是稀稀疏疏，后来变成绵密的雨线，再后来就干脆变成一层雨幕，在地上荡起一阵白烟。地上很快汪了一层水，水面爆豆般地跳动着，我猜想那时浑身湿透的康熙定然会张开双臂，迎接这场及时雨，他一定会想，老天爷没有抛弃自己，或者说，自己的精诚所至，感动了上天，给了这个帝国新一轮的生机。对于战事沉重的帝国，没有比这更好的兆头了，康熙步行着走出西天门，那一刻，他一定是步伐轻快，胜券在握。

那一次祈雨，并不发生在"雨水"那一天，《清实录》准确记下了它的日期：六月丁亥。但那份焦虑，与渴盼一场春雨的农夫比起来，也有过之无不及吧。

五

在故宫博物院，至今收藏着许多雨服。清代雨服分为雨冠、雨衣和雨裳三个部分。雨冠戴在头上，雨衣穿在外面，雨裳穿在里面。

《红楼梦》里写北静王送给贾宝玉一件雨衣，那是一件蓑衣，质地之佳，让见识深广的林黛玉都在好奇："是什么草编的？怪道穿上不象那刺猬似的。"[②] 但皇帝的雨衣，北静王自然是不能比的。根据《大清会典》的规定，清代皇帝雨衣分为六种制度，皇子以下

[①] 《圣祖仁皇帝实录》，见《清实录》，第四册，第950页，北京：中华书局，1985年版。

[②] 〔清〕曹雪芹著、无名氏续：《红楼梦》，下册，第609页，北京：人民文学出版社，2008年版。

及百官凡有顶戴者分为两种制度。一件雨衣，仍然轻易地划出了身份的高低。王朝在举行活动时，皇帝、百官根据地位品级，穿上不同制度的雨衣，无论朝会、祭祀、巡幸、大狩、出征等国之大事，风雨无阻。

　　故宫博物院里收藏的清代宫廷雨衣中，有一件朱红色的雨衣，形制如袍服而袖端平，并加有立领，开对襟。这件雨衣用羽毛捻成的细纱线织成羽纱做成，羽纱上压着花纹，既美观，又透气、防雨，哪怕是细雨，也不会轻易渗入。

　　三百多年前，它曾穿在康熙皇帝的身上。我没有查出康熙皇帝在什么时候、什么情境下穿过这件雨衣，但康熙皇帝曾穿过它，是确信无疑的。我想象着在某一个细雨如雾的清晨，他们穿着这件雨衣前去参加皇帝的御门听政。雨衣包裹着他，雨包裹着雨衣。朱红色的雨衣在风中鼓起，像一座移动的红色宫殿，在雨幕中愈显神秘。

　　斗败吴三桂那一年，康熙皇帝二十八岁，他和他的王朝，正值青春好年华。他穿着这件雨衣，在王朝春天的雨里出没，转眼就没了踪影。我眼前只剩下雨，仿佛从三百年前，一直下到今天。

　　紫禁城里，不再有皇帝。

　　城外，农民正摊开手掌，迎接一场春雨。

2017年8月30日—9月3日于北京
10月1日改于北京

宋代风雪

一、大雪，在林冲的世界里纷纷扬扬地落着

想到宋代，首先想起的是一场场大雪，想到宋太祖雪夜访赵普，想到程门立雪，想到林教头风雪山神庙，仿佛宋代，总有着下不完的雪。我写《故宫的古画之美》，写到《张择端的春天之旅》，开篇就写1126年（靖康元年）的第一场雪。在《宋史》里，那场雪下到了"天地晦冥""盈三尺不止"[1]，来自北方的金戈铁马，就是在那个冬天，踏过封冻的汴河，向汴京挺进，并在第二年（靖康二年，公元1127年），彻底捣碎了这座"金翠耀目，罗绮飘香"[2]的香艳之城。

张择端的《清明上河图》卷，也是从隆冬画起的，枯木寒林中，一队驴子驮炭而行，似乎预示着，今夜有暴风雪。萧瑟的气氛，让宋朝的春天，显得那么遥远和虚幻。

《水浒传》也可以被看作描绘宋代的绘画长卷。《水浒传》里，给我印象最深的文字是关于雪的。文字随着那份寒冷，深入了我的骨髓。《水浒传》里的大雪是这样的："（那时——引者注）正是严冬天气，彤云密布，朔风渐起，却早纷纷扬扬卷下一天大雪来。"还写："（林冲——引者注）带了钥匙，信步投东。雪地里踏着碎琼乱

---

[1]〔元〕脱脱等：《宋史》，第908页，北京：中华书局，2000年版。
[2]〔南宋〕孟元老撰、邓之诚注：《东京梦华录注》，第4页，北京：中华书局，1982年版。

玉，迤逦背着北风而行。那雪正下得紧。"

大雪，在林冲的世界里纷纷扬扬地落着，好像下了一个世纪，下满了整个宋代，严严实实地，封住了林冲的去路。

林冲身为八百万禁军教头，其实是没有任何实权的底层公务员，说他是"屌丝"，并不冤枉他，所以高衙内这个高干子弟才对他百般迫害。但即使如此，林冲想的还是逆来顺受，打碎牙往肚子里咽，一心想在草料场好好改造，争取早日重返社会，与老婆、家人团聚。只是陆虞候不给他出路，高俅不给他出路，留给他的路只有一条，那就是"反"。逼上梁山，重点在一个"逼"字，没有朝廷逼他，林冲一辈子都上不了梁山。连林冲这样一个尿人都反了，《水浒传》对那个时代的批判，是何等的不留情面。

那才是真正的冷，是盘踞在人心里、永远也捂不热的冷。宋徽宗画《祥龙石图》、画《瑞鹤图》，那"祥""瑞"，那热烈，都被林冲这样一个小角色，轻而易举地颠覆了。

二、宋画里的千峰寒色

《水浒传》是明人的作品，宋代的人都没有读过《水浒传》，但一入宋代，中国绘画就呈现出大雪凝寒的气象。像郭熙的《关山春雪图》轴、范宽的《雪山萧寺图》轴、郭忠恕的《雪霁江行图》卷、许道宁的《雪溪渔父图》轴、马远的《雪滩双鹭图》轴、佚名的《寒林楼观图》轴、佚名的《雪涧盘车图》页、王诜的《渔村小雪图》卷、梁师闵的《芦汀密雪图》卷、南宋李东的《雪江卖鱼图》、李公年的《冬景山水图》轴等，都是以雪为主题的名画。其中最为人熟悉的，应当是宋徽宗赵佶的《雪江归棹图》卷。画面上延伸的是北方的雪景江山，蔡京在跋文中描述它："水远无波，天长一色；群山皎洁，行客萧条；鼓棹中流，片帆天际；雪江归棹之意尽矣"。全图不着色，"以细碎之笔勾勒、点皴山石，淡墨渲染江天，衬映出皑皑雪峰"①。直到清代，阮元仍在《石渠随笔》中对它赞不绝口："笔极细秀，气韵深静，展阅之，觉江天寒色逼人，瘦金书极劲。"②

雪景，突然成了宋代绘画的关键词。以至于到了明代，画家刘俊仍然以一幅描述赵匡胤雪夜访赵普的《雪夜访普图》轴，向这个朝代致敬。

这在以前的绘画中是不多见的。晋唐绘画，色调明媚而雅丽，万物葱茏，光影婆娑，与绢的质感相吻合，有一种丝滑流动的气质。你看东晋顾恺之《洛神赋图》卷、隋展子虔《游春图》卷、唐无款《宫苑图》卷、五代董源《潇湘图》卷，都是春天或者夏天，阳光明媚、万物婆娑的样子，南风一二级，刚好可以摇动树枝，让身上的薄衫微微飘起。画中的风景，光感强烈，画中的人物，表情却一律娴静柔和(如顾恺之《列女图》卷、唐周昉《挥扇仕女图》卷、五代周文矩《文苑图》卷，以上皆为北京故宫博物院藏)，有如明月一般的静穆雍容。

到了宋代，绘画分出了两极——一方面，有黄筌、黄居寀、崔白、苏汉臣、李嵩、张择端、宋徽宗等，以花鸟、人物、风俗画的形式描绘他们眼中的世界，田间草虫、溪边野花、林中文士、天上飞鹤，无不凸显这个朝代的繁荣与华美；另一方面，又有那么多的画家痴迷于画雪，画繁华落尽、千峰寒色的寂寥幽远，画"淮南

---

① 余辉：《故宫藏画的故事》，第78页，北京：故宫出版社，2014年版。
② 〔清〕阮元：《石渠随笔》，第23页，杭州：浙江人民美术出版社，2012年版。

皓月冷千山，冥冥归去无人管"①的浩大意境，画"一片白茫茫大地真干净"的清旷虚无，似乎预示了北宋时代的鼎盛繁华，最终都将指向靖康元年的那场大雪。

三、气候史里的宋代

宋代雪图中的清旷、寒冷、肃杀，确实有气候变化原因。艺术史与气候史，有时就是一枚硬币的两面。隋唐时代，中国气候温暖，所以隋唐绘画，如隋代展子虔《游春图》卷、唐代李思训(传)《春山行旅图》轴上，桃红柳绿、兽鸟出没，春风得意，马蹄欢畅。画上的景象，如实地反映着当时的气候状况。

在《旧唐书》和《新唐书》里，我望断长安。根据这两部史书记载，有唐一代的许多年份里，长安城连一片雪都未曾落下。这些年份包括：唐太宗贞观二十三年(公元649年)，唐高宗永徽二年(公元651年)、麟德元年(公元664年)、总章二年(公元669年)、仪凤二年(公元677年)，武则天垂拱二年(公元686年)，唐玄宗开元三年(公元715年)、开元九年(公元721年)、开元十七年(公元729年)、天宝元年(公元742年)、天宝二年(公元743年)，唐代宗大历八年(公元773年)、大历十二年(公元777年)，唐德宗建中元年(公元780年)、贞元七年(公元791年)，唐僖宗乾符三年(公元876年)。这种情况，在我国历代王朝中绝无仅有。

那时的中国人，窝在长安城里，吃着肉夹馍，度过了一个又一

---

① 〔南宋〕姜夔：《踏莎行》，见《全宋词》，第2174页，北京：中华书局，1965年版。

宋代风雪

个暖冬。冬天的气温尚且如此，春夏就更不用说了。我甚至想，唐朝女人衣着暴露——袒胸露背，蝉衣轻盈，气候温暖应当是一个前提条件——世间能有多少人，甘愿为了风度而牺牲温度呢？

据竺可桢先生介绍：8世纪初和9世纪的初和中期，长安皇宫里和南郊的曲江池都种有梅花，唐玄宗李隆基的妃子江采萍被称为梅妃，原因就是她住的地方种满梅花。除了梅花，长安还种过柑橘。柑橘是南方植物，起源于云贵高原，后来顺长江而下，传向长江下游，直到岭南地区。但在唐代，宫廷里就种过柑橘。段成式《酉阳杂俎》说，天宝十年（公元751年），"宫内种甘（柑）子数株，今秋结实一百五十颗，与江南、蜀道所进不异"[1]。这对于今天的西安人是不可想象的，因为柑橘只能抵抗-8 ℃的低温，而现在的西安几乎每年的绝对温度都在-8℃以下。[2]

五代到宋代，事情正在起变化。11世纪初，中国天气转寒，华北梅树全军覆没。苏东坡曾写诗曰"关中幸无梅，汝强充鼎和"，王安石也曾写诗"北人初未识，浑作杏花看"，笑言北方人不识梅花，把梅花当作杏花。12世纪初期，中国气候更加寒冷。公元1111年，太湖全部结冰，冰上还可以行车，太湖和洞庭山出了名的柑橘全部冻死。杭州频繁落雪，而且延续到暮春。根据南宋的气象资料记载，从公元1131—1260年，每十年降雪平均最迟日期是4月9日，比12世纪以前十年的最晚春雪约延长了一个月。福州是中国东海岸生长荔枝的北限，一千多年来，曾有两次荔枝全部死亡，一次是在公元1110年，另一次在公元1178年，全都在12

---

[1] 〔唐〕段成式撰、许逸民校笺：《酉阳杂俎校笺》，第三册，第1287页，北京：中华书局，2015年版。
[2] 参见竺可桢：《中国近五千年来气候变迁的初步研究》，原载《考古学报》，1972年第1期。

世纪。

公元 1153—1155 年，金朝派遣使臣到杭州，发现靠近苏州的运河，冬天常常结冰，船夫不得不经常备铁锤破冰开路。公元 1170 年，南宋诗人范成大被遣往金朝，他在阴历九月九日即重阳节(阳历 10 月 20 日)这一天抵达金中都北京，正遇西山遍地皆雪，他感到寒风吹彻，脑瓜冰凉，心底一定会涌出李白的诗句："燕山雪花大如席"，于是写下一首《燕宾馆》诗，在自注中写下："西望诸山皆缟，云初六日大雪……"①

因此说，宋代中国的气候是冷的，比唐代要冷得多。宋代画家用一场场大雪，坐实了那个朝代的冷，以至于我们今天面对宋代的雪图，依然感到彻骨寒凉。有学者认为，中国历史上曾经出现过四个寒冷期，分别是：东周、三国魏晋南北朝、五代十国两宋、明末清初。而这四个时期，正是群雄逐鹿、血肉横飞、天下乱成一锅粥的时候。那乱，可以从气候上找原因，因为中国是农业立国，老百姓靠天吃饭，气候极寒导致粮食歉收，造成大面积饥馑，加上朝廷腐败等因素，很容易使天下陷入动乱。

这四个寒冷期，也是北方少数民族挥戈南下的时期。与中原地区比起来，草原上的生态系统更加脆弱，天气寒冷，使北方草原环境生态严重恶化，逼迫着逐水草而居的游牧民族，被气候驱赶着，唱着牧歌纷纷南下，向温暖的南方(黄河以南)争夺生存空间。比如晋朝时期的草场、牧地已延伸到黄河以南，游牧民族不饮马黄河，又怎样生存下去呢？中科院地球环境研究所的研究成果证明，秦朝、唐朝、两宋、明朝灭亡的年代，都是处于过去 2485 年来平

---

① 参见竺可桢：《中国近五千年来气候变迁的初步研究》，原载《考古学报》，1972 年第 1 期。

均温度以下或极其寒冷的时期。

四、无限的空间与时间

但宋画的变化，不只受制于外在的气候，更取决于内在的趣味精神。

这样的审美趣味，其实在五代就已经开始蓄积了。像生活于唐末与五代初年的荆浩，就曾画过《雪景山水图》轴，像森然的白日梦，让我怵然心惊。画面上，山崖层叠陡峭，高入云天，山体上所有的皱褶间，都积累着千年的白雪，让人陷入寒山永恒的寂静里，比西方中世纪的宗教绘画，更让人感到静穆与崇高。

在荆浩之后，又有巨然画《雪图》轴、赵干画《江行初雪图》卷，在他们的细绢上，大雪遮蔽山野，天地一片素白。五代绘画，为后来的宋画，奠定了一个伟大的起点。

所以宋画一上来，那格局是不一样的。中国绘画的核心由人物画转移到山水画，不再局限于一人一事，而瞄准了整个宇宙。那些卷，那些轴，不仅营造出无限的空间，更营造出无限的时间。画山，画雪，其实就是画地老，画天荒，画宇宙，画星际空间，画宇宙星辰的空旷、清冷、孤绝、浩瀚。

我们常把唐宋连在一起说，但唐宋区别是那样巨大。若把唐画与宋画放在一起，我们会发现二者是那么泾渭分明，就像唐三彩与宋瓷，前者热烈奔放到极致，后者细致沉静到极致。这一方面关乎唐、宋两朝的气候变化，另一方面又与这两个朝代的气质相吻合——唐代中国本身就是一个跨民族共同体（唐朝皇室有一半的鲜卑族血统，唐太宗李世民既是大唐帝国的皇帝，又是北方各少数民族政权公认的"天可汗"),在中原文明的衣冠礼乐中注入了草原民族的精悍气血,李白沿着天山一路走到中原,他的诗里,就包含着游牧民族的海阔天空、热烈奔放;而宋代中国,又回到"中国本部",尤其南宋,版图退缩到淮河以南,所以李敬泽说:"宋人的天下小。宏远如范文正,他的天下也是小。范仲淹心里的天下,向西向北都不曾越过固原,向南甚至不越衡山。"① 在北方,金、蒙古、西辽、西夏、吐蕃等呈半圆形将其包围,宋朝几乎成为列国之一,"普世帝国的朝代,终究只是历史上留下的记忆"②,大唐的艺术无论怎样夺目灿烂,也只能成为后人眷恋、缅怀的对象。或许正是因为唐画的那份绚烂、热烈、张扬,使宋代画家决定走向素简、幽秘、内省。这也算是一种物极必反吧。

韦羲先生说:"唐文明的性情如太阳,宋文明的气质如月亮,山水画在月光下进入它最神秘伟大的时期,力与美,悲伤与超然凝为一体。汉文明向内的一面又走到前来,要在一切事物里寻找永恒的意味。永恒是冷的。永恒的月光照耀山水,再亮,也还是黑白的、沉思的。"③

在宋代,李成画山,画得那般枯瘦,给人"气象萧疏、烟林清旷"的感觉;范宽《溪山行旅图》轴,把岩石堆累出的寂静画得气势撼人,同时具有石头的粗粝质感;郭熙的画里,多枯树、枯枝,代表性的作品,自然是《窠石平远图》卷(以上皆藏北京故宫博物院),描写深秋时节平野清旷的景色,技法采用"蟹爪树,鬼面

---

① 李敬泽:《会饮记》,第63页,北京:北京十月文艺出版社,2018年版。
② 许倬云:《万古江河——中国历史文化的转折与开展》,第252页,长沙:湖南人民出版社,2017年版。
③ 韦羲:《照夜白——山水、折叠、循环、拼贴、时空的诗学》,第346页,北京:台海出版社,2017年版。

石，乱云皴"，笔力浑厚，老辣遒劲……他们画的，难道不像月球表面，不像宇宙中某一个荒芜冷寂的星球？而我们，不过是这荒芜星球上的一粒尘埃罢了。因此，我们也只能如苏东坡《赤壁赋》所说的，"寄蜉蝣于天地，渺沧海之一粟。哀吾生之须臾，羡长江之无穷。挟飞仙以遨游，抱明月而长终……"

我曾说："儒家学说有一个最薄弱、最柔软的地方，就是它过于关注处理现实社会问题，协调人的关系，而缺少宇宙哲学的形而上思考。"或许受到外来的佛教的激发，宋明理学为传统儒学进行了一次升级，把它拓展到宇宙哲学的层面上。绘画未必受到理学的直接影响，但无论怎样，一个显而易见的事实是，当中国绘画走到宋代，哲学性突然加深了。

总之，在经过五代宋初一代画家的铺垫之后，宋代绘画一方面追求着俗世里的热闹繁华，另一方面又越过浮华的现实，而直抵精神的根脉，由外在的追逐，转向内在的静观。在永恒山水、无限宇宙里容纳的，是他们"独与天地往来"的精神气质。"千山鸟飞绝，万径人踪灭"的厚重雪意（空间），"前不见古人，后不见来者"的苍茫感（时间），在唐代没有找到对应的绘画图像（王维的绘画有诗性和哲学性，可惜无真迹留下），却在宋画里一再重现。

如果说在晋唐，中国绘画走进了它激情丰沛、充满想象力的青春期，那么到宋元，中国绘画则进入了它充满哲思冥想的成年，明清以后，中国绘画则进入老年时代，把更多的时间，用于追思和缅怀。

五、世相之上的疏淡

宋代流行水墨画，晋唐那种花红柳绿的青绿绘画不再是主流，把世间的所有色彩收纳在黑白两色中，用一种最简单的形式，来表达最丰富的思想(但也有例外，如王希孟反其道行之，画出著名的青绿山水图卷《千里江山图》)。我在《在故宫寻找苏东坡》一书里说："宋代的文人画家，把世界的层次与秩序，都收容在这看似单一的墨色中，绘画由俗世的艳丽，遁入哲学式的深邃、空灵。"①

这种审美趣向的改变，不知是否与这些以雪为主题的绘画有关。因为那些以雪为主题的绘画，纵然设色，颜色也是褪淡的，像王诜的《渔村小雪图》卷，首次将金碧山水的着色方法引入水墨画，大胆地使用铅粉以示雪飘，在树头和芦苇上还略略染上金粉，突破了传统雪景的表达方式，使得山水雪景在阳光照射下显得灿烂夺目，但作品的基本色调仍然是旷淡的，清新明净，一片皎洁，几近于黑白，不像唐画那样秾艳缛丽，如张彦远在《历代名画记》中所说："草木敷荣，不待丹碌之彩。云雪飘扬，不待铅粉而白。"② 或许，宋代雪图，就是中国绘画走向黑白、走向抽象的过渡。

于是有了苏轼、米芾、米友仁，有了他们超越在迷乱世相之上的疏淡与抽象。嘉德刚刚拍卖了四个多亿的苏东坡《枯木怪石图》卷，看上去(只能从图片上看)很像日本阿部房次郎爽籁馆收藏的那一卷，很可能是苏轼唯一存世的绘画真迹。亦因为可能是唯一存

---

① 祝勇：《在故宫寻找苏东坡》，第117页，长沙：湖南美术出版社，2017年版。
② 〔唐〕张彦远：《历代名画记》。

世，没有参照系，而难以确认它是否真迹。但它笔意简练萧疏，不拘泥于形似，还是可以看出苏轼的追求。郭熙绘画里的岩中枯树，被简化为石与木的组合，古木繁枝，也被简化成几根鹿角形的枝丫。虽然那不是画雪，却不失大雪的荒寒寂寥，那种意境，与宋代的雪景图，是贯通如一的。

六、表达与接受的错位

宋徽宗《雪江归棹图》卷里，看得见王诜的影子，但我一直不相信《雪江归棹图》卷是宋徽宗画的。图卷右上角留有宋徽宗的瘦金书"雪江归棹图"，左下角钤"宣和殿制"印，还有"天下一人"花押，卷后除了宋代蔡京，还有明代王世贞、王世懋、董其昌、朱煜等人题记，一切似乎都在证明，这幅画出自宋徽宗的手笔，但，那空蒙孤绝的境界，与宋徽宗的其他画作显得格格不入。

这不仅因为宋徽宗很少操弄山水画，更重要的是，宋徽宗是爱热闹的，即使绘画，也喜欢吉祥繁丽、活色生香，《祥龙石图》卷、《芙蓉锦鸡图》轴（皆为北京故宫博物院藏）、《瑞鹤图》卷（辽宁省博物馆藏）里的那种飞升感、热闹感、生机盎然感，才符合他的品性，他的学生王希孟的《千里江山图》卷（北京故宫博物院藏），锦绣灿烂，五光十色，不仅是宋徽宗个人品性的延伸，而且把它推向了极致。

《雪江归棹图》卷全图不着色，它抽去了所有繁华绮丽的成分，突然变得冷漠幽寂、深沉内敛，这太不像宋徽宗了。蔡京的儿子蔡绦写《铁围山丛谈》，说宋徽宗的画，请人代笔的不少。至于《雪江归棹图》卷是否代笔，蔡绦没说。还是故宫博物院徐邦达先生在

《古书画伪讹考辨》一书中,断定《雪江归棹图》卷并非宋徽宗的亲笔,而可能是画院高手的代笔①。

但《雪江归棹图》卷里,还是看得到宋徽宗的影子。宋徽宗(命画院画师)画下这幅画,原本出于某种吉祥的意愿,用意和《祥龙石图》卷、《瑞鹤图》卷是一样的——他是用雪,来为自己的王朝歌功颂德。雪江归棹,雪江归棹,这大雪覆盖的江山,不是归他赵家吗?无论这种谐音解读法("棹""赵"同音)是否成立,可以确信的是,在他的时代里,的确有大片的江山归入赵家王朝——崇宁至大观年间(公元1102—1110年),辽金之间的矛盾日益加剧,宋徽宗利用这个时机在西北、西南扩充了疆域、巩固了边远地区的地方政权,在短短的首席年里连续恢复和设置了10个州。如崇宁二年(公元1103年),攻西番地,复设湟州;次年,又收服鄯、廓二州;崇宁四年(公元1105年),复设银州;大观元年(公元1107年),以黎人地置庭、孚二州,侵夺了南丹、溪峒,置观州,在涪州夷地置恭、承二州;大观三年(公元1109年),在泸州夷所纳地置纯、滋二州,出现了宋代后期极少有的国土扩充的现象。我们常用"弱宋"来概括宋代,宋徽宗则用自己的实际行动,证明这一切不过是偏见罢了。

只是好花不常开,好景不常在,即使那花、那景都被宋徽宗定格在了纸上、绢上,但在现实中,它们还是弱不禁风。细绢上的《雪江归棹图》卷,纤尘不染,完美贞静,天下仿佛被包装到真空里,但他无法顾及现实中的江山,已经是一片狼藉、一塌糊涂、一地鸡毛。良辰美景,经不住奢靡腐败的折腾,艺术世界里那个威风

---

① 参见徐邦达:《徐邦达集》,第十卷,第350页,北京:故宫出版社,2015年版。

八面、风雅绝尘的赵佶,一点点蜕变成历史中著名的昏君,成为《水浒传》里的那个大反派。果然,天下反了,外族人打来了,汴京沦陷了,繁华似锦的王朝消失了,他被俘了,在北国"坐井观天",一生再没回到他温暖的巢穴。

在北国,宋徽宗终于知道了什么叫冷——比《雪江归棹图》卷渲染的冷还要冷,是滴水成冰、呼吸成霜、撒尿成棍儿的那种冷。大雪无痕,寒冷伴随着寂寞侵蚀着他,一点点地耗干他的生命。雪江归棹(赵),而他,却归了金朝。这"天下一人",在金朝人眼里,几乎连一个人都算不上。

因此,从这《雪江归棹图》卷上,还是看得到某种凄清、孤寂的况味。

于是我发现,在画家(宋徽宗,或者秉承他旨意的某一位宫廷画师)的表达,与我们的观看之间,形成了某种错位——画的主题原本是祥瑞的,我们却把它解读成孤寒与落寞。我曾在一本书里,把这种表达与接受之间的错位,称作"反阅读"。

因此,我喜欢的《雪江归棹图》卷,是我眼中的那个"群山皎洁""行客萧条",有大寂寞感的《雪江归棹图》卷,而不是宋徽宗眼里那个充满祥瑞意图的《雪江归棹图》卷。

在我看来,这样的《雪江归棹图》卷,才符合宋画的气质,也才称得上真正的杰作。

而眼下,我只想知道,究竟谁是《雪江归棹图》卷的真正作者?

莫非,他早就看到了这繁华背后的荒凉?

宋徽宗当年的宠臣蔡京在卷后写下的跋文,本意是拍皇帝马屁,却无意间,道出了这世间的真相:

> 天地四时之气不同，万物生于天地间，随气所运，炎凉晦阴，生息荣枯，飞走蠢动，变化无方，莫之能穷……

画下《雪江归棹图》卷十七年后，北宋王朝就在一场大雪中，走向它的终局。

在变动不居的时节里，谁人能够掌握自己的未来呢？

七、宋代雪景图里的辩证法

无论《雪江归棹图》卷里收纳了多少吉祥的含意，我迷恋的，仍是画卷里那片辽阔奇绝的山川宇宙，那种清旷孤独的诗意。

许多宋代雪景山水图卷都不画人，像小说《白鹿原》里所写："在这样铺天盖地的雪封门槛的天气里，除了死人报丧谁还会出门呢？"①

但，无人的空间，其实也是有人的。

中国人讲"空"，并不是一无所有。中国的诗、中国的画，纵然"空山不见人"，也会"但闻人语响"。

那人，在诗外，在画外。

柳宗元写："千山鸟飞绝，万径人踪灭"，难道诗人自己是空气吗？既然有诗人在，人踪又怎会消灭？

杜甫写："窗含西岭千秋雪，门泊东吴万里船"，这"万里船"中，不是也暗含着人的痕迹？倘没有人，船又是从哪里来的呢？

因此，宋人画雪，无论多么清旷孤绝，也是有人，有声，有色，有情。

---

① 陈忠实：《白鹿原》，第30页，北京：人民文学出版社，1997年版。

把所有的"有",都归于"无";在"无"中,又隐含着无数的"有"。这就是藏在宋代雪景图里的辩证法。

就像《雪江归棹图》卷,超越了世相红尘,把我们带入苍茫宇宙,但纵然雪色迷茫、寒气袭人,依然遮不住人的声息。

韦羲说:"每回看(宋代范宽的)《寒林雪景图》和(元代黄公望的)《九峰雪霁图》,看久了,心里便生起无名的期待,等空谷的足音,等人的声音。"①

有时候,冷到了极处,反而激发出生命更大的潜能。我想宋徽宗,燃起对生活最强烈的渴望,应当不是在他纸醉金迷的宫殿,或者草木妖娆的"艮岳"(皇家花园)里,而是在苦寒萧瑟的北国。那时,在他眼前展开的,是无边的雪原,是现实版的雪景图卷。假若我给宋徽宗写传记,我认为最佳题目,就是《渴望生活》——比凡·高传记还要恰切。他在自己的宫廷里营造的奢靡生活,其实只是伪生活。在北方的林海雪原,所谓的生活才真正展开。在那里,一餐一饭都来得艰辛,又那么令他甘之如饴,而曾经被他不屑一顾的昨日繁华,也都在茫茫雪地上,显示出某种迷幻的色彩。所以,一无所有的宋徽宗,在北国的雪地里写诗:"家山回首三千里,目断天南无雁飞。"就像南唐后主李煜,在囚徒生涯中,装满了他的梦的,反而是"春花秋月何时了,往事知多少"。

宋画的力量也正在于此,直逼生命最脆弱处,方能表达绝处逢生的意志。让一个人燃起生命热情的,有时未必是杏花春雨、落叶飞花,而是雪落千山、古木苍然。

有大悲悯,才能有大希望。

---

① 韦羲:《照夜白——山水、折叠、循环、拼贴、时空的诗学》,第34页,北京:台海出版社,2017年版。

宋人用大雪凝寒的笔意，创造了一个具有高度悲剧美感的精神空间。

八、置之死地而后生

宋人画雪，不是那种欢天喜地的好，而是静思、内敛、坚韧的好。假若还有希望，也不是金光大道艳阳天的那种希望，而是置之死地而后生的希望。

我看过莱昂纳多·迪卡普里奥的电影《荒野猎人》，他演的那个脖子被熊抓伤、骨头裸露、腿还瘸了的荒野猎人，就是在无边的雪地里，完成了生命的逆袭。但在几百年前，在中国的《水浒传》里，施耐庵就已经把这样一种寓意，转嫁在豹子头林冲身上，于是在少年时代的某一个夜晚，我躲在温暖的被窝里，读到如许文字："林冲投东去了两个更次，身上单寒，当不过那冷。在雪地里看时，离的草场远了，只见前面疏林深处，树木交杂，远远地数间草屋，被雪压着，破壁缝里透出火光来……"①

我相信在宋徽宗的晚年，他所有的眼泪都已流完，所有的不平之气都已经消泯，他只是一个白发苍然的普通老头，话语中融合了河南和东北两种口音，在雪地上执拗地生存着。假若他那时仍会画画，真该画一幅《雪江归棹图》卷，在生命的最后时刻，回望自己枯荣兴废的一生。

2017 年 7 月 31 日至 2019 年 2 月 14 日

（原载《江南》2019 年第 2 期）

---

① 〔明〕施耐庵、罗贯中：《水浒传》，上册，第 136—137 页，北京：人民文学出版社，1997 年版。

赣州围屋

一

紫禁城外，皇帝视线不能抵达的远方，同样存在着体量庞大的建筑，印象深刻的，有闽西龙岩等地的土楼（振成楼等）、山西的高墙大院（陈氏大堡等），还有广东开平的碉楼，无不令人震撼。江西赣州的这座关西新围是其中之一。藏羌碉楼堪称宏伟，但它们的方向一律是向上的，挑战着高度的极限，赣州围屋则不同，它们在大地上平面铺开，像一个张开的吸盘，牢牢地依附着大地，吸吮着大地深处的汁液。

在江西赣州，仍然保存着五百多座客家围屋，龙南县的关西新围是规模最为宏大、保存最为完整的围屋之一。它长近九十五米，宽八十三米，占地总面积七千七百多平方米，比一个标准足球场的面积还大。我们可以想象一下住在北京工人体育场里是一种什么感觉。围屋的高墙，高约九米，墙厚二米，围屋四角各建有一座十五米高的炮楼，相当于五层楼的高度。这是一座四四方方的城堡，它的外立面无比地简单，站在高墙外，从这头一眼就能望到另一头。但由于尺度巨大，近大远小的透视关系使得围墙的上沿变成一条倾斜的线。我在围墙下，从这头走向那头，头顶上的那条斜线也会跟着变化，它的倾斜度会减低，一点点变得水平，然后，当我走到另一头，它又会向相反的方向倾斜。这使这座建筑的上沿，看上去像一个天平，摆来摆去。而建筑两端的炮楼，则像是两个重重的砝码，保持着它的平衡。

围屋的外立面简洁平整，光线在上面所能呈现的变化极为有限，不像一些有着繁复外立面的建筑，它们的飞檐翘角、千门万户、砖雕石刻，影子都随着光线的变化而变动不已，在阳光中呈现出鲜明的浮雕感。光影的变化，使这些建筑更像是一个生命体，有呼吸、有表情、有情感。这些建筑造型感强，充分利用了阳光，把光影也变成一种造型。相比之下，关西新围看上去有些平淡，它横平竖直，造型简单，像儿童搭起的积木。每当黎明时分，朝东的围墙就会渐渐地亮起来，像一面亮起来的巨大银幕，而粉墙上斑驳的纹路，看上去更像是老电影画面上的划痕。后来，朝南的一面会亮起来。到了下午和傍晚，光线又会转移到西墙上。直到太阳落幕，所有的外墙暗下来，阳光才完成了它在这座建筑上的旅程。然后，围屋坚硬的线条就一点一点地隐没，群山巨大的黑影像一个黑洞，把它吸进去，什么都看不见了，仿佛隐藏了一个巨大的秘密。

从南侧外墙上开出的拱门走进去，穿越重门，我站在一个巨大的庭院里。这是这座围屋的正前院，正面朝东，有一座屋宇式正门。门厅外有门廊，廊有四柱，中间两柱上挂着一副对联，写着："清风徐来春不老田赋四时，碧水环绕泽长流福延千载。"一位"福延千载"的老人正坐在门口的廊下，迎着徐来的清风，打量着闲庭信步的鸡鹅。正门对面是一座照壁，壁身上白灰照面，朴素庄严又不失稳重大气，与主人的身份相吻合。

站在影壁前，向四下望，目光所及的前方、左方和右方都是门。门像取景框，在这个框内出现的，依旧是门，就像我从镜子里看到了镜子，环环相生，永无止境。《黄帝宅经》说："夫宅者，门是阴阳之枢纽。"所有的空间，都是靠门来分割的，那些门形制不同，大小各异，有方门，有拱门，也有月亮门，在门与门的中间，有的还搭一座微小的雨棚，南方多雨，这个雨棚，为的是方便人们在雨天行走，也减少了那么多门在视觉上产生的单调感。假如说建筑是一部史诗，门就是它的目录，只有走过那一扇扇门，才能知晓隐藏在门背后的抑扬顿挫、张弛有致。

二

我在《淮南子》里看到了赣州，在《汉书·地理志》、《徐霞客游记》、海瑞《兴国八议》，甚至法国传教士古伯察的《中华帝国》中，又一遍遍地与赣州相遇。赣州散落在那些发黄的纸页中，像一堆古老的瓷片，在红土地上暗自发光。

如果展开一张古中国地图，我们会看到，在刀耕火种的百越之地，庐陵①、赣州离中原最近；战国时，那里应是楚国的边缘。史书把这里称为"南抚百越，北望中州，据五岭之要会，扼赣闽粤湘之要冲"。

无数史书记载过的赣州，就这样出现在与中原大地的文明对话中。秦始皇为统一南疆，曾令大将屠唯率五十万大军，分五路进军百越，成功之后，其中便留"一军守南壄之界"，这是史书上最早所见中原汉人进入赣南的记载。第二次汉人南迁出现在西晋永嘉之乱、东晋"五胡乱华"的动乱中，中原人迁入江淮，一部分进入赣州、闽西。唐代的"安史之乱"及五代十国动荡时期是第三次。

---

① 今江西省吉安市。

第四次出现在北宋末年,"靖康之变"中,契丹人马踏汴京,寒凝万里,雪大如席,无数的中原难民拥向南方,像风中飞扬的渣滓,在赣州沉落下来,千年之后,在宁都、石城、兴国及于都、瑞金诸县北部,他们的血脉仍在流传。然而,只要中原的动荡不曾停止,汉人南迁的脚步就不会停止,就像友人熊育群在他讲述客家人历史的《路上的祖先》一文中所写:"一次次大移民拉开了生命迁徙的帷幕,它与历史的大动荡相互对应。"[1] 时间到了明代,从高原上刮起的战争旋风,又把大批的中原人驱赶向赣州属下的南康、赣县、于都、上犹、信丰、安远各县,这是第五次。清代江、浙、闽、粤居民的内迁,这是第六次。抗日战争时期,粤东、粤北的难民拥向赣南谋生,这是第七次……

历史的追光照亮了乱世里的豪杰,他们意气风发,斗志昂扬,出现在历史的每个重大关口,而真正承受战争苦难的流民们,却被隐没在暗处,听天地间大风横行。在和平的岁月里长大,我无法想象那样的年代,想象那铁一般无法穿透的黑、那一望无际冷酷的死寂,想象大河般漫溢的人浪,想象大地上两千年不绝的脚步声响……有人把这些成群结队从中原大地上逃亡的人称为"中国的犹太人",因为他们的命运,与犹太人有太多的相似。然而,每当战乱在中原的胸肌上撕开一道道血腥的伤口,曾经被认为是蛮荒之地的南方,都会像一片温暖厚实的棉布,紧紧地包扎住那个巨大的伤口。这里历来被正史称为"蛮夷",但那被称为"中国"[2] 的地带,却刀光剑影,战乱不休,如李敬泽在《小春秋》里所写:"华夏

---

[1] 熊育群:《路上的祖先》,原载《收获》,2008年第6期。
[2] "中国"一词,最早指天下的"中心",即黄河流域黄河中下游的中原河洛地带,中国以外称为四夷。

大地上到处是暴脾气的热血豪杰,动辄张牙舞爪,打得肝脑涂地。"[1] 倒是这片"蛮夷之地",以坦荡如砥的胸襟,收容了一群又一群从中原逃出的人。这才是真正的"悲悯大地",像一张铺满厚厚棉被的大床,让他们舒展身体,睡一个安稳的觉。我想起作家蒋韵说过的话:"在至深的苦难和最黑的人性深渊中诞生的悲悯,永远有着令人最震撼的感动,那是属于灵魂的感动。"[2]

最初他们并不知道等待他们的是怎样一片土地,他们没有力气去奢望,只有向着没有战争的南方拥去。或许,在他们心里,南方是深渊,是没有历史的"空洞",但身后的北方更是死无葬身之地,哪怕战争的尾巴横扫过来,他们也要粉身碎骨。两害相权取其轻,他们别无选择,唯有亡命天涯,或可搏回一线生机。父母在,不远游,这是古训。但是,在城头变幻大王旗的年代,他们却要携父带母,挈妇将雏,把自己打发得越远越好。历史的季风把来自北方的人们一次次吹向南方,他们跨过淮河,又跨过长江,从鄱阳湖平原溯赣江南下,是凶险的十八滩,很多人殒命在急流中,又被急流冲到不知何处的远方,剩下的人就进入了赣州小平原。赣州,就这样成为南迁中原人最早的落脚之地。

路上的祖先们,不知道大陆的尽头在哪里,他们东奔西窜,都是从赣州出发的。他们后来去湖南,去广东,去福建,去台湾,去南洋,去世界各地,奄奄一息的香火又重新旺盛起来,照亮了后裔的面孔——当他们呱呱坠地,兴奋的父母们为他们取了这样一些名字——黄遵宪、洪秀全、杨秀清、萧朝贵、冯云山、韦昌辉、石达

---

[1] 李敬泽:《小春秋》,第72页,北京:新星出版社,2010年版。
[2] 蒋韵:《炊烟升起的地方让我心动》,原载《文艺报》,2013年8月30日。

开、秦日纲、刘永福、冯子材、赖文光、林翼中、丁日昌、丘逢甲、陈宝箴、陈三立、陈寅恪、刘光第、彭家珍、廖仲恺、陈衡恪、邓演达、叶挺、叶剑英、陈济棠、陈铭枢、张发奎、郭沫若、胡耀邦、萧华、薛岳、李宗吾、蒲风、黄药眠、林风眠、韩素音、吴浊流、钟理和、林海音、钟肇政、陈映真、马英九、吴伯雄、他信(泰国)、英拉(泰国)、李光耀(新加坡)、李显龙(新加坡)、吴奈温(缅甸)、曾宪梓、钟楚红、张国荣……他们的后裔越走越远，纵横四海，成为史书中再也不可能省略的主语。在这张放射状的迁徙地图中，赣州是无可置疑的中心。

从赣州往西，是湖南郴州；往南，是广东梅州、韶关；东去，是福建的长汀、龙岩，再过漳州，就是大海了。赣南山高林密，西部大庾岭，东部九连山，这些天然的屏障，使这里形成了独立的地理单元，而烟波浩渺的赣江却如一条血管，与外界相连，更有无数古道，埋伏于青山密林之间，沟通内外，有说蓝青官话的行者穿行其间。

三

六月里，我在赣州境内进行了一次大范围的旅行，带着对历史的困惑，我要实地求证。因为不了解这一段历史，整个中国史就都连接不上了。这一次行程遍及赣县、瑞金、龙南、全南、定南、上犹、会昌、寻乌、于都、兴国、宁都、石城等十多个市县。市委宣传部钟小平副部长为此行做了精心周到的安排，赣州文学院副院长(后为赣州市作协主席、文学院院长)简心全程陪同。他们都是赣州人，对这片热土怀着发自内心的爱。这次旅行，改变了我对赣州的全部想象，也懂得了他们热爱的缘由。对于这片客家摇篮、革命老区(赣州瑞金是中华苏维埃共和国临时中央政府所在地)，我曾经想象得过于贫寒荒凉。我一厢情愿地把它塑造成一片"瘴疠之地""老少边穷"，只有置身于赣州的水光山色之间，我才知道自己的想象是多么的吝啬。

与我的想象相反，这里河汊纵横，湖池遍地，土地丰腴，雨水晶亮，呈现出一派江南水乡的景色。此时，茄子辣椒挂果，黄瓜豆角跑蔓挂架，花生豆苗疯长，水田里的稻粒，仿佛受孕后的精子，餐风饮露之后，早蓬勃旺盛，塞满田垄。莫奈笔下的睡莲，正在宅院前的池塘里舒展着裙裾。这里的山川景物，印象派的莫奈一定喜欢。在莫奈的画作中看不到非常明确的阴影，也看不到突显或平涂式的轮廓线，这种改变了阴影和轮廓线的画法，与这里的如梦似眠的光影效果十分吻合。中国画家里，宋代王希孟画下《千里江山图》，据说就与这里的景象十分相似。绿浪在视野里蔓延，与黄土高原上贫瘠龟裂的土地形成了强烈的反差。或许，正是这样的景象，让逃亡疲惫的眼眸蓦然发亮。于是，对于这些远走他乡的中原人来说，投奔南方，未必是被动的选择，而更像是一种主动的投靠。他们在这里停下疲惫的脚步，粗重的喘息开始变得柔和。一层一层的山峦，一条一条的江河，隔绝了战乱的消息。于是，在这里，他们开始开垦耕种。有了粮食，就有炊烟从大地上一缕缕地升起，如千手的观音，把逃亡者的伤痛轻轻抹去。

只要翻越那些青翠的山岭，我们就会站在山间的平地上，感受它的阔大沉静。阳光照彻，大地明亮。它浑圆的弧度，如女人凸凹有致的身体，温柔地起伏。熏风吹过，夹杂着植物的味道，如她发

2004 年在上海

2005 年在太湖一艘清代渔船上

际的清香。我张开肺叶，努力地呼吸，让大地的气息直抵我的肺腑，让我彻底融入它浑融的静默中。我想象着惊魂未定的逃亡者在水田里插下第一棵稻秧时的那份感动。当他们从稻田里直起腰身，他们一定会张开手臂，让山岭上滑下来的风从自己的腋下吹过，感受到自身体深处荡漾出的轻松和自由。

四

在赣州，我看见青绿的田野间浮起来的一片片村庄，看见山道边的路亭，看见河流上架起的廊桥，看见村落前莲花盛开的池塘，看见雕饰精美的戏台，我就看见了家园生成的过程。生命就像种子，只要落在土壤里，就会生根发芽，分蘖成长。一个人，变成一个家族；一个家族，又变成一部家谱，一天天变得厚重。他们在历史中留下了一个共同的名字："客家"。

客家人创造了三种民居形式——围屋、土楼和九厅十八井。围屋是三种民居形式之一，顾名思义，就是围起来的房屋，其外围可以是防卫围墙，也可以是高层的房屋，外形基本分同心圆形、半圆形和方形三种，也有少量椭圆形状的。赣南围屋形制以方围为主，比如关西新围，也有部分圆形、半圆形和不规则形的——龙南县里仁镇的栗园围，就是一座不规则形围屋，这座由明代五品大员李清公创建的围屋，是龙南县最大的客家围，占地面积四万五千二百八十八平方米，是罗马斗兽场的两倍有余。

仅从外观上看，围屋与山西高墙厚壁的古堡建筑相似，在山西的高墙大院中，也有用于射击的角楼，二者的渊源关系隐约可见。作为草原文明和中原文明的碰撞地带，山西自古多战事，也培养了山西人的防范意识。或许,当人们从黄河流域的山西、陕西向着南方奔走流散,这种古堡式的建筑形式也被他们带到了南方,在红土地上落地生根,与南方的地理环境相结合,产生了围屋。也有人说,在明代,山西人要建古堡,反过来要请南方的客家人设计……

在龙南县的另外一座大型围屋——燕翼围前,我看见了更高的围墙——燕翼围的围墙高达十四点三米,相当于五层楼的高度,比关西新围的围墙还高。它笔直矗立,如千仞陡壁。围墙上布满火枪眼,东南西北四座炮阁交相呼应,可形成无死角的射击火力网。进围内须经过唯一的围门,围门设有外铁门、中闸门和内木门,只要围门一关,外人就休想进来。楼上有米仓,院内有水井,可维持守卫者的生存,据说墙面是用糯米粉、红糖和蛋清搅和粉刷上去,没东西吃时,可剥下来用水煮熟充饥。因此,与其说是一处民居,不如说是一座军事要塞。民国时代,蒋经国以赣南行政公署专员的身份视察燕翼围,惊呼:"翅鸟难飞越高大的燕翼围顶……一堡垒也!"

这种围屋透露出客家人巨大的紧张感。或许因为历史的苦难太过深重,那种紧张感早已渗入客家人的细胞里。围屋则像围拢起来的巨大怀抱,把家族的血脉紧紧地搂住,千百年未曾松开。他们抱团取暖,把自己的世界压缩在一道围墙之内。他们就地取材,用三合土、河卵石,或者青砖、条石垒起坚固的围墙,像一层厚厚的铠甲,把他们包裹得严严实实,在整座建筑的巨大的空间内部,有主房、祠堂、戏台、廊道、水池、炮楼、粮仓,有层层叠叠的院落,更有无数天井接踵而至。这是一个自给自足的世界,他们在里面,有条不紊地劳动和休憩。

或许围屋的外部太过沉重，所以，他们把围屋的内部营造得万分精巧，哪怕是小小庭院，也有万千生机，处处显示出建筑者针对南方的气候做出的精妙对应，比如前面提到了门廊、雨棚。有雨的时节，坐在门廊下的竹椅上，静静观赏雨丝在庭院里飘洒，内心定然是无限的通透和淡然。

在围屋里，我最喜欢的还是院落中的天井。下雨的时候，四道水帘会从四面围合的屋檐上倾泻而下，形成一道四方形的整齐水幕。天井的面积就是雨的面积。此时的房子被分成了两个部分：有雨的部分和无雨的部分。无雨的部分在四周，有雨的部分在中间。人坐在无雨的部分里，看有雨的部分。有雨的部分围合成一个流水建筑——一座透明的"围屋"，像卢浮宫玻璃金字塔，放置在房屋的中央。

对这样的场面，住惯了高楼大厦的人们一定会感到新奇。在乡土中国，所有的房屋都与自然声息相通，比如九厅十八井，就是客家人结合北方庭院建筑，适应南方多雨潮湿气候及自然地理特征，采用中轴线对称布局，厅与庭院相结合而构建的大型民居建筑。实际上，九和十八，只是一个表多数的词，不一定就只是九个厅十八个天井，往往很多民居，比如赣州上犹县的黄氏祖屋、兴国县的李家祠，格局都超过九厅十八井。但即使只有一个天井，也能足不出户就感受到岁月天光。雨香云片，霜迹苔痕，都会在这样的房子里驻足停留，伸手可及；他们在庭院里栽树种花，风拂竹瑟，月映梨白，庭院里的梅兰竹菊对应着门窗上雕饰的四君子，自然与居所，相互成为彼此的一部分。这才是"诗意地栖居"，是看得见、嗅得到的"满庭芳"。

结构主义的出发点，是寻找事物的"基本结构单位"。天井，可以被视为客家民居的"基本结构单位",在建筑中形成了无数可复制的单元。将三合院、四合院纵向排列,就成了堂横屋;如果组合得再复杂一些,则是九厅十八井;在九厅十八井的周围加上四道高墙或四道房屋,就成了围屋,而围屋勾勒出的,不又是一个放大的"天井"吗?它们组成的,不又是一个超级版的四合院吗?

德国汉学家雷德侯(Lothar Ladderose)先生在《万物》一书中说,中国人发明了以标准化的零件组装物品的生产体系,这使中国的文化有了极强的可复制性。他将这些构件称为"模件"。对汉字、青铜器、兵马俑、漆器、瓷器、建筑、印刷和绘画的研究,为他的理论提供了证据。① 在我看来,"基本结构单位"也罢,"模件"也罢,单元也罢,实际都是一码事。我曾在《长城记》里把长城视作"我们民族思维模块化的最好证明"。因为"长城的体系无论怎样复杂,都可以划分成一些不同级别的基本模块,然后按照一定的比例,对模块进行排列组合"②。北京的紫禁城如出一辙,它无论多么宏大,都不过是由无数小四合院反复叠加组成的一个超级四合院。

复制,是符合大自然的法则的,因为生命的繁衍和延续,本身就是通过复制来完成的——人生下的,只能是人,而不可能是独角兽或者三脚猫。在风雨雷电、海啸地震、火箭大炮、毒气原子弹的夹缝里,人类这个物种居然能够延续到今天,就已经足够神奇了,对客家人尤为如此。客家人希望从小的单元

---

① 参见[德]雷德侯:《万物——中国艺术中的模件化和规模化生产》,第4页,北京:生活·读书·新知三联书店,2005年版。
② 祝勇:《长城记》,第41页,北京:紫禁城出版社,2009年版。

同发，生成无比宏大的居住空间，作为族群强大在视觉上的体现，如同根须，越生越多，纵横交错，势力强大。正因围屋可复制性强，所以它们在赣州层出不穷，比如龙汇围，就是按照1∶1比例仿燕翼围所兴建，是燕翼围的复制品。围屋虽大，却宛如客家人手里的魔方，可以不断地组合复制，鸡生蛋，蛋生鸡，像他们的子子孙孙，无穷尽焉，但所有的变化，都是围绕天井展开的。

五

在乡间，在不同形式的客家民居里，我注意到许多宅院门楣上都刻有匾额。尤其在上犹县的村落里，百分之八十的家庭都有门匾，作为上犹人，简心自豪地说，现在全县有门匾四万多幅，遍布于全县十四个乡镇。我们可以透过那些匾额来辨识他们的姓氏，而他们自己，则在匾额上镌刻下整个家族的历史，象征自身的历史和荣誉，犹如欧洲，每个贵族之家都有自己的族徽，有人把这些门匾称为"微型家谱"。

比如："知音遗范"这家一定姓钟，因为"知音"指的是"高山流水"的钟子期；"清白传家"这家则肯定姓杨，这来自东汉杨震拒贿的典故；"江夏渊源"这家姓黄，据说黄姓人家的祖先起源于古代的江夏郡；"汾阳遗风"这家姓郭，是郭子仪的后代——山西汾阳，正是中唐名将郭子仪的祖籍地；"四杰传芳"这家姓骆，"四杰"指的是初唐"四杰"之一的骆宾王；"青莲遗风"这家姓李，唐代诗人李白号"青莲居士"……每一张门匾都是一个词条，背后是一段冗长的诠释。姓何的人说，他们原本姓韩，群雄纷起的战国年代，秦国要灭韩，韩姓人纷纷南逃，其中一人被秦兵追到大河边，撑渡人救其上船，问其姓，不敢实说，顺手指大河，撑渡人即以为其姓何。韩姓人逃过此劫，对河水搭救之恩感激涕零，从此改姓何，他的后裔，从此在自家门头写上"水部风高"四个字……①

即使同姓之间，门头匾额也照样可以把它们区分开来。比如钟姓除了"知音遗范"，还有"越国世第""飞鸿舞鹤"；张姓除了"金鉴流芳"，还有"百忍传家"；黄姓除了"江夏渊源"，还有"叔度风高""春申遗风"；等等。这是因为每个姓氏都有不同的支派，每个支派都有不同的历史典故和人物传说，但这并不妨碍他们相互之间的认同，只要再往前回溯，他们仍然是一家，都有着一样的血脉。

由此我们看到了一种更大的紧张，那就是对记忆消失的恐惧——那记忆里，裹藏着客家人的全部来历。家园、财产可以一代代地继承下来，唯有记忆不能遗传，无论上一代有多么刻骨铭心的记忆，一个新生命的诞生会将所有的记忆归零。再坚固的堡垒也无法阻止记忆的流失，终有一天，即使面对巨大的围屋，后人也恍如被隔在岁月之河的另一岸，对前尘往事一无所知。他们决定将记忆物化，发表在家族最显要的篇幅上。

门头匾额承担了这样的功能。每一幅匾额都是回溯性的，把现世的目光牵回到历史深处，仿佛一根万古不灭的长链，把每个人与遥远的先人紧紧地拴在一起。如果说那些巨大的围屋是家族繁衍的纪念碑，那屋门上的匾额就是纪念碑的碑文。张锐锋说："一个民

---

① 参见李坊洪：《上犹客家民居门匾文化》，原载《赣南日报》，2010年7月9日。

族痛苦的记忆一般不会超过两代人。如果一个民族能够三代人记住一件事，这个民族就了不起。民族的集体记忆的强度和延伸的时代，是衡度一个民族是否很有出息的一个尺度。"① 但在经历了几代人，甚至几十代的奋斗之后，客家人依旧在提醒自己不要忘记故乡，忘记自己的来路——在这里，他们是"客"；"客家"这个名字，本身就包含了他们的履历，无论走到哪里，都如影随形。他们曾经流离失所，他们可能丢弃钱财，但唯有一样是他们至死也要坚守的，就是祖宗的牌位。他们抱着牌位辗转、流窜，一旦找到一个新的家园，就会立刻把祖宗的牌位安顿下来，又在宅院的门头刻写下祖上的光荣。

匾额分隔了各自的家族，却又像一个个的词语，组合在一起，就成了我们民族共同的史书。它们就像坐落在大树上的鸟巢，十里、百里、千里、万里，在大地上绵延不绝，组成一个无与伦比的浩大网络，声息相应；也像鸟巢攀附着的大树，无论多高，都有根须在地下相连。匾额直指自己沧桑的身世，同时也指向未来，因为祖上的荣光里，包含着他们对后世的期许。匾额见证着家族的重新崛起，仿佛池塘里的莲花，一片片地展开它的轮廓，在时间中次第盛开。

六

燕翼围前，有一个十五亩的水塘，据说是当年建围时取泥造砖时挖掘的，大得盛得下一场龙舟赛。每逢端午，村人们都要在塘里

---

① 张锐锋：《札记簿》，见《蝴蝶的翅膀》，第 260 页，北京：解放军文艺出版社，1999 年版。

赛龙舟，赛事结束后，会举行一场千人宴，全村人都参加。简心和赣州文联副主席、摄影家赖国柱带我匆匆赶到这里，就是为了赶上这场乡村盛宴，这一天，刚好是农历端午。

一进围屋，我的脑子里轰地响了一声，我是被眼前浩大的景象震蒙了，需要几秒钟的镇定，才能恢复它原有的机能。围屋的空地上，二百张方桌连接成一张长桌，所有人坐在它的两侧，杯酒相撞，人声鼎沸。我从来没有见到过这样的阵势，一千人的宴席，犹如一场规模浩大的行为艺术，更像是一部真正的3D大片，需要轨道加摇臂，才能把一切收纳在画面中。我猜，如此强悍的动员力，既来自基因里的血肉亲情，也来自餐桌上美食的召唤，是二者合谋的结果。我在桌边坐下，立刻消失在人浪声浪中。我与他们素不相识，但这不妨碍我们用水酒对谈。长桌上面摆满了田园里收获的绿色食品，五色丰盈。舌尖上的中国，以各种绝佳的味道，犒赏着他们的劳动。它们带着大地赋予食物的原有香味，拒绝着工业化蔬菜生产对味觉的减损。我过肚不忘的，首推客家酿豆腐。它的做法，是在豆腐里面加上馅料，比如葱白、肉，还有香菇，然后放到锅里，用文火慢慢煎，还要一边煎一边撒盐，豆腐要入味才香。等煎得黄莹莹的，就出锅，吃时蘸一点辣椒酱，那味道简直妙不可言。可怜美国总统、英国女王、北约总司令、联合国秘书长，吃不到纯正的客家酿豆腐。所以瞿秋白赴死前的最后告白是："中国的豆腐也是很好吃的东西，世界第一。"客家人的聪明，将朴素的食品做出了"附加值"。我夹菜，一抬头，别人都在夹菜；我端起酒碗，别人也都端起酒碗。笑容在不同的面孔上流动着，清亮如水，笑声是我们通用的语言——笑声里我突然想哭，因为透过它，我听见了爹娘的笑声，看见了自己阔别已久的家乡。

2013年8月30日—9月2日于成都

(原载《中国作家》纪实版2015年第1期)

婺源笔记

你用一把口琴吹出那个词：夏天

——庞培：《半山亭》

我们有一个共同的愿望：在婺源租一所老房子，住下。在这里，写作和交谈。有点像合并同类项，两个爱乡村也爱文字的人，被婺源，合并。但最经济的是我们，在这里，可以与诸多向往的事物同在：山水、风月、田野、老屋、廊桥、灯、牛、农具、村民、酒、书、笔墨、乐器、历史、爱情。在婺源，它们松散地混合在一起，像浸满柴火味的空气，被我们习惯，并且，忽略。但很久以后我们便会发现，将它们组合在一起该有多么困难。（就像我们，在离散之后，再也无法相聚。）只有婺源具有这样的能力，仿佛它是上述一切事物的故乡。任何古旧的事物（包括堂上的字画、器皿、窗栏板上的雕刻）在这里出现都不显得唐突，它们就像是在岁月里生长出来的，没有人为的痕迹，生命中所有的谋划都不动声色，雍容、质朴，与土地、河流、树林、目光、梦境，浑然一体。

要在婺源待下来，待住，等到我们最初的激情在安静的生活中逐渐退潮，我们就会发现真正的婺源。婺源是内向的，永远与奇迹保持距离，尽管它孕育过朱熹这样的伟人，并且吸引过李白、黄庭坚、宗泽、岳飞这样声名显赫的访客。婺源不是一个发光体，这一点与宫殿不同。在金碧辉煌的都城，即使是旧宫殿也是明亮的，在遥远的距离之外，我们的双眼也会被它屋顶的反光刺痛；在婺源，几乎所有的事物，诸如田野、青山、石墙、烟囱，都是吸光物，质地粗糙，风从上面溜过，都会感觉到它的摩擦力。婺源不属于那种夺目的事物，这里没有一处是鲜艳的，它的色泽是岁月给的，并因为符合岁月的要求而得以持久。为了表明谦卑，它把自己深隐起来。延村、思溪、长滩、清华、严田、庆源、晓起、江湾、汪口、理坑……反反复复的村庄，在山的皱褶里，散布着，像散落的米粒，晶莹、饱满、含蓄，难以一一捡拾。

不知道婺源的村落里暗藏着多少高堂华屋，从一扇小门进去，不知会遭遇什么。毫无预兆地，我们闯入明代某位尚书（比如南京尚宝卿余懋学、吏部尚书余懋衡）的客厅，被梁枋槅扇排山倒海的雕花所震撼；作为尚书第、上卿府的背景，层层叠叠的宅院在徽商们手下相继建起，不同时代的房屋，像迷宫一样交织和连接。所有的屋宇，都有一种惊心动魄的美。但它们并不嚣张，那些高大的院墙和华美的雕刻在历经岁月的烟熏火燎之后已不再令人望而生畏，作为对现实的隐喻，这些雕饰——"喜上眉（梅）梢""合（荷）和（鹤）美好""鹿（禄）鸣幽谷"——变得像现实一样朴素。雕梁画栋，与日常生活连接得如此妥帖。儒雅的官厅中，有几只母鸡在散步，戴花镜的祖母，弯在竹椅上打盹。所有的房屋，都有好几个敞开的入口，我们把那些开启的门扉当作公开的邀请函。我们可以任意参观所有的空间——堂屋、轩斋、天井、花园、庭院、回廊、厨房，甚至卧室。这使我们有了接近婺源的机会。到后来，我们干脆住在里面。我们躺在五百年的木床上睡觉，五百年前的事物就这样在梦中汹涌而来，而现世的烦忧，则再也无法扭动梦的机关。

婺源像夜晚一样，饱含着生活的秘密。夜是喑哑的，它从不嚣张，然而它却是许多事物的开始。夜，是我认识婺源的开始。我们在白天里观察婺源，疯跑，迷失，流连忘返。你的快门频繁闪动，我则享受着漫长的发呆。但在夜晚，我们进入了婺源的内部，可以变换观察婺源的方式，比如：倾听、呼吸、梦幻、想象、交融。夜晚呈现了比白天更多的东西。最奇妙的感受在于，我们能够倾听到倾听者——在黑夜里，埋伏着无数的倾听者，寂静，暴露了它们的存在——不仅包括隐在黑暗中的身影，还有各种各样的物品：桌椅、茶壶、门窗、小巷、树叶、野猫……仿佛事先达成默契，所有的事物都在彼此倾听。倾听成为许多事物交流的方式，很久以来，我们都忽略了这一点，并且因此中断了与许多事物的联系。现在，这种联系正悄无声息地恢复。在夜里，我发现自己和婺源正在相互渗透。我甚至可以看见婺源渗入我皮肤的进度，彼此之间无所顾忌地坦然接纳。

婺源的夜晚是湿润的，像你的身体，令我迷恋。它变成声音、气味和触觉，但它仍可看到。即使在夜晚，婺源依旧保持着它的形象，在黑暗中隐约浮现。我真正看清它，是在所有的灯光熄灭以后。桌案、橱柜、神龛、钟表，在黑暗中，我能感觉到它们的存在——它们具有与黑夜不同的密度，待得久了，我就能看清它们，轮廓鲜明。夜色弥漫，屋檐像船只一样浮现。夜以隆重的形式降临。婺源拥有最厚重的夜晚。在这样的夜里入睡是安详的，你的体温就是夜的温度。

在婺源，我会醒得很早。这一点，与在都市里截然不同。我的身体变得异常敏感，它的反应，与周围的事物完全同步——我醒来的时候，我清晰地看见，屋子里的家具，正井然有序地一一苏醒，先是靠窗的条凳，然后是八仙桌，再后是屋角的箩筐……只有那顶旧蚊帐，在我醒来之后，依然睡眼迷离，耷拉在床架上。我的身体知觉依次恢复，从眼，到耳，到鼻，到手足，与此同时，对婺源的记忆一一恢复。窗外的耕牛像多年以前一样劳作，我想起一句诗："村落从牛鼻里穿过。"我的朋友庞培写的。关于婺源，他写过很多好的句子，但我最喜欢这一句。我用手摸摸床，你应当在这个时候起身梳妆。但那床是空的，你已消失，我触到的只是床单的褶印。我知道，在你与我之间，已经隔了好几年的时光。

　　关于婺源的未来，人们即使不说也心知肚明。美的事物总含有某种无端的寂灭，这种悲剧意味使它显得更加动人。我对一些事物总是怀有绝望的爱，婺源是其中之一。我走到田垄上，心里有些酸楚。曾经自以为刀枪不入、百炼成钢，此时我才发现，还是一如既往地脆弱，毫无进步。我劝说自己，要努力习惯世界的变化，尽管很难；就像一只蝴蝶要习惯那死亡的虫蛹空壳。

　　我们能在婺源住多久？还没有找到答案，我们已经离散多年。但婺源仍在，像五百年前那样，均匀地呼吸着。它不会像你那样决绝，带着冰冷的泪滴，不辞而别。

2007 年 11 月 24 日

（原载《作家》2008 年第 3 期）

绍兴戏台

一

假若绍兴的一切都将在记忆中隐去，我相信最后余下的，定然是一座戏台。

在我看来，绍兴的标志性建筑，不是陆游写《钗头凤》的沈园，不是安昌古镇里的老台门[①]，不是古镇人家嫁女时必定要走的福禄、万安、如意这些古桥，而是那些星星点点的水上戏台。

对于绍兴人来说，没了什么样的建筑都不会影响生活质量，唯独没有戏台不行。中国"四大声腔"，绍兴就占了一个，即"余姚腔"。明朝初年，朱元璋整顿文艺，清除"精神污染"，于是禁演"淫词小说"，违者将处以割舌、断手等酷刑，唯有绍兴人的风月情怀死不改悔，依旧把许多财力都用于建筑戏台，把戏台建成雕梁画栋，建得花团锦簇，尤其是戏台的"鸡笼顶"和四根台柱的"牛腿"，更是精雕细刻，一丝不苟，复杂的技艺，让许多工匠功成名就。绍兴旧府八县，可以说村村有戏台，人人爱看戏。每个村落，都有自己的戏台，几乎每隔一二里，甚至半华里，就有一座戏台。在绍兴，组成一张戏台的网络。所以，从前

[①] 旧时绍兴的水乡大宅，俗称"老台门"。台门前有石板平铺的晒谷场，台门有两扇宽阔的大门，头道门至二道门间为门斗。跨过高高的门槛后，为一天井，然后为正厅，左右两侧为偏厅。正厅后还有中厅、后厅。厅与厅之间有天井相隔，中厅、后厅各有东西厢房，三个厅的两侧为住房，有楼上楼下，形成东、西两条弄堂。老台门是绍兴文化的图腾和符号。

的乡土绍兴，弹唱之声密集，无论何时，总会有一座戏台在演戏。当大地陷入沉寂，悠扬婉转的唱腔却此起彼伏。人们会从周边的村落向那里会集，这样的场面，在绍兴人陆游《剑南诗稿》里反复出现，比如《夜投山家》："夜行山步鼓冬冬，小市优场炬火红。""优场"，就是戏场。又如《初夏》："先生醉后骑黄犊，北陌东阡看戏场。"对于戏迷陆游来说，他的诗稿里，埋伏着一部绍兴的戏曲史。我想，假如当年所有的戏台同时开演，定然如无数朵焰火同时在黑夜里绽放，成为一场无比盛大的感官盛宴。精美绝伦的戏台，容纳了绍兴人的梦想和荣耀。对此，他们态度认真，绝不造"豆腐渣工程"。他们把戏台称为"万年台"。他们打算让这些戏在戏台上持续一万年，比朝廷"万岁"活得更久。戏台就这样，在不紧不慢、悠然闲适之间，瓦解着宫殿的权威。当铁血帝王们纷纷变成了历史，那些古老的戏台，依旧是现实的一部分，戏台上的角色，依旧眉目清晰。

神庙、祠堂里的戏台有些司空见惯，最值得一说的，是那些临河而建的水上戏台。它们将自然生态之美与人的智慧之美结合得那么天衣无缝，如春天骤雨后的茶园，有着贴心贴肺的清雅。烟波浩渺的近水远山，那一座戏台就成了近景，在视线里聚焦。它们是真实中的幻景，是真正的"海市蜃楼"。它们有的正面立于水中，仅有一面傍岸，以减轻水流的冲击，也有的跨河而立，完全凌驾在河面上——四根柱子架在河的两岸，柱子间铺上台板，供伶人们演戏，观众看不见台板，感觉上面人影摇荡，演绎出无限的风流，更像是一场轻梦。

二

在鉴湖，曾有一座水上戏台，叫作钟宴庙戏台，至今留存。这座戏台的台基均在水中，仅有左方的古柱靠近岸边。远远地，就能看见它伸展的挑角，如一只蝴蝶，在风中张大了翅膀，让人相信它的轻盈，永远不会在水面上沉没。这座古朴绮丽的古戏台，入过《舞台姐妹》的电影镜头，也入过李可染、叶浅予的水墨画。这样的戏台，柯桥也有，后马戏台、宾舍戏台皆如此。宾舍戏台位于湖塘乡宾舍村，三面临水，一面靠向一座古石桥（毓秀桥，俗称"戏文桥"），每逢演戏，戏班的班船可直接停靠在戏台后厢房，观者可以立在岸上看，也可以"隔岸观火"。

无论水上，还是岸边，人们都可以同时欣赏同一出戏。这有点像我小时候看的露天电影，既可以从正面看，又可以从背面看——那时的我，十分乐于在银幕的正反面往返穿梭，痴迷于银幕正反面的对称效果。双面戏台充分迎合了绍兴依山傍河的地域特点，也透露了绍兴人的灵活本性。

除了这些古老的水上戏台，还有许多新建的戏台在水面上耸立。在绍兴柯岩，我就看到了这样一座戏台，歇山顶，龙吻脊，戏台主体皆在水中，通过石桥与河岸连接，虽是新建，却气韵未失，在水上，有着极强的雕塑感。我看到新旧戏台之间的传递关系，像水面上的波纹，在岁月中不断扩散。很多年后，它们也会成为古戏台，有人会在未来的某个时刻，探望今天的一切。

绍兴乌篷船，天下闻名。它既是交通工具，又是打鱼人的家，庞培说"它是典型的中国式梦境的产物"，"达成一种劳动工具、水上生活及家居审美的高度隐喻和统一"①——人们可以在船上劳动，在船上烧水、做饭，也可以在船上做爱、安眠。它们是真正意义上的"不系之舟"。因此，对于行舟者来说，客栈通常是多余的，但他们需要戏台。唯有那些轻灵俊秀的水上戏台，能够成为它们真正的停泊之地。所有的河道，都将通向戏台。这意味着在绍兴的"地面"上不会有陌生人，因为所有的陌生人，都注定在戏台前聚合，所有人的命运，也都将在戏台前交叉。

这些戏台，既是地理上的制高点，也是心理上的停泊地。在弯曲的河道上，戏台有节奏地错落着，与水上生活的节奏相呼应，在行舟者的前方出没，安放在每一个需要它的夜晚。

三

作为北方人，我听不懂《龙虎斗》《火焰山》《芦花记》《香罗带》这些绍剧，听不懂《何文秀》《百花台》《珍珠塔》《后游庵》这些绍兴莲花落，但我懂得它们对水乡人的意义。如果说乌篷船代表现实生活，戏台就是他们平地上缔造的一个梦。只要夜幕降临，戏台就变成了戏。二十平米见方，一桌二椅，三四演员，简朴至极，没有京剧的大行头、大场面，却变化无穷，铺陈出一番清艳排场，点染着情俗的瑰色，不着痕迹，却尽得风流。清代哲学家、数学家和戏曲理论家焦循在《花部农谭》里形容："其事多忠、孝、节、义，足以动人；其词直质，虽妇孺亦能解，其音慷慨，血气为之动荡。"②

---

① 庞培：《乡村肖像》，见《五种回忆》，第19页，昆明：云南人民出版社，1999年版。
② 〔清〕焦循：《花部农谭》，见《焦循论曲三种》，第173页，南京：广陵书社，2008年版。

在鲁迅所有回忆绍兴的文章中，故乡一律成为对中国乡土愚昧落后的负面象征，显现出一副阴冷、灰暗的质感，"如一块均质的岩石，无法穿透"①，所以在著名的《故乡》里，他断然表明自己对于"故乡"的态度："老屋离我愈远了；故乡的山水也都渐渐远离了我，但我却并不感到怎样的留恋。"② 唯有戏台却是为数不多的例外——在风雨如磐的故园，戏台上的灯光，几乎成为他少年记忆里的唯一光源，于是有了这样的文字："最惹眼的是屹立在庄外临河的空地上的一座戏台，模糊在远处的月夜中，和空间几乎分不出界限，我疑心画上见过的仙境，就在这里出现了。这时船走得更快，不多时，在台上显出人物来，红红绿绿的动，近台的河里一望乌黑的是看戏的人家的船篷。"③

鲁迅对故乡戏台的描写，为鲁迅的故乡记忆保留了最后的一丝温情，让我们看到这个横眉冷对的战士，心底并没有失去对故土的那脉温情，这脉温情就伴随着清夜里的那场社戏，照亮了鲁迅的记忆，也照亮了一代代中国人的少年记忆。透过鲁迅的目光，无数中国人看见了那座戏台，"台上有一个黑的长胡子的背上插着四张旗，捏着长枪，和一群赤膊的人正打仗。双喜说，那就是有名的铁头老生，能连翻八十四个筋斗……"④

---

① 祝勇：《大师的伤口》，第40页，北京：海豚出版社，2012年版。
② 鲁迅：《故乡》，见《鲁迅全集》，第一卷，第485页，北京：人民文学出版社，1981年版。
③ 同上书，第563—564页。
④ 鲁迅：《社戏》，见《鲁迅全集》，第一卷，第564页，北京：人民文学出版社，1981年版。

四

当年和鲁迅一起看过社戏的人们，后来都去了哪里？没有人知道。我们只知道鲁迅从人群里走出，去了日本仙台、北平、广州、上海。他注定是聚光灯下的角色，很多年后，也变成了戏。1960年，上海天马电影制片厂筹拍《鲁迅传》，剧本由陈白尘、叶以群、柯灵、杜宣等集体编剧，陈白尘执笔，于伶担任历史顾问，陈鲤庭执导，赵丹饰鲁迅，于蓝饰许广平，孙道临饰瞿秋白，蓝马饰李大钊，于是之饰范爱农，石羽饰胡适，谢添扮演阿Q。这班阵容，如今再也排不出来。但柯庆施所谓"大写十三年，大演十三年"（指1949年新中国成立以来的"十三年"）的政治口号最终让这戏搁浅了，鲁迅的历史地位最终没能撼动"十三年"里的"英雄儿女"。赵丹曾经沉迷于鲁迅这个角色不能自拔，胡髭留了剃，剃了留，终于还是带着遗憾离开人世。新世纪，濮存昕有幸在电影和话剧里先后演了鲁迅，很像，濮存昕称之为"盗天之福"。

从一个更大的角度上看，绍兴同样是一座戏台，在上面演出的，是一部完整的中国文化史。从这里走进走出的，有大禹、勾践、西施、文种、范蠡、王充、贺知章、王羲之、陆游、唐琬、朱买臣、王冕、马臻、虞世南、徐渭、陈洪绶、刘宗周、章学诚、赵之谦、王阳明、曹娥、元稹、蔡元培、鲁迅、周作人、邵力子、陶成章、徐锡麟、秋瑾、竺可桢、许寿裳、夏丏尊、马寅初、范文澜、陶行知……当然还有传说中的梁山伯与祝英台。无论任何时代，这狭小的戏台都占据着中国文化的制高点，上面任何一个人，都撑得起一台戏。巴掌大的地盘，有如二十平米见方的戏台，里面藏着十万个为什么。这样变化无穷的戏台,恐怕世上只有绍兴才有。

曲终人散,每个人都像鲁迅那样,走进自己的戏。戏台上的风流俊雅,无限缠绵,收束进岸上的楼窗,河中的船影。狭长的石板路、层出不穷的石桥、悠悠荡荡的乌篷船,他们的戏台无处不在。"夜里挑灯看剑,清晨柴米油盐"①,只不过没有人把他们的戏文写下来,我们无从得知而已。无从得知,不等于不存在,像我的朋友徐累所说:"它了无声息地出没,就像一场场不起眼的哑剧,在平常中穿插布局,妥协又反抗,委屈又冒险,但对有些人来说,注视它就如同注视世界的私密一样,充满着诱惑和好奇。"② 如果观看角度还能再大,我会看到那些纵横的河汊在大地上织成一张网,每个人都在这张网上爬行。他们面对着各自的世网、尘网、情网,要么为网所缚,要么随波逐流。千回百转的唱词,就这样变成真实的肉身体验;戏台上的忠奸争斗、征战杀伐,也慢慢融入了他们的血脉,变成遗传基因,正因如此,在这块土地上,不独有才子佳人,还生长鉴湖女侠和思想叛逆。戏台上下,不仅构成一种对话关系,如明代最后一位儒学大师、绍兴人刘宗周所说:"每演戏时,见有孝子、悌弟、忠臣、义士,虽妇人牧竖,往往涕泗横流。此动人最切,较之老生拥皋比、讲经义,老衲登上座、说佛法,功效百倍。"③ 更构成一种轮回关系,戏台与看客,戏文与生活,反复颠倒。观众和角色可以互换,戏台下的观众一扭身,就融入了一个更大的戏台,变成角色,呐喊或者语丝,都是他们的唱词,一如当年

---

① 李敬泽:《小春秋》,第3页,北京:新星出版社,2010年版。
② 徐累:《皱褶》,原载《东方艺术》,2006年第1期。
③ 〔明〕刘宗周:《人谱类记》,见《景印文渊阁四库全书》,总第七一七册,子部,台北:台湾商务印书馆,1983年版。

的秋瑾，还有鲁迅。

五

庞培说，乌篷船"和乐器中的琵琶形同姊妹"[①]，在我看来，绍兴是一座戏台、一个巨大的发声体，风吹过、雨打过、脚步走过，都会发出奇妙的声响。它收纳了自然的喧嚣和历史的烟云，既性感，又有立体感，是真正的"中国好声音"。

绍兴人说话，也像唱腔一样，悠扬清越，缤纷妖娆。作为北方人，我无法辨识其中的音节，但我依旧觉得自己能够听"懂"——我是在想象中听懂的。我想象着越王勾践用古老的绍兴话发出的复仇誓言；想象着西施、范蠡在绍兴话里谈情说爱；五四时代的语言盛宴，假如没有了蔡元培、鲁迅、周作人黄酒般浓郁的绍兴口音，立刻会变得索然无味，活色生香的民国岁月也立即变成了一部默片。黄仁宇说他写《万历十五年》，困难之一是听不到明朝的"声音"，但如果他到了绍兴，发现绍兴的水上戏台，就会发现这样的困难并不存在。因为那戏台，就是一部老式录音机，漫长的河道，就是咿咿呀呀反复播放的旧磁带，它们合作，呈现出有声音的历史。有了这些声音，书本上出现过的人们就不再鞭长莫及，我们会相信自己正和他们生活在一起，水乳交融。

2013 年 8 月 24—29 日于成都

（原载《人民日报》2014 年 2 月 4 日）

[①] 庞培：《乡村肖像》，见《五种回忆》，第 19 页，昆明：云南人民出版社，1999 年版。

南方的水

南方的水，遍布神奇的皱褶。透明、轻巧、恍惚。

与女孩子衣上的皱褶不同，水上皱褶是游动的。女孩子衣上的皱褶也常是游动的，在她们行走的时候，皱褶便随她们行走的节奏而出现变化，但是，当她们静止下来，比如当睡眠时，皱褶便陷入寂寞。

水上的皱褶却从不寂寞。在河流的表面，这些天生的花纹时时刻刻都变着形态，仿佛它们的生命中蕴含着无尽的活力。我把每一缕皱褶都看成一个独立的生命，有自己的情感和命运，有它们的来路和去处，有炫目的光芒，也有旋涡和陷阱。

衣上的皱褶是由水上皱褶孕育而生的。女孩子们在河边浣衣，皱褶就从水上蔓延到衣服上。即使衣服晾干，皱褶依然存在。皱褶证明了水的无处不在，干爽的褶印是水的另一种形态。

皱褶催生了皱褶，河流也复制着河流，无限衍生，势力强大，把整个南方都纳入河流的统辖，包括石桥、碇步、廊棚、粉墙、黛瓦、船舶、芦苇、柳树、鱼米、药材、月光、梅雨、诗词、画轴、文房四宝、藏书楼、琵琶、目连戏、皮黄、青衫长袍、爱情、朝代……美人靠在"美人靠"上，通过水来鉴照自己的青春。水如同镜子，本身是空，是虚无，但它能容纳实有的生活。在水的养育下，水边小镇在长江下游一带遍地皆是，仿佛种粒，茁壮生长，这些小镇有周庄、同里、西塘、乌镇、南浔、锦溪、朱家角……

南方人让水来围拢自己的生活。在丽江，水干脆就从房子底下通过。在丽江似乎找不到水井。饮水的时候，掀起地板上的一个盖子，伸手就可以把水舀上来。在沱江上，人们在吊脚楼上枕水而眠，只是与丽江相比，楼板距水面高些。躺在吊脚楼里，透过楼板间的粗缝，可以看见下面的流水，有一些惊心动魄。也有人在水上漂着，然后像沈从文写的，在吊脚楼里找到自己的归宿："门开后，一只泥腿在门里，一只泥腿在门外，身子便为两条胳膊缠紧了，在那新刮过的日炙雨淋粗糙的脸上，就贴紧了一个宽宽的温暖的脸子。"[1]

沈从文的小说里，始终漫溢着水的气息："近水人家多在桃杏花里，春天时只需注意，凡有桃花处必有人家，凡有人家处必可沽酒。夏天则晒晾在日光下耀目的紫花布衣裤，可以作为人家所在的旗帜。秋冬来时，房屋在悬崖上的，滨水的，无不朗然入目。黄泥的墙，乌黑的瓦，位置则永远那么妥帖，且与四周环境极其调和，使人迎面得到的印象，实在非常愉快。一个对于诗歌图画稍有兴味的旅客，在这小河中，蜷伏于一只小船上，作三十天的旅行，必不至于感到厌烦，正因为处处有奇迹，自然的大胆处与精巧处，无一处不使人神往倾心。"[2]

我不止一次地抵达南方的河流，寻找那个隐于云水间的古老中国。我发现了那些村落之间的衍生与变异的线索。一条楠溪江孵化了无数个村庄，被蛛网似的支流复制，像涟漪，一轮一轮，越推越远。芙蓉村、苍坡村、花坦村、佳溪村……三十多个古村落，星星点点地散落，宗祠、牌坊、水系、路亭、戏台、寨墙，构成这些村

---

[1] 沈从文：《柏子》，见《沈从文全集》，第9卷，第42页，太原：北岳文艺出版社，2002年版。
[2] 沈从文：《边城》，见《沈从文全集》，第8卷，第67页，太原：北岳文艺出版社，2002年版。

庄的基本元素,即使走到云南,村落的面貌仍然相似;但就在楠溪江,村落又有细致的不同,比如中游的芙蓉村是以"七星八斗"的格局建造的,"星"是指道路交会处的方形平台,而"斗"则指水渠交汇处的方形水池。"七星"翼轸分列,"八斗"呈八卦状分布,道路和水系在"星""斗"之间穿梭和连接。这古老的阵图,既与天上的星宿神秘对应,又有防御的实用目的。只有站在芙蓉峰上,才能看清这完整的阵图。而在楠溪江上游的林坑村,溪涧、廊桥、老屋,高低错落,起伏不定,让村庄有了立体感。不同村落之间的差别,也只有走遍楠溪江流域才能发现。

  我曾经在楠溪江溯流而上,是在春天的午后,楠溪江水量充沛,空气透明,我在竹筏上闭上眼睛,水和皱褶一起消失了,只剩下竹筏,轻轻晃动,像摇篮、钟摆,或者其他与时间有关的事物。我感觉竹筏是浮在空中,没有支点,我自己也变得似乎比空气还轻。我觉得自己也变成了水,我可以是空气中的水,也可以是水里的水。

2006 年 4 月 8—10 日

(原载《读者》2007 年第 12 期,发表时题为《南方·水印象》)

一把椅子

一

我从伍嘉恩《明式家具经眼录》中看到过一件黄花梨波浪纹围子玫瑰椅。这件玫瑰椅最引人注目之处,就是波浪纹式纤细直棂,装入椅背框与扶手下的空间,仿佛流水的曲线,让人看到自然界的无声运动。建筑师赖特(Frank Lloyd Wright)把别墅造在匹兹堡郊区的瀑布之上,于是有了世界上著名的"流水别墅"(Fallingwater House),但这不算牛,中国人把流水造在家具里,那样不动声色,又天衣无缝,这等想象力、创造力,除了中国人有,天底下再也找不出来,而且这发明权,最晚也可以追溯到明代,因为有这把明代玫瑰椅作证。更重要的是,在当时,它并不是为博物馆打造的陈列品,而是作为一件普通家具,被置放在最家常的生活空间里。明崇祯十三年(公元1640年)寓五本《西厢记》第十三回"就欢"一折的彩色版画插图中,在崔莺莺与张生的幽会之所,绘着一张四柱床,床围子采用的也是这样的波浪纹。假如我们仔细看,便会发现这样的靠背纹线设计,在许多园林亭台的"美人靠"上亦可见到。

几百年前的一把木椅,让我们在客厅的穿堂风里,感受到江河流淌、山川悠远,甚至可以想到大河之洲,我们文明源头的关关雎鸠。一如我的朋友徐累,在俄罗斯,被圣彼得堡宫殿里的水波形帘幕所撩动,引发了他对19世纪末浪漫主义的伤感回顾。我想这不是过度阐释,在那把木椅里,在榫卯构件的起承转合里,一定藏着中国人对宇宙秩序的浪漫构想，然后，用一种最简单、最自然、最漫不经心的方式呈现出来——典型的中国式表达。中国人素来含蓄，从不构造浩大繁密的哲学著作，洋洋洒洒、滴水不漏地论述自己的哲学体系，但中国人是有哲学的，只不过那哲学渗透在万事万物中，看似不经意地表达出来。所以中国没有柏拉图、黑格尔，但中国有孔子，有惠能，他们的思想，都像雨像雾又像风，让我们感受和领悟。就像这把椅子，出自明代一个不见经传的工匠之手，但那层层推展、收放自如的水波，"以一种程式化的模式反复排列"[1]，循环推进，演示的，却是无止境的生命律动，一生二，二生三，三生万物。

在中国，我们几乎找不到一件孤立存在的事物，一切物质之间，都存在着隐秘的勾连，像家具的不同零件，共同构建成一个整体，因此，在古代中国，在老子、庄子那里，就已经产生了"系统论"。每一件事物，包括这样一件普通的家具，既是这宇宙的一分子，也可以被视作宇宙本身。一花一世界，一鸟一天堂，一件家具，就是一个微缩的宇宙，或者说，是宇宙的模型。中国的木质家具，在五行中属木，却容纳了水（波浪纹设计），暗含着土（所有的木都从土中生长），包含着金（木制家具一般采用榫卯结构，不用钉子，但有些家具有金属饰件，镶金错银、华美灿烂），亦离不开火（漆、胶等全需火来熔炼），融汇着世界上最基本的元素。世界附着在上面，它就像一只木船，把我们托起来。坐在一把木椅上，就是坐在这世界的中央（尽管那不是一把龙椅），天地与我并立，而万物与我为一。可品茗、可读书、可闲聊、可打盹、可调情、可

---

[1] 徐累：《褶折》，见祝勇主编：《中国好文章——你不能错过的白话文》，第313页，北京：现代出版社，2016年版。

做梦、可发千古之幽思，唯独不能把世界从自己身上甩掉。三十功名尘与土，八千里路云和月，家事国事、风声雨声，都在这里，入耳入梦，尽管，那只是一把椅子。

二

玫瑰椅——这名字，自带几分香艳感。但我查了许多史料，也没查出这种椅子跟玫瑰有什么关系。王世襄先生在《明式家具研究》里说："'玫瑰'两字，可能写法有误"，还说："《扬州画舫录》讲到'鬼子椅'，不知即此椅否？"[①] 但它体量小、造型窈窕婉约，尤其靠背较矮，不会高出窗台，便于靠窗陈设，有人认为它是女眷的内房家具，比如故宫藏的那把紫檀雕夔龙纹玫瑰椅，原本是摆放在西六宫之翊坤宫的西配殿——道德堂的。其实文人也用，宋人所绘《十八学士图》里，就可以看见玫瑰椅。王世襄先生说："在明清画本中可以看到玫瑰椅往往放在桌案的两边，对面陈设；或不用桌案，双双并列；或不规则地斜对着；摆法灵活多变。"[②]

唐宋以后的中国人，已不再像《女史箴图》里的美女那样席地而坐，而是坐在榻上、椅上（像五代绘画《韩熙载夜宴图》所描绘的），家具的重心全部因此升高，建筑的举架也增高了，礼仪方面，拱手作揖（像《韩熙载夜宴图》里的"叉手礼"）取代了跪拜，椅子拉近了人的身体与案牍的距离，从而带来了书法的变化，使它的笔触更趋细致。

---

① 参见王世襄：《明式家具研究》，第46页，北京：生活·读书·新知三联书店，2007年版。
② 同上。

但这把黄花梨波浪纹围子玫瑰椅,意义还不止于此。它用一种空灵的造型,诠释了中国人对"空"的理解。而这种诠释,可能完全是无意识的,因为这样一种理念,已经融入中国人的血液,成为一种本能。在玫瑰椅的家族,也早已成为一种惯常的形式,就像故宫藏的那把紫檀雕夔龙纹玫瑰椅,紫檀木沉穆的黑色,凸显了它端庄静雅的气质,让人联想起后妃们的富丽典雅(王世襄先生说:玫瑰椅很少用紫檀,而"多以黄花梨制成,其次是鸡翅木和铁力"①,更见此件的珍贵)。但我所关注的,却是它的靠背做成了一个空框,像一张屏幕,什么都没有,却什么都有了。空框四周雕刻的夔龙纹,把我们的心思牵向古远的青铜时代,但绵密繁复的图案,似乎就是为了反衬中间的"空"。在这里,"空"成了主角,而其他的构件、纹饰,一律都成了配角。还有一些玫瑰椅,形式更加简练,像《明式家具经眼录》中收录的那对黄花梨仿竹材玫瑰椅,那份空灵,已经直追用来沉思入定、参禅修炼的禅椅。它们以一种近乎极端的形式,表达了中国人关于"盈"与"空"、"有"与"无"的辩证哲学。

前几天刚刚写完一篇关于黄公望的散文,叫《空山》,里面讲到了"空"。"空"就是"无",但不是真正的"无",而是包罗万象。老子说:"天下万物生于有,有生于无"②。一切有形的事物,都在无形中孕育、发酵。这是中国人创造的一个独特的概念,是中华文明的神秘之处,依本人所见,那也是中国人艺术观念领先于西方之处。所以中国画讲究留白,不像西画,涂得满满当当。西画画

---

① 参见王世襄:《明式家具研究》,第46页,北京:生活·读书·新知三联书店,2007年版。
② 《老子》,第98页,郑州:中州古籍出版社,2008年版。

得再满，也是有边框的，边框意味着有限性；中国画却可以破解绘画的这种有限性，因为中国画有留白，留白是无，是想象、是所有未尽的可能性。所以，空山旷谷，在中国艺术中成为永恒主题，像王维，不只是唐代伟大的诗人，也是绘画史上伟大的画家、"文人画"的鼻祖，所以，他对"空"有着独到的表达：

人闲桂花落，
夜静春山空。
月出惊山鸟，
时鸣春涧中。

你看那空山，什么都没有，但又什么都有，生命的各种迹象、世界的各种可能性，都住在这份"空"里，潜滋暗长。这四句诗，二十个字，翻译给外国人并不难，但这"空"的意念，该怎么翻呢？不懂"空"，就不懂中国诗、中国画，甚至不懂一把中国的椅子。

有人会说，明式家具并不实用。家具，首先要考虑为人所用，实用功能永远放在第一。这固然不错，但我想说，在古代中国，身体从来都是听命于心的，而生活的品质，首先取决于内心的品质。所以，明式家具，诸如书案画案、琴桌酒桌，虽是生活的必需品，也是灵魂的道场——中国人的精神修炼，就在日常生活里进行。它们引导我们的精神向上，而不是让我们的屁股沉沦向下。风骨传典，风物流芳，明式家具，就这样，承载着落实于物质的文化观念与精神图腾。

三

在当下中国，许多土豪都喜欢在办公室墙上挂一幅书法，上书四个大字："厚德载物"。

并不是所有人都知道，这四个字原本出自《周易》，意思大抵是：只有德行淳厚，才配得到物质的供养。在中国，物，从来都是与"德"相对应、成因果，这一点，本书开篇谈玉时已经谈到。因此，物，不只是"物"本身，而是生命、是精神，有时，还是政治，比如皇帝坐在世界的中央，不是因为他有权，而是因为他有德。孔子说："为政以德，譬如北辰居其所而众星拱之"。[①] 因为有德，他才有资格像北极星一样坐在这世界的中心（皇宫），让万众像众星一样紧密地围绕在他的周围。中国人讲"物理"，不同于西方人讲"物理"。西方人的"物理"，纯属客观世界的规律，声光电色的运行之理。中国人的"物理"，是指"万物的道理"，"格物"作为儒家思想的重要理念，就是要以天地万物的道理完善我们的精神。所以《大学》里说："格物、致知、诚意、正心、修身、齐家、治国、平天下"。儒家知识分子的这一系列必修课，物是最初的，也是最根本的出发点，是一切思想和行为的源头。

很多年前，在一个春风沉醉的晚上，在故宫研究院满目花开的小院儿里，坐在办公室一把老旧的明式椅上，听郑珉中先生不紧不慢地讲琴之九德，谓：奇、古、透、静、润、圆、清、匀、芳，面目慈祥而陶然。那时，这位故宫古琴专家已年逾九旬，历经荣辱，

[①] 《论语》，见《论语·大学·中庸》，第15页，北京：中华书局，2011年版。

2006 年在北京鼓楼前

2005 年与黄苗子(中)、郁风先生

人却变得格外温暖和透明。将近一个世纪的沧桑风雨，居住在他的心里，通过他的古琴流泻出来，宠辱不惊。与他面容的苍老相反，他拨动琴弦的手指，暗含着岁月赋予的灵巧与力道；他内心坚守的品德，亦像一件明式家具，越擦越亮，永不蒙尘。

一件家具、一张好琴，都自有它的品德所在，品德不佳之人，想必是摆弄不了。王世襄先生谈明式家具，谈到家具有"十六品"，即：简练、淳朴、厚拙、凝重、雄伟、圆浑、沉穆、秾华、文绮、妍秀、劲挺、柔婉、空灵、玲珑、典型、清新。人与之相配，才称得上完美。不配，人就显得尴尬，反正家具不会尴尬。明代文震亨在《长物志》序里所说："几榻有度，器具有式，位置有定，贵其精而便，简而裁，巧而自然也"[1]。那格调，可以让炫奇斗富者一下子就露了底，像文震亨所说的那样："近来富贵家儿与一二庸奴钝汉，沾沾以好事自命，每经赏鉴，出口便俗，入手便粗，纵极其摩挲护持之情状，其污辱弥甚"[2]。明式家具是中国人的雕塑，简洁空灵、亭亭玉立、举重若轻，凝聚着中国人对世界的完美想象，在人生哲学、视觉艺术与日常起居之间达成一种高度的统一。

四

明式家具鲜明的造型感，得自唐宋以降中国绘画的线条训练与积累。曹衣出水，吴带当风。终有一天，那精致、流畅、唯美的线

---

[1] 〔明〕文震亨：《长物志》，见《长物志·考槃馀事》，第22页，杭州：浙江人民美术出版社，2011年版。
[2] 同上书，第21页。

条，超出了纸页的范围，落在了木材上。对大树进行剪裁，每一笔，都精准得当，无可挑剔，就像宋玉眼里的邻家少女，增一分则肥，减一分则瘦。有太多的文人，把自己的理想、意念，融入设计中，却从来不留设计者的名姓（中国的建筑、服饰等亦是如此）。因此，与中国书画不同，中国的明式家具是由无数文人、工匠共同缔造的，在现实中不断地修改和调试，因此才能在最广阔的生活里降落。中国人自古有对物的崇拜，但对物的崇拜里，包括对自己的崇拜。

从大树到家具，从山石到园林，这个世界的物质属性没有变化——中国人没有去改变这世界的分子结构，只是改变了它们的形状和位置，把森林、石头，甚至河流，安放在生活的周围，甚至，安放在一把椅子上（有些椅子以大理石等石板作面心）。因此这变化是"物理"的（同时合乎东西方对"物理"的定义），而不是"化学"的。将一把椅子放大，就是一座园林；再放大，就是整个世界——因为它们完全是同构关系。坐在这样的椅子上，就可以与世界联通，世界也可以浓缩成自我，温暖的木、坚硬的石、柔媚的水，就此成为身体的一部分。

因此，一把椅子，不只是一个坐具，也是我们与世界联系的一个楔子、一个接口。我们人类的交流、学习、冥想，在许多时刻离不开一把椅子。把椅子抽走，大多数人会手足无措，我们的身体，也将因此而失去一个可靠的支点。

大地之书

我曾经被黑夜遗忘然后我在黎明醒来我曾经被天空遗忘
然后在飞鸟翅膀上醒来我曾经被自己遗忘
然后我在爱人的怀里醒来我曾经被醒来遗忘
然后我在梦中醒来

———节选自庞培《爱的记忆》

小 引

中国的文化线路,我曾经走过唐蕃古道和茶马古道,徐霞客的旅行线路,是我的第三次成系统的长旅。《徐霞客游记》,早年是读过的,但如同读《山海经》一样,由于对其中所述地名所知甚少,所以它的文字犹如迷宫,令我无所适从。相对于大地,我们只能看到它某个局部而不可能有一视角从整体上对大地进行观察,所谓"一叶障目,不见泰山",正是对我们处境最准确的表达。

但是,在没有卫星定位,甚至连道路系统还不完备的明代,徐霞客就开始了用脚步丈量大地的事业。从徐霞客的笔下,我们常会看到他对道路这样的评价:"路甚荒僻,或隐或现,或岐而东西无定,几成迷津。"[①] 但这并不能阻止他的脚步,他一生足迹遍及今天的二十一个省、市、自治区,"达人所之未达,探人所之未知",

---

① 〔明〕徐霞客:《徐霞客游记》,第76页,北京:中华书局,2009年版。

在他五十六年的生命中，他花了四十年的时间进行大地考察，完成了二百六十多万字的《徐霞客游记》。这是一部大地之书，重塑了中国人对大地的认知。

2010年，我随上海电视台《霞客行》剧组，重走了徐霞客第四次，也是他一生中最重要的一次行旅路线。我们从徐霞客的故乡江阴出发，一路经过江苏、上海、浙江、江西、湖南、广西、云南等省市区，最终抵达徐霞客一生旅行的最远点——云南腾冲。沿途零零散散，写下一些日记。因为拍摄忙碌，行程紧张，有时连睡眠时间都不够，所以这些在摇晃的车上、在旅馆里写下的文字，我一直放在那里，未曾动过。十年之后，因为整理书稿，我才把它们重新翻拣出来。重读这些文字，想起当年拍摄的艰辛，竟别有一种感动，对徐霞客的敬意也丝毫未泯。虽只是零章断简，中间漏掉了许多行程，即使抽时间记录，有时也言语不全，今日整理时将其补全，但年深日久，记忆难免出现错乱。文中将徐霞客的行记（楷体字部分）与我的日记相对照，更让我对徐霞客感到亲切，宛如一位同行的友人。他所经历的一切，在我的行旅中，都历历在目。沿着徐霞客的道路行走上一遍，哪怕只有一遍，对我，已是生命中难得的际遇，亦是一种无上的荣光。每当想起这次旅程，一种骄傲之情都会油然而生，为徐霞客，更为我们亲历过的大地山河。

丙子(1636)九月十九日

余久拟西游，迁延二载，老病将至，必难再迟。欲候黄石斋先生一晤，而石翁杳无音至；欲与仲昭兄把袂而别，而仲兄又不南来。昨晚趋晤仲昭兄于土渎庄。今日为出门计，适杜若叔至，饮至子夜，乘醉放舟。同行者为静闻师。

2010年4月21日　星期三　江苏　江阴市　阵雨

江苏学政衙门，变作了今日江阴的中山公园；学政衙门跟前那些形态各异的生员，变作广场上一组真人大小的铜像。他们以不同的表情面对着昔日的黄榜，从字里行间搜寻着有关他们未来的讯息。对于大多数生员来说，张贴黄榜的那道砖墙无情地阻挡了他们的去路，那是一道黑色的墙，不是他们道路的开始，而是他们道路的终点。对于绝大多数自幼苦读的人而言，这道墙成为他们生命中不可超越的事物，他们命运的极限。他们的梦想，在这里戛然而止。

四百多年前（万历二十九年，公元1601年），在那些失望、悲痛、愤懑的面孔中，有一张是徐霞客的。那一年，徐霞客十五岁。像所有殷富人家的年轻人一样，他被裹挟到一场以"科举"命名的赌局中。在徐霞客的家族中，从徐颐开始，已经有五代人，前赴后继地，在那条看不到尽头的道路上，耗尽了自己的生命。他们没有得到任何奖励，朝廷的奖励机制对他们来说毫无意义。

中国的官场，从来没有像明朝中后期那样混乱和无序，大明帝国的皇帝，已经成为一个不可救药的炼丹爱好者，除了刻苦钻研炼丹术，他对朝廷的一切事务均无兴趣。长期见不到皇帝的大臣们莫衷一是，宦党们如鱼得水，迎来了前所未有的发展机遇。在皇帝的默许下，明朝的政治，已经沦为少数人的圈内游戏，闲人免进。它像一个绝缘体，与绝大多数人无关。

即使进入官场，那也是一项高风险行业。据说，当年朱元璋每天上朝的时候，如果把玉带高高地贴在胸前，就表明这一天他会仁慈些，少杀几个人；如果他把玉带压在肚皮下面，就会有许多官员死于非命。帝国的官员们——那些科举制度的幸运儿，在金榜题名的那一天无论如何不会想到，等待他们的将是朝不保夕的生活。据说当时的京官，每日上朝时都要与家人生离死别，因为他们每天都有可能招致杀身之祸。或许这种人生的不确定性，使明朝官员们产生了强烈的幻灭感，于是，贪污受贿、及时行乐，成为当时官场主流。徐霞客站在江苏学政衙门前，表情严峻。他看到了身边一位耄耋之年的老童生，脸上像核桃一样的皱纹里布满泪水，年轻的徐霞客从他的脸上看到了自己的未来。

江阴马镇的徐霞客故居，房子是新修复的，只有庭院里的罗汉松是徐霞客的遗物。徐霞客改变了一棵树的命运，把它从花盆里移栽到大地上。我们的拍摄，就是从这株树开始的。我把它当作徐霞客本人，出发前，向它深鞠一躬。

徐霞客的明代，摆在士人面前的路只有两条：要么科举，走学而优则仕之路，去匡扶天下；要么隐于林野，像徐霞客后来的朋友陈继儒，去独善其身。但徐霞客两条都没有走，在历史地理学远没有成为独立学科的明代，他选择做一名历史地理学家。迈出家门的一刻，他就把自己交给了大地，如清代学者潘耒所说："不避风雨，不惮虎狼，不计程期，不求伴侣。以性灵游，以躯命游，亘古以来，一人而已！"[①] 三十年后，当他回到家园，已是双足俱废。漫长的路，还给他的是一张沧桑的脸、一双不能行走的脚，当然，还有一部《徐霞客游记》。此前的中国，有过唐代玄奘的《大唐西域

[①] 潘耒：《徐霞客游记序》，见《徐霞客游记》，第1268页，上海：上海古籍出版社，1987年版。

记》、宋代范成大的《吴船录》、元代刘郁的《西使记》、明代马欢的《瀛涯胜览》和费信的《星槎胜览》，但仍然缺少一部整体性的大地之书。《徐霞客游记》就是一部大地之书，它的复杂性、它的跌宕和迂回，都与大地的结构相吻合。钱谦益评价它："此世间真文字、大文字、奇文字，不当令泯灭不传。"①

每个人都在谈论"天下"，有多少人知道，这个"天下"有多大？"天下"又是什么样？即使在明代，人们对于"天下"的认识，依然没有超出《禹贡》中描述过的"九州"（冀、兖、青、徐、扬、荆、豫、梁、雍），"东渐于海，西被于流沙"②。到宋代，中国人对"天下"的认识比起大禹划定的九州也没大出多少，只不过是对外部世界的认识在增加，模模糊糊地知道平常所说的"天下"只是指"中国"而不是"世界"的全部。北宋石介写过一篇《中国论》，称："天处乎上，地处乎下，居天地之中者为中国，居天地之偏者为四夷，四夷外也，中国内也，天地为之乎内外，所以限也。"③南宋黄裳绘《地理图》，"天下"收缩为西起岷山，东至新罗，北达阴山，南到琼州的区域。可见当时中国人的空间意识的模糊不清。徐霞客准备用自己的脚去丈量这个"天下"，用自己的笔去描述一个真实的"天下"。

徐霞客选择了一条自己的路。他从功名的道路上逃离，去建立自己认可的"功名"。钱谦益说他："万卷劫灰，一身旅泊，一意抛弃世事，皈心空门；世间声名文句，都如尘沙劫事，不复

---

① 〔明〕钱谦益：《嘱徐仲昭刻游记书》，见《徐霞客游记》，第1186页，上海：上海古籍出版社，1987年版。
② 《尚书》，见《十三经注疏》（影印本），第153页，北京：中华书局，1979年版。
③ 见《徂徕石先生文集》，卷十，第116页，北京：中华书局，1984年版。

料理。"① 那是一条必死之路，也是一条求生之路，是地狱，也是天堂。

万历三十六年(公元1608年)，二十二岁的徐霞客终于正式出游。他头戴母亲为他做的远游冠，肩挑简单的行李，离开了家乡。直到万历四十一年(公元1613年)徐霞客二十八岁以前，他游览了太湖、泰山等地，没有留下游记。

自万历四十一年(公元1613年)二十八岁至崇祯六年(公元1633年)四十八岁，历时二十年，徐霞客游览了浙、闽、黄山和北方的嵩山、五台、华山、恒山诸名山，但游记仅写了一卷，约占《徐霞客游记》全书的十分之一。

自崇祯九年(公元1636年)五十一岁至崇祯十二年(公元1639年)五十四岁，徐霞客历时四年，游览了浙江、江苏、湖广、云贵等江南大山巨川，写下了九卷游记。

就在徐霞客决定进行生命中最后一次长旅的年头(崇祯九年，公元1636年)，帝国已陷入一片混乱。李自成已经随闯王高迎祥、八大王张献忠东下，由河南进入安徽，攻下了明朝中都、明太祖朱元璋的老家凤阳，把明皇陵付之一炬，然后，李自成和高迎祥分兵进入陕西，高迎祥遭遇了陕西巡抚孙传庭的埋伏，被俘遇害，李自成从此被拥推为闯王。同一年的四月初五，在更加辽远的北方草原，皇太极得到了元朝的传国玉玺，正式称帝，放弃了努尔哈赤时代的"后金"国号，定国号为"大清"，这次改元，变化是实质性的，因为"大金"或者"后金"的命名，采用的是北方少数民族

---

① 〔明〕钱谦益：《嘱徐仲昭刻游记书》，见《徐霞客游记》，第1186页，上海：上海古籍出版社，1987年版。

的政权序列，而"大清"，则如同"大唐""大宋""大明"一样，纳入了中原主流政权的序列，从这一天起，同明朝争夺中国的最高统治权，就成为皇太极唯一的政治目标。动荡的时局，随时可能粉碎徐霞客最后的梦想。

这就是徐霞客生活过的明代——政治上空前酷烈，东厂、西厂、锦衣卫大显身手的明代，从迷恋酷刑的朱元璋，到杀人如麻的张献忠，到处风声鹤唳。这个朝代流行的刑罚包括墨面、文身、挑筋、挑膝盖、剁指、断手、刖足、刷洗、秤竿、抽肠、阉割、枭首、凌迟等，仅看名称，就足以令人毛骨悚然。与身体的惩罚相对应的，是对精神的规训。洪武元年（公元1368年）三月，朝廷下令开科取士，十月定国子学制度，至洪武三年（公元1370年），京师与各行省开始大规模乡试，这使大明王朝的文化建设纳入制度化的轨道，但这只是表象，硬币的另一面是：自洪武年间，天下学校生徒必须背诵《大诰》，明朝的统治者正式下达了思想禁令，这篇《大诰》文理不通，其粗鄙的文辞与蛮横的态度一看就知道出自朱元璋的手笔，然而它一句顶一万句，成为人们记诵和膜拜的对象，全国从此掀起轰轰烈烈的学《大诰》运动。永乐二年（公元1404年），诋毁理学的饶州儒士朱友季遭到严厉惩罚，"这一异乎寻常的象征性信息传递了官方严厉的训试和规劝之后，知识与思想已经被权力确立了大体的边界"。① 天启五年（公元1625年）八月，御史张讷向朝廷提出政策建议，主张拆毁天下所有讲坛，以实现官方意识形态对民间言论空间全面覆盖。在这一政策主张下，官方意识形态表现出它战无不胜的威力，东林、关中、江右、徽州等一切书院迅速在帝

---

① 葛兆光：《中国思想史》，第二卷，第291页，上海：复旦大学出版社，2009年版。

国的版图上消失。① 士人被赶进一条狭窄的死胡同，那就是科举，而科举考试的"教材"是四书五经，其中所有不利于皇权的内容，比如孟子就曾说过"君视臣如土芥，则臣视君如寇仇"② 这样的话，一律被删除，以便选拔对朝廷听话的举子，对皇帝至死效忠。明朝的臣子，已经沦为皇帝的奴仆，抄家凌迟打屁股，皇帝想怎么收拾就怎么收拾，彻底失去了宋代君臣共治天下的地位，中央集权得到了前所未有的加强。

明朝政府打造了一条符合自身要求的知识加工厂，所有的生产车间都受到严密的监控，必须符合严格的规章制度，这条流水线上出品的，都是整齐划一的标准化产品。这就是明代士人的处境。他们只能拥有死知识，而不能拥有活思想。他们的大脑只是用来记忆和存放官方规定的信息，而不能思想，只有皇帝一人，具有法定的思考权。连始终与中央保持一致的高攀龙都承认："学者幼而读之，老而不知一言为可用者。"③ 有意思的是，政府的网撒得越大，它的漏洞就越多。在禁令之外，一个民间文化空间正在形成。如同张讷指出的：

> 南北相距不知几千里，而兴云吐雾，尺泽可以行天；朝野相望不知几十辈，而后劲前矛，登高自为呼应。其人自缙绅外，宗室、武弁、举监、儒吏、星相、山人、商贾、技艺以至于亡命辈徒，无所不收，其事则遥制朝权，掣肘边镇，

---

① 《明熹宗实录》卷六十二，天启一年八月壬午，《明实录》缩印本，第13838页，中文出版社，1990年版。
② 《孟子》，第107页，上海：上海古籍出版社，2013年版。
③ 《高子遗书》卷七《崇正学辟异说疏》，文渊阁四库全书本，第2页。

把持有司，武断乡曲，无所不为；其言凡内而弹章建白，外而举劾条陈，书揭文移，自机密重情以及词讼细事，无所不关说。

在徐霞客身边，陈继儒、陈老莲、董其昌、陈子龙这些民间士人，慢慢从文化边缘走向那个时代的文化中心，李时珍、徐光启、宋应星等人的"格物"之学也已露出了端倪，如果没有满人马踏南中国，一场中国的文艺复兴运动有可能在市场经济发达的明代成为现实。

徐霞客用他的脚步，穿越知识的荒蛮地带，它既是现实中的旅程，也是精神上的旅程。是谁改变了徐霞客的命运？这一直是我心中的一个谜。一个人能超越他的时代吗？在三百多年后的雨中，我们从徐霞客出发的地方出发。三百多年前的徐霞客，把今天的我们又牵上了路。我们期待着，我们对历史的迷惑，能够在那条道路上迎刃而解。

九月二十日

天未明，抵锡邑。比晓，先令人知会王孝先，自往看王孝先，已他出。即过看王忠纫，忠纫留酌至午，而孝先至，已而受时东归……饮至深夜，乃入舟。

4月22日　星期四　苏州市　阴

摄制组一行五人昨日雨中从江阴出发，经无锡，抵达苏州西山时，已是大雨飘泼，说水天一色并不过分，因为在雨中已看不出哪里是水哪里是天，只看到芦苇成群结队地偎在岸边，在风雨中瑟瑟发抖。

晚饭时喝了一点黄酒，暖暖身，然后各自归房。拍摄纪录片，不同于拍摄电影、电视剧，不可能在棚里集中拍摄，纪录片的拍摄大多在游动中，既然在野外拍摄，就不可能有好的酒店可住，只能"入乡随俗"。我的房间不到十平方米，但还是要店家在床边加了一张小桌，她又拿来一盏简易的塑料台灯，尽管疲累已极，但还是看了几页书，写了几句话。窗外大雨如注，只有这盏孤灯，对抗着无尽的黑暗。风雨飘摇中，唯有青灯黄卷，让人感到温暖。现代人真是越来越娇气，徐霞客的时代，没有越野车，没有高速公路，连台灯都没有，有的只是一颗不知疲倦的心和永不停止的写作。对徐霞客来说，旅次中的写作，不是辛劳，而是慰藉，是一种不离弃的陪伴。

旅途的第一个夜晚是最漫长的。窗外深不可测的雨幕，更令人觉得茫然和无助，觉得自己像一片树叶，会被随时卷入大雨中。一个人一旦离开家园，安全感顿会消失。如果回头，一切还来得及。那个夜晚，我心生疑问，孤苦无援时，徐霞客是否会感到后悔？他内心的虚弱将与谁人倾诉？但我知道，徐霞客是一个内心十分强大的人，他真正的强大，在于他能忍受寂寞。

早上起床时，雨停了，远处的山影如淡淡的墨痕，天地为之一新。早饭后，收拾好设备，启程前往苏州和松江。徐霞客在崇祯九年(公元 1636 年)九月二十一日的暮色中，顺江从虎丘边经过，泊于半塘。三天后，他在松江佘山脚下见到了陈继儒。

九月二十四日

眉公远望客至,先趋避;询知余,复出,挽手入林。饮至深夜。余欲别,眉公欲为余作一书寄鸡足二僧,强为少留,遂不发舟。

4月23日　星期五　上海　松江区　晴

《游记》里提到的眉公,就是明代艺术、思想界大名鼎鼎的陈继儒。尽管大明王朝一再强化国家的政治权威,但仍有士人把文化视为一种超越政治的力量,尤其明代后期,思想越来越多元,如黄宗羲所说:"有明学术,宗旨纷如。"[1] 陈继儒就是最有影响的民间士人之一。

北宋时期就出现过政治权力与文化权力相分离的现象,北宋的政治中心汴梁,集中了朝廷主要的政治资源,而在咫尺之遥的洛阳,却是文化精英云集之地,北宋思想史特别是理学史上的几位重量级思想家,除周敦颐和张载之外,邵雍、程颢、程颐、司马光等,都同时居住在这里。在朝廷的权力之外,他们建立了一个自己的王国,一个不受政治左右的文化、思想与信仰的王国。这一王国,一经建立,就遵循着自己的法则,有条不紊地发展着,坚韧,顽强。

陈继儒在东佘山隐居了几十年,我们找到了他隐居的江湾,原来山坡上的房子虽然没有了,但那里的情致还在。那里的水湾、山

---

[1]〔明〕黄宗羲:《陈先生确墓志铭》,见钱仪吉:《碑传集》(影印本),第5999页,台北:文海出版社。

林,都那么适合文人停泊。我们在博物馆里看到了他的书画,许多都是在这里完成的。

陈继儒对经、史、子、术、释、道等皆研究极深,编订有《宝颜堂秘笈》四百五十七卷。那时的松江县,政治上云淡风轻,文化上却波涛汹涌。松江有幸,收纳了许多像陈继儒这样的文化精英。

陈丹青说:"巴黎出了雨果与波德莱尔,巴黎所以风流;伦敦住着狄更斯与王尔德,伦敦所以风流;彼得堡给陀思妥耶夫斯基详详细细描述了,所以彼得堡风流;东京有过芥川龙之介与三岛由纪夫,于是东京风流;纽约有过伍迪·艾伦和安迪·沃霍尔,于是纽约风流……我们不能想象这些城市不曾遭遇这样的人物……城市不动声色,包容文化叛徒,持续地给他们想象的空间,给他们创作的灵感。"[1] 一个没有出现过文化领袖的城市,无疑是一个没有灵魂的城市,是一堆由石头组成的垃圾。陈丹青说,20世纪30年代的上海如果没有鲁迅,就寂寞得多、失色得多,"30年代的上海文化因为有鲁迅在,就有了不可取代的分量"。[2]

17世纪,上海还不存在,而松江县,则是大明帝国东部版图上一个优美富庶的小城。陈继儒的存在,令人对17世纪的松江县刮目相看。这样的大师级人物,如今不会有了,因为当今的知识分子,纵使居江湖之远,脸上仍然挂满谄媚的表情,老百姓不会热爱这样的表情,官场也会嫌弃它们。所以说,当时的松江人民是幸运的,他们也对这份幸运心知肚明,将陈继儒这等文化名人的画像,在茶楼酒肆这类消费场所广泛张贴,有点像今天的拥趸,把他们偶像的照片贴得到处都是。人们称他为"山中宰相",这一称谓,是

---

[1] 陈丹青:《荒废集》,第78页,桂林:广西师范大学出版社,2009年版。
[2] 同上书,第77页。

对民间士人文化权力的世俗表达，简明而透彻。严嵩的死敌、官至内阁首辅的松江人徐阶曾多次进山探访陈继儒，这位政治王国里的"宰相"与文化王国里的"宰相"会面，是明代历史中十分有趣、动人的一幕。

据《游记》记载，身为布衣的徐霞客受到了同为布衣的陈继儒的厚待，会见在亲切友好的气氛中进行。

在松江拍了一些镜头，然后沿杭新景高速公路，向千岛湖、衢州方向行进。下午抵达杭州，天气晴好，在西湖拍摄，夜宿桐庐。

十月初九日

甫至峰头，适当落日沉渊，其下恰有水光一片承之，混漾不定，想即衢江西来一曲，正当其处也。夕阳已坠，皓魄继晖，万籁尽收，一碧如洗，真是濯骨玉壶，觉我两人形影俱异，回念下界碌碌，谁复知此清光！即有登楼舒啸，酾酒临江，其视余辈独蹑万山之巅，径穷路绝，迥然尘界之表，不啻霄壤矣。虽山精海怪群而狎我，亦不足为惧，而况寂然不动，与太虚同游也耶！

4月25日　星期日　浙江　金华市　阴

昨日黄昏，攀金华北山，看到一枚巨大通红的落日。浙江的西部，万山之上，落日隆重地出场，万般明亮。当它降落到接近山梁的高度时，我才敢直视它。四下无人，只有风声在耳。在这样苍茫的情境下，心里自然会想到徐霞客，想他是否会像我一样，站在这日落的山头。

夜宿农家，在半山，叫鹿田村，睡前翻读《游记》，果然发现，曾有一枚落日，如一盏高悬的灯，照亮他的孤旅。他这样写："夕阳已坠，皓魄继晖，万籁尽收，一碧如洗，真是濯骨玉壶，觉我两人形影俱异，回念下界碌碌，谁复知此清光！"这文字，当代的作家，写不出来。

他几乎一生都没有一个可以对话的人。他给妻子的家书少得可怜。在徐霞客的时代里，他像一个哑巴，把所有的话藏在心底，写在纸页上（据说他写了三千万字，留到今天的，只有六十万字），等待他未来的读者，在很多年后的夜晚，枕着风声，掀动早已苍黄的纸页。

早上汪伟和两位摄影师四点起床，上山顶拍日出。我昨夜读书很晚，早上没有随他们上山，一直睡到七点多钟。下午由浙江常山县抵达江西玉山县，休整半日。

十月初十日

出（冰壶——引者注）洞，直下里许，得双龙洞。洞辟两门，瑞峰曰：

"此洞初止一门。其南向者，乃万历间水倾崖石而成者。"一南向，一西向，俱为外洞。轩旷宏爽，如广厦高穹，阊阖四启，非复曲房夹室之观。而石筋夭矫，石乳下垂，作种种奇形异状，此"双龙"之名所由起。中有两碑最古，一立者，镌"双龙洞"三字，一仆者，镌"冰壶洞"三字，俱用燥笔作飞白（即书法中之飞白体，笔画枯槁而中多空白——引者注）之形，而不著姓名，必非近代物也。流水自洞后穿内门西出，经外洞而去。俯视其所出处，低覆仅余尺五，正如洞庭左衽之墟，须帖地而入，第彼下以土，此下以水为异耳。

4月26日　星期一　金华市　晴

早上起床很早，拍摄晨曦中的富春江。富春江水量充沛，两岸草木葱茏，景色优美，但水面比较脏，像一面被弄脏的镜子，有树枝、杂木，甚至死猪从水面上接踵而至，没有人能把这面镜子擦干净。

下午拍摄金华岩洞。金华有八大岩洞，其中最有名的，是双龙洞和冰壶洞，中学课本中收有叶圣陶的文章《记金华的两个岩洞》，几乎使双龙洞和冰壶洞尽人皆知。如今，为了"整合旅游资源"，这两个岩洞已被打通，游人可以从内部穿越。双龙洞的洞口仿佛一张扁平的嘴，水面距离洞顶只有三四十厘米，站着是走不进去的，我们须平躺在船上，才能逆着水流漂进去。久辛躺在船上，把摄像机紧拢在怀里，镜头向上，洞口的上沿就贴着我们的鼻尖掠过去。可惜的是，剧组没有水下摄影机，不然就会从水底拍摄洞内，甚至可以把船底也拍进去。

进入双龙洞后，空间一下子变大，起承转合，仿佛巨大的地下宫殿。这是大自然的建筑，它的设计方案，时常超出我们的想象。

如果没有这些岩洞，我们几乎无法窥视大山内部的美景，如徐霞客所记："石乳下垂，色润形幻，若琼柱宝幢，横列洞中。"我们仿佛进入大山的身体，在它的内部器官间游走，水流是它曲曲折折的血管，洞壁是它长满黏膜的胃，岩石是它坚实的心脏。在岩洞内我觉得山是世界上最大的怪兽，有呼吸，会咆哮，随时准备起身奔跑。

十月二十一日

龟峰三石攒起，兀立峰头，与双剑并列，而高顶有叠石，如龟三叠，为一山之主名。〔峰下裂隙分南北者为一线天，东西者为摩尼洞，其后即为四声谷。从其侧一呼，则声传宛转凡四，盖以峰东水帘谷石崖回环其上故也。峰东最高者即寨顶，西之最近者为含龟峰，其下即寨顶、含龟分脊处，而龟峰、双剑峭插于上，为含龟所掩，故其隙或显或合；合则并成一障，时亦陡露空明，昨遂疑为白云耳。〕双剑亦与龟峰并立，龟峰三剖其下而上合，双剑两岐其顶而本连。其南有大书"壁立万仞"者，指寨顶而言也。款已剥落，云是朱晦庵。此〔二峰〕为西南过脊之中，东北与香盒峰为对者也，而旧寺之向因之。

4月27日　星期二　江西　弋阳县　晴

进入江西以后，山形开始变换，苏、浙两省山地平缓稳定的线条开始动荡起来，像心电图的电波，起伏凶猛。田野远处的山影呈现出奇异的几何形状，形成一种夸张的美。一个地区的自然地貌，居然与民众性格神奇地对应。江西人的性格，平和的背后潜伏着刚毅、果决和壮烈的成分，不像苏浙人，连吵架都像评弹一样悠扬顿挫、文质彬彬。江西历史上盛产革命家，而苏浙一带江南水乡盛产艺术家，与这里的地理、人文密不可分。地理与命运，似乎存在着一条隐性的连线，我想起黑格尔有关地理环境是"历史的地理基础"的论述，也想起梁启超先生在《中国史叙论》中有关"寒带之民，擅长战争，温带之民，能生文明"，此二者乃探寻地理与历史之关联的"公例"的观点①。

昨日早上从玉山县出发，在拍摄一段橘园的空镜后，过上饶，傍晚抵达龟峰（亦作"圭峰"）。龟峰位于江西省弋阳县城南信江南岸，东距上饶六十公里，西距鹰潭三十五公里，地处三清山、龙虎山和武夷山之间。因其"无山不龟，无石不龟"，且整座山体就像一只硕大无朋的昂首巨龟而得名，如今是世界地质公园龙虎山——龟峰地质公园和世界自然遗产"中国丹霞"的组成部分。

龟峰发育于距今一点三五亿年的白垩纪晚期，是雨水侵蚀型老年期丹霞峰林地貌的典型代表。地貌形态以峰林、陡崖、方山、石墙、石柱、石峰为特征。龟峰共有三十六峰，集"奇、险、灵、巧"于一身，有"江上龟峰天下稀"和"天然盆景"之称。江西山脉放纵不羁的线条，在这里得到更加突出的表现。明代地理学家徐霞客感叹它：

"盖龟峰峦嶂之奇，雁荡所无。"以发育丹霞洞穴群为特色，奇洞成群，共有大小二十八个岩洞，其中有始建于晋代"中华第一佛洞"南岩石窟、"禅宗古寺"双岩、"飞来禹迹"龙门岩，等等。

为抢时间，拍摄分两组进行，我与汪伟、久辛走山脚，在巨大的石壁下拍摄山顶湖泊飞溅的水幕，旅游景点命名它叫"天女散花"，相比之下，徐霞客的描写更加生动："朔风舞泉，游漾乘空，声影俱异"②；何方和甲笛上山，拍"好汉坡"。

---

① 参见梁启超：《中国史叙论》，见《饮冰室合集》，文集之六，第4页，北京：中华书局，1989年版。
② 〔明〕徐霞客：《徐霞客游记》，第74页，上海：上海古籍出版社，1987年版。

拍摄完成后，我们经过贵溪，抵鹰潭市，在夜色朦胧中抵达龙虎山脚下。晚上看素材带时，发现好汉坡对面的石壁上，有一段徐霞客攀登过的栈道，那里几乎是九十度的绝壁，何方没有带脚架，所以画面很抖，决定明天拍完龙虎山后，返回龟峰重新拍摄。

十一月十三日

越岭而东，一里，复得坪焉。山溪潆洄，数家倚之，曰章岭。竟坞一里，水东出峡间，下坠深坑，有路随之，想走南丰道也。其水东南去，必出南丰，则章岭一隙，其为南丰属明矣。水口坠坑处，北有一径，亦渐下北坑，则走下村道矣。亦渐有溪北自下村出七里坑，达枫林而下宜黄，则下村以北又俱宜黄之属。是水口北行一径，即板岭东度之脊也，但其脊甚平而狭，过时不觉耳。下脊，北五里，至下村。又北二里，水入山夹中，两山逼束（形容两山相距很近，挤紧收敛，使中间非常狭窄）甚隘，而长水倾底，路潆（盘绕）山半，山有凹凸，路亦随之，名曰十八排，即七里坑也。已而下坑渡涧，复得平坞，始有人居，已明月在中流矣。

5月1日　星期六　南城县　晴

从麻姑山下来的时候，我们先后看到两个隐在半山里的村落。这些村子都建在高山之间的平地上，我们站在高处，可以清晰地看到村子齐整有序的规划，房子一律是白墙红瓦，有炊烟在房顶缭绕。周围是大面积的水梯田，在阳光下泛着耀眼的光。从山梁上到村子里还有很远的山路要走，我们没有时间进村了，否则，我们一定会拍下很好的纪录镜头。生命的痕迹无处不在,谁也不会想到,空寂的高山上,我们竟然能够闻到人间烟火的气息。这里是真正的世外桃源,层层叠叠的大山把村落严严实实地遮挡起来,它们与外部世界的联系完全断绝了,成为一个遗世独立的世界。我相信这一定是一种主动的选择,在这些平静的村庄背后,一定隐藏着不同寻常的历史。

像这样与世隔绝的山中村落,许多都是专制和战乱时代的遗留物。在妙背村我们找到一户刘姓人家,无法断定他们就是当年向徐霞客赠马的那户刘姓人家的后裔,但他们是妙背村唯一的刘姓。据主人说,他们家族,就是因为避乱上山的,已经在山中居住了几百年,只是最近,由于山体滑坡,才不得不迁居到山脚下。眼前的这些村庄,很可能是作为旧时代的遗物存在的。如果他们的先人是在明末乱世迁居于此,那么徐霞客一定会去探访这个村子并在其中停留。不论外界发生什么样的情况,这里都是一个可以安心睡觉的地方。

明代是一个以强化社会控制闻名的朝代,如前所述,它一方面不断强化政治权威,另一方面,他又通过密集的权力网络,将《御制大诰》《明皇祖训》的精神,贯彻到家家户户。明朝确立了最严格的里甲制度,帝国的每一个臣民,都像笼中之鸟,受到严格的约束,"于是,就像传说中的毒蜘蛛,朱元璋盘踞在帝国的中心,放射出无数条又黏又长的蛛丝,把整个帝国缠裹得结结实实。""(帝国)采用'草格子固沙法',用一道道诏令来固化社会。""他希望他的蛛丝能缚住帝国的时间之钟,让帝国千秋万代,永远处于停滞状态。然后,他又要在民众的脑子里注射从历代思想库中精炼出来的毒汁,使整个中国的神经被麻痹成植物状态,换句话说,就是从根本上扼杀每个人的个性、主动性、创造性，把他们驯化成专门提供粮食的顺民。"①

在这样的高压政策下，大明帝国的臣民似乎只有一种选择，就是成为顺民。这换来了大明王朝三百年至少在表面上的稳定（它的负面效应是：所有被掩盖的社会矛盾，会积累成强大的势能，在某一个瞬间喷薄而出，势不可当），因而这一制度三百多年没有动摇，到清代，顺治帝仍然对朱元璋给予极高的评价："朕以为历代贤君莫如洪武。"② 我无法确认村民们迁徙至此的准确时间，在历史中的某一天，他们迁徙到这里，住下来休养生息，自给自足，家族气若游丝的血脉，因山的呵护而稳定和延续下来。

从高处看，那只是一些火柴盒似的民居，如果深入进去，我相信里面一定有一个完整的宗族社会，每一个生命，都有着清晰的来路，牵动着一个家族的浩瀚历史。所以，那不是一些单纯的房子，也不仅是旅途中的风景，它可能是一个真实的历史样本、中国底层人民无言的史诗。

丁丑年（1637）正月初三日

武功山东西横若屏列。正南为香炉峰，香炉西即门家坊尖峰，东即箕峰。三峰俱峭削。而香炉高悬独耸，并开武功南，若棂门然。其顶有路四达：由正南者，自风洞石柱，下至棋盘、集云，经相公岭出平田十八都为大道，余所从入山者也；由东南者，自观音

---

① 张宏杰：《大明王朝的七张面孔》，第 56、57 页，桂林：广西师范大学出版社，2006 年版。
② 《清世祖实录》，卷七十一。

崖下至江口，达安福；由东北者，二里出雷打石，又一里即为萍乡界，下至山口达萍乡；由西北者，自九龙抵攸县；由西南者，自九龙下钱山，抵茶陵州，为四境云。

5月3日　星期一　安福县　晴

昨天傍晚抵吉安市安福县。今天上罗霄山脉北支的武功山拍摄。

公元1637年正月初一，徐霞客从安福集云（今三天门龙潭瀑布、白马瀑布一带）上界。徐霞客第一次看到了南方瀑布被冰冻的壮观景象："时见崖上白幌如拖瀑布，怪其无飞动之势，细玩之，俱僵冻成冰也。"徐霞客"蹩躞雨中"，不愿离去。初三夜宿金顶白鹤峰，次日一大早，白鹤峰雨停雾起，徐霞客一觉醒来，推门一看，但见大雪覆盖着的千山碧玉如簪，一轮红日喷薄而出，"如金在冶"，此情此景，徐霞客忍不住吟诗一首：

千峰嵯峨碧玉簪，五岭堪比武功山。观日景如金在冶，游人履步彩云间。

武功山人文历史悠久，《水经注》说："昔禹治洪水，至此刻石纪功。"东汉葛玄、东晋葛洪曾来此炼丹，道教自三国时期在此开设道场至今已一千七百余年，武功山佛教开山则始于唐代。尤自南宋文天祥书赠"葛仙观"巨匾后，武功山更是名震千里，香火不断，古迹频增。延至明朝，由于明太祖朱元璋提倡信教，使武功山香火旺盛达到鼎盛时期。山南山北建起宫、观、寺、庙、庵、堂近百座,出家僧道数千人,形成了白法、集云、三天门、明月、九龙等道教、佛教系统,为当时湘赣著名道教、佛教圣地,吸引无数善男信女到此顶礼膜拜。2009年,《中国国家地理》评武功山为中国十大"非著名"山峰之一。

我没有想到,攀登这座"非著名"山峰是如此艰难。我没有武功,武功山令我深感绝望。我们被望不到头的阔叶林包围着,根本无法知道山的顶部在哪里。在武功山上,我觉得自己就像一只蚂蚁,随着我的攀爬,山顶不是越来越近,而是越来越远。翻卷的山脊,令我仿佛置身巨大的旋涡,觉得自己随时可能被吸进去。我看到了徐霞客的危险,他随时可能变成一粒尘埃,消失在群山之中。

但我们没有放弃,因为有徐霞客在前面引路,我们看得见他的影子,但我们永远无法超越他。我们先后穿越了茂密的阔叶林和针叶林,脚踏着松软的高山草甸,山的形状终于显露出来——它的曲线在天空下像水纹一样漫开,我的眼前无比空旷,只有远方的天际线,被层层叠叠的山影剪成波浪形的花边。那些遥远的群山,只有飞鸟可以抵达。

我站在风里,视野的辽阔令我感到激动。久辛要拍我登山的镜头,我于是向另一座山梁走去。那些山有着饱胀的腹部,从侧面看,它们的倾斜度大约为四十五度,但站在上面向下看,上千米的山坡却从脚下消失了,我可以直接看到脚下的深渊。如果我脚下一滑,或者踩空一块石头,我就会顺着坡道一路滑下去,变成自由落体,消失在大山深处。我们小心翼翼地完成了拍摄,然后继续向山顶攀登。终于,绵软的草甸褪成远景,岩石大面积地裸露出来,一条很陡的石路,仿佛天梯,直通山顶。

然而,当我们终于登上金顶,我发现远方还有更高的山顶。山是无穷的,如梦境般接踵而至。我们就这样走向那道悬崖。九十度的悬崖,在中午的阳光下发出恐怖的白光,面目狰狞。我想起美国摄影家阿丹姆斯拍摄过的大峡谷,我最爱的一组地理照片,就在科罗拉多的悬崖上诞生。

山路是徐霞客所说的"近尺"——山梁上一条一尺宽的小路,两边都是向下倾斜的光滑山崖,山崖的下面,是万丈深渊,一阵强风就可以把我吹成一片落叶,吹入深谷。从上面走过的时候,我觉得两边的山同时在走。我感到一阵晕眩,但我不能停,因为只有保持行走速度,人才能掌握平衡。

"近尺"通向远处的绝壁,它的名字叫洲字崖。久辛停留在刚才经过的一座悬崖的边上,已经与我拉开了一段距离。他架好了摄影机,准备拍我攀登洲字崖的镜头。镜头犹如咒语,把我推向绝境,但除了向前,没有别的选择。我的手和腿都在颤抖,城市生活的稳定感和安全感消失了,命运突然变得不可预测。我就这样被推到悬崖边上,变成攀缘而上的一株植物。有十米——抵达崖顶之前的关键十米,我几乎上不去,因为上面是光秃的石壁,没有植物,石窝浅而且滑,我无法上去,也无法下去,甚至连往下看一眼的勇气都没有,只能攒足力气,死乞白赖往上爬。我第一次知道,十米是一段多么漫长的距离,此时,它是一个临界点,一个极限,徐霞客是在超越了这样的极限之后抵达终点的,他有过无数次后退的机会,只要其中有一次止步不前,所有关于他的传奇都会荡然无存。

很多年后,我对我的朋友全勇先说到了他编剧的电视剧《悬崖》,我说你用这样的片名真好,我曾经站在悬崖上,我知道站在悬崖上是什么感觉。

此时,在山顶上,我感到了前所未有的自由。我没有翅膀,但我可以有近乎于鸟的视野,这得益于山的帮助,是山,使我们能够站在一个高度上观看我们的世界。山像一个严格的教练,不留情面地训导我们,让我们的身体趋于雄健,让我们的心走向勇敢。当我们的道路与山背道而驰,我们身体里的能量就会一点点地消泯,一点点地虚弱下去。

对徐霞客来说,山就是诱惑,他从来没有厌倦过,也从来没有绝望过,用今天的话说,徐霞客绝对是一个感动中国的人,但在当时,他仅仅感动了妙背村一户刘姓人家。他们不仅留徐霞客在自己家中过夜,而且在第二天,徐霞客再度出发的时候,他们把家中仅有的一匹马送给徐霞客。我们在黄昏时分从武功山上下来,在一望无际的山林里迷了路,误打误撞地与树林中一块长达三米的矩形巨石遭遇。我轻轻抚去上面的树枝,让那段镌刻于明代的文字一点一点地显露出来。这段文字是:

古磐上人

身如磐石

心似月圆

元元起初

玄之又玄

天启甲子千山贺安国为留愚上人题

当地的史学专家刘宗彬说,他们正在进行全市文物普查,这一天启年间的石碑,无疑是重大发现。我们的镜头记录了发现它的全过程,我相信汪伟一定会把这段镜头编进我们的片子里。我们的拍摄,居然为当地的文物普查做出了贡献(当地电视台对此进行了报道)。

在妙背村——这个现在称为"塘黎十四组"的村庄里,没有一个人知道徐霞客曾经到访过这里,并得到了刘姓人家的帮助。在当时,一匹马是一大笔资产,不亚于今天的一辆车。我们在《徐霞客游记》里看到了那匹马,但三百多年的岁月,已经抹去了往事的痕迹,那匹马早已不在原处,杳无音信了。我们开着越野车追到了妙背村,但我们永远追不上那匹逝去的马。

正月二十一日

四鼓,月明,舟人即促下舟。二十里,至雷家埠,出湘江,鸡始鸣。又东北顺流十五里,抵衡山县。江流在县东城下。自南门入,过县前,出西门。

5月5日　星期三　湖南　衡阳市　阴

今天下午奔赴衡山脚下的衡阳。为了拍摄方便,我们放弃了高速公路而沿村路行驶。湘江就是这样在颠簸的村路上突然出现的。那条宽阔的大江,穿越了《楚辞》与《史记》流到我们面前,仿佛一条悠长的磁带,收藏了历史的声音。湘江的声音中,包含着水的声音、石头的声音、树枝的声音、水生物的声音,一个熟悉湘江的人会对它们明察秋毫,把它们一一分辨出来,但在我的耳中,它们已经浑然一体,在两岸山壁的加工下成为立体声,充满磁性地播放。

水是徐霞客真正的向导,江河能够抵达哪里,他的足迹就会延伸到哪里。在陆路交通不发达的古代,江河是一条穿越群山的天然道路，尤其在水网密布的中国南方，江河把大地切成若干局部，让混沌的大地有了精细的刻度，同时，平缓的南方水道也为他的行旅提供了便利，满足他对于效率和安全的双重需求。所以，当我们搜寻徐霞客的行踪的时候，我们会发现它与江河的走向基本吻合。只有在江河的怀抱里他才觉得妥帖和安全。徐霞客没有前往遥远荒凉的中国西北，抵达昆仑山这样重要的山系，原因或许正在这里。

二月十一日

迨暮，月色颇明。余念入春以来尚未见月，及入舟前晚，则潇湘夜雨，此夕则湘浦月明，两夕之间，各擅一胜，为之跃然。已而忽闻岸上涯边有啼号声，若幼童，又若妇女，更余不止。众舟寂然，皆不敢问。余闻之不能寐，枕上方作诗怜之，有"箫管孤舟悲赤壁，琵琶两袖湿青衫"之句，又有"滩惊回雁天方一，月叫杜鹃更已三"等句。

5月6日　星期四　永州市　阴雨

公元 1636 年的徐霞客不会想到，八年后，皇帝崇祯将吊死在北京景山一棵大树下，1636 年的大明王朝虽然还没有粉身碎骨，但我想帝国臣民们已经有了跌落时的失重感。这年正月，张献忠攻下淮、扬地区，杀死明朝军官四十余人，朝廷派来近万人，试图堵住张献忠这股洪水，张献忠的大军，向徐霞客正在游走的湖广地区蔓延而来。在徐霞客背后，无数黎民在奔跑，在呼喊，在死亡。徐霞客的旅途没有遭受到战乱的直接袭扰，但湘江两岸的匪患，还是给了他致命一击,以至于很久以后,徐霞客还没有从这次创痛中完全复原。

农历二月十一日夜,有很好的月光。徐霞客夜宿船上。从《游记》可以看出,徐霞客在沿途中很少投宿客栈,除了投宿寺庙,那条船,在白天是他的车马,在夜晚就是他的客栈。前一天的晚上一直下着雨,而这天晚上,则是一个清明之夜。徐霞客坐在船上,写下了几行诗,其中有这样一句:

萧管孤舟悲赤壁,琵琶两袖湿青衫。

一股土匪不期而至,还是败坏了徐霞客的诗兴。徐霞客在《游记》中对那群土匪的描述只有寥寥几笔:"群盗喊杀入舟,火炬刀剑交丛而下。"那是一群被饥饿折磨得失去理智的人,他们的刀刃不认识徐霞客,在船上胡乱地挥砍,木制的小舟不堪一击,很快倾覆,徐霞客也跌进了江水。对徐霞客来说,危机随时都可能降临,自从徐霞客迈出他的江阴家门,趁醉放舟的那一刻起,一切都是不确定的,而最大的不确定性,不是来自自然界,而是来自人群。自然界往往比人类更加理性,它有着自己的规律和法度,徐霞客是科学家,有能力认识和掌握它们,而在人的世界面前,徐霞客无能为力。那天还是江水帮助了徐霞客,他在冬日寒冷的江水里躲过了一劫,等他爬上来时,那群土匪早已去向不明。

经此一劫,徐霞客沦为彻底的无产者,不仅身无分文,而且"身无寸丝",连衣服都没有了。他很快意识到一个更加残酷的事实:他随身携带的所有书籍资料全部丢失了,这份遗失清单包括《大明一统志》《名胜志》《云南志》等资料典籍,尤其那部已被张宗琏的后裔珍藏二百余年的张氏著作《南程续记》，是徐霞客向张氏后裔苦苦哀求才借到的，同时丢失的还有钱牧斋、黄石斋、文湛持等人给徐霞客的手札，陈继儒为徐霞客而写给丽江木公的介绍信，以及此次出行以来徐霞客写下的所有手稿，等等。

黑暗中，徐霞客不知该把视线投向哪里。

二月十二日

邻舟客戴姓者，甚怜余，从身分里衣、单裤各一以畀余。余周身无一物，摸髻中犹存银耳挖一事，余素不用髻簪，此行至吴门，念二十年前从闽前返钱塘江浒，腰缠已尽，得髻中簪一枝，夹其半酬饭，以其半觅舆，乃达昭庆金心月房。此行因换耳挖一事，一以绾发，一以备不时之需。及此堕江，幸有此物，发得不散。艾行可披发而行，遂至不救。一物虽微，亦天也。遂以酬之，匆匆问其姓名而别。时顾仆赤身无蔽，余乃以所畀裤与之，而自著其里衣，然仅及腰而止。旁舟子又以衲破衣一幅畀予，用蔽其前，乃登涯。涯犹在湘之北东岸，乃循岸北行。

5月9日　星期日　永州市　白水镇　晴

黑暗中，有一只手向徐霞客伸来。他把徐霞客从水里拉上来，把一件里衣和一条单裤递到他的面前，对当时已"身无寸丝"、在江水中战栗的徐霞客来说，那身衣服成为他所拥有的全部。徐霞客看不清那个人的脸，但他握住了那只手，对那只手的温暖记忆，他在以后的旅程中不停地反刍。

他只知道他姓戴,几天后,徐霞客前往一个名叫白水的古码头,去寻找那个姓戴的好心人。但是当他赶到白水,那个姓戴的陌生人已去向不明。

三百多年后,我们来到白水的时候,这里几乎已经找不到一户姓戴的人家。这个因水上贸易而红火过的小城,如今只剩下一些斑驳的石码头,在荒草中时隐时现。

闰四月二十日

饭后,由桥北溯灵渠北岸东行,已折而稍北渡大溪,则湘江之本流也,上流已堰不通舟。即渡,又东[有]小溪,疏流若带,舟道从之。盖堰湘分水,既西注为漓,又东浚湘支以通舟楫,稍下复与江身合矣。

5月12日　星期三　广西　兴安县　晴

我们到达灵渠的时候,天下着小雨,许多人坐在水边长廊里躲雨,神态安详。灵渠从兴安县城穿过,我相信他们很多人都是在灵渠的边上长大的,他们个人记忆的许多片段都与灵渠有关。

我们从湖南进入广西,从湘江流域进入漓江流域,湘江和漓江这两条大河,分属于长江水系和珠江水系。它们像枝丫纵横的老树,盘绕在大地上,我想起张锐锋的话:

"河流之所以选择了弯曲,尽可能多的弯曲,乃是因为这样的方法能够更好地展开自己优雅的长度,把自己的力量放置于最大的面积上。作为附带的意义,人类的生存在最大的面积上得到恩惠,也许这里有着至高者的慈悲用意。"① 我查了很多史料，无法知道是谁最先向秦始皇提出用一条运河沟通两大水系的设想，我们只知道，在秦始皇的时代，一条名叫灵渠的运河将这两大水系历史性地联结在一起，再也没有分开过。帝国的力量，于是通过灵渠，从长江流域向两广地区渗透，灵渠如一根导线，将帝国的意志传向最遥远的神经末梢，使帝国日益扩大的版图不致偏瘫。

如前所述，在陆路交通不发达的古代，江河是一条穿越群山的天然道路，尤其在水网密布的中国南方。两广地区的崇山峻岭所形成的天然迷阵，被一条灵渠轻松地化解了，对于秦代统治者来说，这无疑是神来的一笔，它的意义绝不逊于同时兴建的长城。北方的长城阻挡了草原部落汹涌的马蹄，而南方的灵渠则帮助秦始皇实现了权力的扩张。

宫殿仿佛山峰，耸立在黄土高原上。秦始皇站在上面，目光越过重峦叠嶂，看到了他遥远的南方边陲。他看到他国土的尽头，却看不到自己的生命的尽头。他的生命和他的王朝都没有像他希望的那样万寿无疆，到他儿子的手里就被断送了，但他留下的制度却历久弥新，历经汉唐宋元，一直到徐霞客生活的明代，被朱元璋全部笑纳，严刑峻法，变本加厉。有明一代，专制政权发展到最强大时期，"皇帝牢牢地掌握住了国家机器，不管文臣武将，都没人可以从皇帝手上夺下权力"②。许倬云先生说："皇权本身是不容挑战的，于是，依附在皇权四周的权贵——包括宦官和宠臣，代表皇权统治整个庞大的国家。这个团体延续日久，吸收新生力量的可能性也越小，固然中国有长期存在的科举制度，理论上可以选拔全国最

---

① 张锐锋：《船头》，原载《十月》，2004 年第 4 期。
② 许倬云：《大国霸业的兴衰》，第 51 页，杭州：浙江人民出版社，2015 年版。

好的人才进入政府，不过，上面向下选拔人才，一定是挑最听话的人。于是，虽然有新人进入这个小圈子，两三代以后，这小圈子的新生力量也只是陈旧力量的复制品。他们不会有新的观念，也没有勇气做新的尝试。一个掌握绝对权力的小圈子，如果两三代以后，只是同样形态人物的复制，而两三代之后随着内外环境的改变，必定出现新的挑战，这些领导者就不能应付了。"① 这是一个悖论——帝国越是要集权，帝国就越是危险，就像人们经常把爱情形容为沙子，在手里攥得越紧，沙子就流失得越多。

徐霞客目睹了帝国衰落的过程，他 1636 年开始的最后一次长旅，固然如他所说，有年龄的原因——那时他已年过天命之年，所谓"老病将至，必难再迟"，但是在我看来，除此之外，还有一个无法明说的原因，那就是"老病将至"的不仅仅是他自己，还有这个国度，所以，他急匆匆地上路，"必难再迟"。他通过他的西南之旅，向这个将土崩瓦解的帝国行最后一次注目礼。在灵渠，他的心绪一定无比复杂。

我惊异于古人的空间感，尤其在测绘技术还不发达的秦代，他们竟然能够在湘江水域和漓江水域之间，准确地寻找到一条最佳路线，即使卫星遥感技术发达的今天，若在两大流域之间开通一条运河，灵渠的位置仍然是不二之选。

5月15日　星期六　广西　兴安县　晴

徐霞客从江阴出发，他孤瘦的身影在穿越群山的围困之后，一

---

① 许倬云：《大国霸业的兴衰》，第 10 页，杭州：浙江人民出版社，2015 年版。

路到达帝国版图的最南方——广西钦州,再往南,就是一望无际的南中国海了。如此巨大的帝国版图,普通人想一下就会吓破了胆,它会让任何一个旅行者感到绝望,唯有徐霞客义无反顾。

几十年前(万历十二年,公元1584年),意大利传教士利玛窦抵达广东肇庆,向肇庆知府王泮展示了他绘制的世界地图,并在王泮的帮助下,在中国刻印了第一幅依照西洋方法绘制的世界地图,中国人第一次真正地"睁眼看世界"。利玛窦等西洋传教士带来的西方科学知识(包括地理知识),刺激了明代学术超出四书五经的限制,向"经世致用"的有"用"之学发展,尽管在当时,"有用"和"无用"完全是颠倒的,对大多数士人而言,四书五经中的僵死教条才有"用"(对科举有用),科学知识才无用。科举与科学,就这样成了对立面。但在明朝,还是不乏有先见之明的先行者。明末清初思想家、颜李学派创始人颜元就主张"习动""实学""习行""致用"几方面并重,反对自汉代以后重文轻实的教育传统,也不赞成学习者重气节轻本领,重道德轻实用的学习观。"无事袖手谈心性,临危一死报君王",就是他对宋、元以后读书人德行的概括。意思是说,这些读书人在国家安定的时候,就把手抄在袖子里谈谈心性之学,在国家危亡之时就用死也不做贰臣的方式,来报答君王的知遇之恩,还被称为是上品的臣子。他说这还不如学点实用之学,成为经邦济世之才,使国家长治久安为好。在利玛窦的影响下,徐光启与其合作翻译《几何原本》,其艰难过程,我以王阳明"岩中花树"的典故作比,在《盛世的疼痛——中国历史中的蝴蝶效应》一书里曾详细讲述。对徐霞客来说,或许正是世界眼界的拓展,刺激了他向内探索的决心,让他重新审视"中国",让"中国""天下"的面貌,在实事求是、科学探索精神的指引下，更清晰地展现出来。

徐霞客通过亲身的考察(今天叫"田野调查")，以无可辩驳的史实材料，否定了被人们奉为经典的《禹贡》中一些地理概念的错误，证明了岷江不是长江的源头(所谓"岷山导江")，金沙江才是长江的正确的源头：

> 第见《禹贡》"岷山导江"之文，遂以江源归之，而不知禹之导，乃其为害于中国之始，非其滥觞发脉之始也。[①]

同时，他还辨明了左江、右江、大盈江、澜沧江等许多水道的源流，纠正了《大明一统志》中有关这些水道记载的混乱和错误。

他认真地观察河水流经地带的地形情况，看到了水流对所经地带的侵蚀作用，并认识到在河岸凹处的侵蚀作用特别厉害。他还注意到植物与环境的关系，观察在不同的地形、气温、风速条件下，植物生态和种属的不同情况，认识到地面高度和地球纬度对气候和生态的影响。对温泉、地下水等，徐霞客也都有一定的科学认识。在徐霞客对地理学的一系列贡献中，最突出的是他对石灰岩地貌的考察。他是中国，也是世界上最早对石灰岩地貌进行系统考察的地理学家。欧洲最早对石灰岩地貌进行广泛考察和描述的是爱士培尔，时间是1774年；最早对石灰岩地貌进行系统分类的是罗曼，时间是1858年，都晚于徐霞客。

崇祯九年(公元1636年)，徐霞客远游至云南丽江。长期行走毁坏了他的双脚，他已无法行走，仍在坚持编写《游记》和《山志》。

---

① 〔明〕徐霞客：《徐霞客游记》，第1128页，北京：中华书局，2009年版。

崇祯十三年(公元 1640 年),他病况更加严重,云南地方官用车船送徐霞客回到江阴。

崇祯十四年(公元 1641 年)正月,距离大明王朝彻底覆灭还剩下三年,五十六岁的徐霞客病逝于家中。他的遗作经季会明等整理成书。英国剑桥大学教授李约瑟说:"《徐霞客游记》读来并不像 17 世纪的学者所写的东西,倒像是一位 20 世纪的野外勘查家所写的考察记录。"

徐霞客临终之际说:"张骞凿空,未睹昆仑;唐玄奘、元耶律楚材,衔人主之命,乃得西游。吾以老布衣,孤筇双屦,穷河沙,上昆仑,历西域,题名绝国(域),与三人而为四,死不恨矣。"①

意思是,汉代的张骞,唐代的玄奘,元代的耶律楚材,他们都曾游历天下,然而,他们都是接受了皇帝的命令,受命前往四方。我只是个平民,没有受命,只是穿着布衣,拿着拐杖,穿着草鞋,凭借自己,游历天下,故虽死,无憾。

他还是有憾的——二百六十多万字的《徐霞客游记》,已有二百多万字遗失,目前我们能够看到的,只有六十多万字。

2010 年记

(原载《名作欣赏》2020 年第 11 期)

---

① 〔清〕钱谦益:《徐霞客传》,见《徐霞客游记》,第 1201 页,上海:上海古籍出版社,1987 年版。

木质京都

一

京都依旧是川端康成描述过的那个古都，保留着几个世纪以前的样子。我并不知道几个世纪以前的京都是什么样子，但它至少是我想象里的古都。

早晨乘坐新干线从东京赶往京都。我在文章里不愿意使用"新干线"这样的词汇，这个包裹着速度和金属质感的词汇像利器一样具有伤害性，为了减少阻力，它的头部甚至被设计成刀的形状，但是京都消解了它的力量，京都是一座柔软的城市，梦幻一般，舒展缓慢，古旧斑斓。

所有尖硬的事物都将在这里消失，比如时间、暴力或者呼喊。有一点像死亡，安详、寂静、唯美，具有销蚀一切的力量。从某种意义上说，京都可以被称得上一座死城，它并非被时间所毁灭，相反，是它毁灭了时间。时间的利刃在这里变得迟钝、无从下手，最后，时间变成了石头，罗列在路上，被这座城市里的人们轻轻踩过。

新世纪开始了，我看到的却是一个旧得发黄的京都。满眼是矮矮的房子，狭窄的小巷，鲜有立交桥、混凝土、玻璃幕墙。小巷的路标也一律是木质的，还有各家小屋前的门牌，简洁内向。不经意间，会经过一座寺庙，在小巷深处，寂静无人。到处都在大兴土木，而京都却一点也不日新月异，这似乎不合逻辑。京都给人一种恍惚感，它坚守着古老的美，它的固执里带着一股邪气。

二

我光着脚，跟在那名老僧的身后，沿着光洁的木板楼梯，登上了"三门"的顶层。"三门"是进入东福寺时见到的第一座建筑，有点像中国寺院里的"山门"，但它是一座巨大的木构建筑，面阔七间，重檐歇山。日本的木构建筑大多具有鲜明的宋式风格，从外表看去，粗犷质朴，几乎不见雕饰，但它的结构本身就带有一种几何的美感，那些苍老的梁木，在穿越了迷宫般的图纸之后，才找到彼此的榫卯穿插在一起，相互之间的力量，想必是经过了严格的运算，否则，一个人的贸然攀临，就可能打破力学平衡而使整座建筑如积木般倒塌。一座纯木构建筑的存在，首先要取决于一堆密密麻麻的数字和一张无比复杂的图纸，但是这些复杂的关系被建筑本身掩盖了，我们不必去计算每一只斗拱需要分担屋顶的多少重量，而只需体会它们简洁而复杂的美。"三门"的顶层很高，楼梯如折尺一般，不停地转弯，最后出现的是一圈回廊，依着圆木围成的栏杆，能俯瞰京都的大半个城区。

老僧摸索出钥匙——那是木楼上唯一的铁器，把它塞进匙孔。在我看来，钥匙与匙孔的关系也是一种榫卯关系，可以彼此咬合，也可以彼此解脱。"三门"的顶楼平常显然不开放，所以当那扇木门缓慢开启的时候，我首先闻到的是一种积郁已久的木料的芬芳。僧人打开的是侧门，光线无法进入阁楼的深处，这使顶楼的内部显得幽深诡秘。

老僧的剪影消失在黑暗中。不久，室内突然一节一节地亮起来。原来老僧在依次拆掉正面的门板。这时，我惊呆了，形貌各异的罗汉，一个接一个地出场了。光影爬上了须弥坛，并且随着老僧拆门的节奏，自东向西移动，那些躲在黑暗中的身躯，逐个显露出来。最后浮现出来的，竟是一张无比熟悉的面孔，那是释迦牟尼开阔圆润的脸。

一个巨大的木雕群出现在眼前，它们身边是绚烂的天井彩绘，各种花朵、祥云、仙人、神鸟在里面出没。我知道自己已经置身于这座外形单纯的木构建筑的内部，这里藏龙卧虎，美轮美奂，我找不出适当的词语来描述它们，我不知道是我的词语太过贫乏，还是词语本身就是有限的，在眼前这些亦奇亦幻、似梦似真的事物面前，我无以言表。

三

枯山水由石头和沙粒组成。我们可以把沙粒也看成一种石头，一种微小的石头，白沙如浪，环绕着桀骜的巨石，简洁、寂寥，有宋元古画的意境。枯山水是田园小景，却有宇宙感，它既是宇宙的，也是人间的。

枯山水的魅力恰在于它没有水，在于它的"枯"、它的"无"。"无"是东方艺术里特有的概念，中国的绘画，也是从隋唐的五光十色，走向宋元的单纯与无色。我想起张若虚的诗句："江天一色无纤尘，皎皎空中孤月轮……"[①] 在中国人的观念里，"无"比"有"更丰富，更生动，更盛大。"无"是"无限""无穷""无

---

① 〔唐〕张若虚：《春江花月夜》，见《中国历代文学作品选》，中编第一册，第18页，上海：上海古籍出版社，1980年版。

极","有"则是"有限""有尽""有极"。中国的画家画"有",更画"无",画"有"容易画"无"难。中国画是讲留白的。留下的不是"无",而是无以言喻的丰富,在"无"中包含着可能性。

中国人也喜欢"枯","枯"象征衰朽、死亡,但枯是那么美,所以中国诗人反反复复地写"枯",王维写"草枯鹰眼疾,雪尽马蹄轻"①;白居易写"离离原上草,一岁一枯荣"②;曹松写"凭君莫话封侯事,一将功成万骨枯"③;李商隐写"秋阴不散霜飞晚,留得枯荷听雨声"④……中国画家也反反复复地画"枯"——枯石、枯叶、枯荷、枯木、枯骨,都成为中国绘画的永恒主题。苏东坡留下的唯一一幅画作,是《枯木怪石图》卷,把中国人的"枯之美"表现得淋漓尽致。中国人的哲学观里,有一种神奇的"相对论",可以把无化为有,把枯化为荣,把死化为生。老子说:"有无相生,难易相成,长短相形,高下相倾,音声相和,前后相随。"⑤ 任何对立的两极,都可以转动、转接、转化。枯山水是从禅学中生成的,禅学是哲学,但我想"枯山水"一定是得到了中国人的哲学与美学的双重启发(苏东坡《枯木怪石图》卷,也一直秘藏在日本),日本人实行"拿来主义",从而形成独特的"枯山水"。

---

① 〔唐〕王维:《观猎》,见《王维诗选》,第189页,北京:人民文学出版社,2002年版。
② 〔唐〕白居易:《赋得古原草送别》,见《白居易诗选》,第3页,北京:人民文学出版社,2005年版。
③ 〔唐〕曹松:《己亥岁二首·僖宗广明元年》,见《唐诗精华》,第883页,成都:巴蜀书社,1995年版。
④ 〔唐〕李商隐:《宿骆氏亭寄怀崔雍崔衮》,见《李商隐诗选》,第11页,北京:人民文学出版社,1993年版。
⑤ 《老子》,第4页,上海:上海古籍出版社,2013年版。

"沙"字以水为偏旁,这表明沙与水具有某些共同的属性,比如,洁净。沙粒是干净的物质,一尘不染——尘是更小的沙粒,因而即使它们落在沙粒上,沙粒依旧是干净的、"不染"的。沙子上呈现的是最简略的几何图形——直线、方格、同心圆,这是沙子的语言,却让我想起了东福寺,想起日本木建筑的几何美。在东福寺方丈北庭,从平田小姐口中得知,那种棋盘式图案是歌舞伎演员佐野川市松创制的。其实不论每一处枯山水的作者是谁,他们都恪守着同样的原则——几何图形是世界上最完美的图案,简单到极致,就是复杂到极致。白沙铺展在地上,怪石昂然独立,一切看上去都是简单的、凝固的、寂静的,我们看到的,却是山川平远,水流花开……

四

我下榻的宾馆是京都饭店,它的北面是京都御所——日本天皇使用了一千年的故宫,南面是京都火车站,东面是鸭川——纵贯城区的一条河流,与它大致对称的是西面的桂川。市中心的位置使我无论到哪里都几乎是相等的距离。我每天早晨和晚上都要出来散步,每次都朝不同的方向走。京都如同中国古代城市一样,有规整的布局,这使我无须向导,就可以抵达预定目标并且顺利返回。

京都的建筑变化有致,富于节奏感,有石砌的城堡、绚烂的宫殿、素朴的寺庙、宽广的街道,也有无数狭长的小巷,并不像我所居住的城市那样笨拙和单调。京都从不单纯地追求气派,它整洁而体面,含蓄而谦恭。许多株式会社,都在老式木屋里办公。一个穿西服打领带的员工一转身就消失在狭窄的小巷里。由京都御所或者二条城转入寻常巷陌,我一点也不会感到突兀,整座城市像音乐一样和谐。

京都火车站几乎是城里唯一一座现代建筑。它是钢架结构,有玻璃幕墙,有一路通向最高层的直通扶梯,它还可以充作演出场地,大厅里环绕的台阶可以当作观众座位。我第一次去京都是在21世纪之初,那时中国还没有大悦城、万达中心,只有傻大粗笨的大型商场,因而京都站的设计让我倍感新奇。但即使如此,它的韵味还是不能匹敌京都的木构建筑。这座建筑也因此在京都遭到了猛烈的抨击。

京都人不愿意接纳这座怪模怪样的建筑,更不愿把它展示在京都最显要的位置上。

从东福寺"三门"楼顶向西北眺望,我看到大片的木屋,仿佛从大地上长出的森林,蓬蓬勃勃,一望无尽,寂静如太古。京都是由树变的,所以整座城市都弥漫着树的清香。树变成了房屋、木屐、碗筷,变成了木碗里大米的芳香、草席上睡眠的安闲、行走时的端庄……

京都像一件苍老的木器,连裂纹都是它魅力的一部分。金属最多只能成为这件木器的饰物,而不可能取而代之。

2004年8月23日写于北京
2020年3月13日改于成都
(原载《十月》2005年第1期)

小镇莱恩

一

莱恩(Rye)是纽约郊区一座不起眼的小镇,它的性质与我在北京郊区房山住过的那个名为窦店的小镇是一样的。如同中国的县城,小镇莱恩只有一条主街,叫波士顿邮路(Boston Post Road)。就像县城的主街要经过县衙、寺庙和集市,莱恩的市政厅、公共图书馆、教堂、时装店、面包店、咖啡店等,都排列在这条街的两边。每次我步行去火车站,准备搭上去纽约的火车的时候,几乎会将莱恩的主要建筑检阅一遍。我记住了每座房子的样子。即使在很多年后,我仍然能够说出它们的确切位置。只要我闭上眼睛,小镇的一切就会浮现出来,包括店铺里的摆设,以及咖啡店的玻璃窗后面闪动的笑脸。

这是一座宁静的小城,这里的冬季并不显得沉闷、冗长和乏味,而是幽静和松弛。小镇莱恩,让我第一次对冬季产生好感,甚至有一点眷恋。我喜欢嗅吸从树林里弥漫过来的空气,让混合着河流的湿气和枯草芳香的空气穿透我的肺腑。这里距纽约只有半小时的车程,但这里的气氛与纽约截然不同。这里没有纽约的压迫感,它仿佛遗落于岁月的洪荒中,被世界所遗忘。成片的树林将通往纽约的高速公路隐藏起来。在莱恩,纽约显得并不重要。莱恩有它自己的生活,有它自己的快乐与伤痛。每当我看到在庭院里玩耍的孩子,内心都会格外感动,尽管这并非我的生活,但我仍为一种确凿的、真实的、可以触摸的生活而感动。我所想的是，即使这个世界被各种主义、制度、理念所分割，但人类生活的本质是一样的，具体、平实、生动、永恒。这个世界只有一种东西是放之四海皆准的，那就是生活。人们生存的背景有异，而本质相同，不论什么人，都躲避不了柴米油盐，躲避不了锅碗瓢盆交响曲，这就是生命的本色，甚至是生命中最核心、最重要的部分。一个人在世界上飘荡，最令我感动的，莫过于当地人的日常生活。它让我越过了地理与文化上的隔阂，越过形形色色的语言、宗教、风俗、历史，而直接降落在当地的生活中。孩子在院落里玩球，在捡球的一霎向我一笑。他们会在小镇上长大，然后去纽约，到更深远的世界中去，但他们还是会回到莱恩，因为莱恩是家，是他们生命中至为生动、永不沉沦的那一部分。

二

这座方圆不过几英里的小镇里有十几座古老的教堂，所有的教堂，在建筑风格上都不一致。也就是说，小镇是被形态各异的教堂包围的，走不出多远，就可以与一座教堂相遇。我们试图躲开一座教堂，却又与另一座教堂不期而遇。在黄昏，金色的光芒涂抹在教堂的立面上，所有深隐的花纹此刻都凸显出来，使教堂穿上盛装，共同参与一场隆重的仪式。那些深含不露的教堂，会在某一个约定的时刻，一起敲响钟声。钟声回荡，把整个小镇变成一座巨大的教堂，使它显得无比庄重、洁净和神圣。我最青睐莱恩的黄昏，许多座教堂钟楼上铜绿斑驳的古钟同时鸣响，遥相呼应，像神，越过天宇，发出隐秘的指令。

2006年在美国加州大学伯克利分校做驻校艺术家期间于旧金山湾区

2006年在美国加州大学伯克利分校做驻校艺术家期间与著名历史学家、"汉学三杰"之一、耶鲁大学教授史景迁先生见面

小镇里有许多老房子,已经经历了几代人的出生与死亡。在莱恩,我住在我的朋友、美国 MTV 频道主持人石村(Schütze)家里,与他的名字相配,他的家就是一座年深日久的石头房子——这座小镇的许多房子都是用粗糙的石头建造的,有着造型不同的天窗和斜顶。整座小镇似乎是根据安徒生的设计完成的,几乎跟童话里的描写一模一样。所以,这里的孩子,比如石村的儿子泰伦和菲利普,每天很开心,每天都笑到抽筋(孩子们的笑点太低了)。实际上,它适合于所有天真、质朴和富于幻想的人。我时常沿着石村家门口的切斯特纳特街(Chestnut St.)向西走,走上几十米,会见到那座古堡式的宅邸,迎面是一个山坡,坡上有密集的树林,山坡上的草地一直蔓延到宅子的前面。房子全部是由青色的岩石砌成的,石头上的青苔证实了房子历史的悠久。黄昏时分,房子的剪影是美丽的,像古典小说里的插图,有曲折锐利的轮廓。那幢房子即使在夜晚也不会掌灯,不知主人是外出度假,还是里面根本就没有人,使它略显荒芜,而这份荒芜,又恰到好处地增加了它的意境。

三

莱恩的山坡上有一处废墟,像一个秘密,被山林所隐藏。那是我最喜欢的去处,我时常会在那里坐上许久。通往废墟的道路令人心旷神怡。首先要跨过一条小河。那是一条与街道平行的河,贴在道路的边上,或者说,那条路是沿着这条河修建的。那条河不宽,看上去也不深,但是很美,两岸是枯黄松软的草坡,草坡上面生长着高大的树,河水清澈湛蓝,与天空对应。透过水面,我看到里面映照的层层叠叠的枯枝。森林里的空气令我迷醉,我站在石桥上,向林中望，感到这片森林漫无边际，我把小镇抛到了身后，也抛到了脑后，尽管我刚刚走过一座石桥。

我穿过树林的空隙向深处走，除了偶尔能够听到教堂的钟声以外，小镇已经退出很远。有一条上山的路，在高大密集的树林中，很长。在其中漫步，会给人一种安全感。植物，包括树木，让我信赖，摆脱焦虑与慌张，内心变得从容和安妥。在人群中，我反而容易紧张和慌乱。所幸，这样的森林，在美国东部整个新英格兰地区随处可见。

废墟在山坡的高处，周围是平地，还有几把木椅。我会在椅子里坐上很久都不愿意离开。脑子里想了很多事，又好像什么都没有想。良久，才站起身，走向那处废墟。我顺着山坡走，直到自己完全被树林湮没。

走不了多久，废墟就到了。那原是一座古堡，一座很大的石头房子，在一场大火之后，只剩下了粗糙的骨架。

我最先看到的是烟囱，有三个高大的烟囱，在房倒屋塌之后，仍然倔强地耸立。房子的主体是用蛮石累砌的，墙面由无数不规则的石头叠压而成，很像中国南方的民居，比如，浙江楠溪江上游的村落民居，还有四川甘孜州的藏族民居，都是用蛮石砌成的，只是这座房子的建筑风格是西式的，有着拱形的窗楣和门圈。房子的墙体基本上还是完好的，结构完整，壁炉、烟道的位置清晰可见，只是屋顶没有了。屋顶没有了，房屋的意义就不存在了。这很有意思。我想起中文的"家"字，就是屋顶覆盖着牲畜，在这个汉字中，只强调了屋顶的重要性，而房屋的其他部分则被忽略了。人们用"在同一屋檐下"来表达亲密关系，也表明了屋顶、屋檐，除了实用以外，还承担着某种精神性的功能。有顶而无墙的建筑，如亭、廊，人们尚可以居留，反之，有墙而无顶，就只能是废墟了，不论墙体有多么结实和华美。

眼前的废墟占据了山坡最好的位置，站在门口可以隐约望见教堂的尖顶，悬挂在树梢上，但它不是栖息之处，不是家。无论它昔日多么荣耀，现在已经百无一用了。如果在中国，一定有一幢新的房子迫不及待地取而代之。日新月异的中国，对待旧的事物从来都不留情面，比如北京蒜市口的曹雪芹故居，即使面对一片反对的声浪，推土机依然昂首挺进，凯歌高奏，但在莱恩(乃至整个美国)，老房子的处境则完全不同，这座宅邸虽已坍毁，但当地政府并没有拆除它，没有破旧立新，也没有把它变成所谓的旅游景点，而是保留下来，整座废墟原封不动地定格在那里。它标明了小镇的资历，使小镇有了时间上的纵深感。我觉得废墟的破败，反而使小镇显得完整。

我对小镇莱恩一往情深，很大程度上是因为它的朴素感。当我在圣诞节抵达纽约肯尼迪机场，朋友石村又把我接到小镇莱恩，我看到的，却是一派冬季景象：光秃的树林、枯黄的草坡、老旧的房子，有点像宋元绘画透出来的那种朴素与寂寥。它既不像纽约那样楼厦林立、盛气凌人，也不像加利福尼亚湾区那样四季如春、繁花似锦、恍如梦境。莱恩的历史与现实，在朴素中浑然一体。我在小镇里漫步，感到它发出一种平静柔和的光，就像教堂尖顶上的最后一抹斜阳，又如深夜路边的窗灯，它并不炫目，然而，这是生活的光泽，让我们信赖，并安心投靠。

2007年2月于沈阳

（原载《百花洲》2009年第6期）

汉字书写之美

一

关于故宫收藏的文物,我已经出版过《故宫的古物之美》三卷,其中第一卷写器物,第二卷和第三卷写绘画,这是第四卷,内容全部关涉故宫收藏的历代法书,但本书的写作历程却很漫长,我进入故宫博物院工作以后写的第一篇文章,就是收在本书中的《永和九年的那场醉》,至今已经过去了近十年。十年中,我零零星星地写,陆陆续续地发表(其间也写了其他作品),最先是在《十月》杂志上,开了一个名叫《故宫的风花雪月》的专栏,后来又在《当代》开了一个专栏,杂志社给我起名,叫《故宫谈艺录》,自2017年开始,一直写到现在,今年是第五年,这是《当代》杂志,也是我自己开得最久的一个专栏。

这两个专栏里的文章,有关于故宫藏古代绘画的,也有关于法书的,但在《当代》上的专栏文章,关于历代法书的居多。我对法书有着长久的迷恋,这或许是因为我自己便是一个写字人(广义上的),对文字,尤其是汉字之美有着高度的敏感。瑞典汉学家林西莉曾经写过一本书,叫《汉字王国》,是一本讲甲骨文的书,我喜欢它的名字:"汉字王国"。古代中国,实际上就是一个由汉字连接起来的王国。秦始皇统一中国,必定会想到统一汉字,因为当时各国的文字千差万别,只有"书同文","国"才算是真正地统一。没有文字的统一,秦朝的江山就不是真正的统一。我在《李斯的江山》里写:"一个书写者,无论在关中,还是在岭南,也无论在江湖,还是在庙堂,自此都可以用一种相互认识的文字在书写和交谈。秦代小篆,成为所有交谈者共同遵循的'普通话'。""文化是最强有力的黏合剂,小篆,则让帝国实现了无缝衔接"。

二

汉字是国族聚合的纽带,还是世界上最具造型感的文字,而软笔书写,又使汉字呈现出变幻无尽的线条之美。中国人写字,不只是为了传递信息,也是一种美的表达。对中国人来说,文字不只有工具性,还有审美性。于是在"书写"中,产生了"书法"。

"书法",原本是指"书之法",即书写的方法——唐代书学家张怀瓘把它归结为三个方面:"第一用笔,第二识势,第三裹束。"周汝昌先生将其简化为:用笔、结构、风格。[①] 它侧重于写字的过程,而非指结果(书法作品)。"法书",则是指向书写的结果,即那些由古代名家书写的、可以作为楷模的范本,是对先贤墨迹的敬称。

只有中国人,让"书"上升为"法"。西方人据说也有书法,我在欧洲的博物馆里,见到过印刷术传入之前的书籍,全部是"手抄本",书写工整漂亮,加以若干装饰,色彩艳丽,像"印刷"的一样,可见"工整"是西方人对于美的理想之一,连他们的园林,也要把蓬勃多姿的草木修剪成标准的几何形状,仿佛想用艺术来证明他们的科学理性。周汝昌先生讲,"(西方人——引者注)

---

① 参见周汝昌:《永字八法——书法艺术讲义》,第9页,桂林:广西师范大学出版社,2015年版。

'最精美'的书法可以成为图案画"①,但是与中国的书法比起来,实在是小儿科。这缘于"西洋笔尖是用硬物制造,没有弹力(俗语或叫'软硬劲儿'),或有亦不多。中国笔尖是用兽毛制成,第一特点与要求是弹力强"②。

与西方人以工整为美的"书法"比起来,中国法书更感性,也更自由。尽管秦始皇(通过李斯)缔造了帝国的"标准字体"——小篆,但这一"标准"从来不曾限制书体演变的脚步。《泰山刻石》是小篆的极致,却不是中国法书的极致。中国法书没有极致,因为在一个极致之后,紧跟着另一个极致。任何一个极致都是阶段性的,"江山代有才人出,各领风骚数百年",使中国书法,从高潮涌向高潮,从胜利走向胜利,自由变化,好戏连台。工具方面的原因,正是在于中国人使用的是这一支有弹性的笔,这样的笔让文字有了弹性,点画勾连、浓郁枯淡,变化无尽,在李斯的铁画银钩之后,又有了王羲之的秀美飘逸、张旭的飞舞流动、欧阳询的法度庄严、苏轼的"石压蛤蟆"、黄庭坚的"树梢挂蛇"、宋徽宗"瘦金体"薄刃般的锋芒、徐渭犹如暗夜哭号般的幽咽顿挫……同样一支笔,带来的风格流变,几乎是无限的,就像中国人的自然观,可以万类霜天竞自由,亦如太极功夫,可以在闪展腾挪、无声无息中,产生雷霆万钧的力度。

我想起金庸在小说《神雕侠侣》里,写到侠客朱子柳练就一身"书法武功",与蒙古王子霍都决战时,兵器竟只有一支毛笔。决战的关键回合,他亮出的就是《石门颂》的功夫,让观战的黄蓉不

---

① 参见周汝昌:《永字八法——书法艺术讲义》,第10页,桂林:广西师范大学出版社,2015年版。
② 同上书,第13页。

觉惊叹:"古人言道:'瘦硬方通神',这一路'褒斜道石刻'当真是千古未有之奇观。"以书法入武功,这发明权想必不在朱子柳,而应归于中国传统文化造诣极深的金庸。

《石门颂》的书写者王升,就是一个有"书法武功"的人。张祖翼说《石门颂》:"胆怯者不敢学,力弱者不能学也。"我胆怯,我力弱,但我不死心,每次读《石门颂》拓本,都让人血脉偾张,被它煽动着,立刻要研墨临帖。但《石门颂》看上去简单,实际上非常难写。我们的笔一落到纸上,就不是那么回事了。原因很简单:我身上的功夫不够,一招一式,都学不到位。《石门颂》像一个圈套,不动声色地诱惑我们,让我们放松警惕,一旦进入它的领地,临帖者立刻丢盔卸甲,溃不成军。

三

对中国人来说,美,是对生活、生命的升华,但它们从来不曾脱离生活,而是与日常生活相连、与内心情感相连。从来没有一种凌驾于日常生活之上,孤悬于生命欲求之外的美。今天陈列在博物馆里的名器,许多被奉为经典的法书,原本都是在生活的内部产生的,到后来,才被孤悬于殿堂之上。我们看秦碑汉简、晋人残纸,在上面书写的人,许多连名字都没有留下,但它们对美的追求却丝毫没有松懈。时光掩去了他们的脸,他们的毛笔,在暗中舞动,在近两千年之后,成为被我们仁望的经典。

故宫博物院收藏着大量的秦汉碑帖,在这些碑帖中,我独爱《石门颂》。其他的碑石铭文,我亦喜欢,但它们大多是出于公共目的书写的,有点像今天的大众媒体,记录着王朝的功业(如《石门颂》)、事件(如《礼器碑》)、祭祀典礼(如《华山庙碑》)、经文(如《熹平石经》),因而它的书写,必定是权威的、精英的、标准化的,也必定是浑圆的、饱满的、均衡的,像《新闻联播》的播音员,字正腔圆,简洁铿锵。唯有《石门颂》是一个异数,因为它在端庄的背后,掺杂着调皮和搞怪,比如"高祖受命"的"命"字,那一竖拉得很长,让一个"命"字差不多占了三个字的高度。"高祖受命"这么严肃的事,他居然写得如此"随意"。很多年后的宋代,苏东坡写《寒食帖》,把"但见乌衔纸"中"纸"("帋")字的一竖拉得很长很长,我想他说不定看到过《石门颂》的拓本。或许,是一纸《石门颂》拓片,怂恿了他的任性。

　　故宫博物院还收藏着大量的汉代简牍,这些简牍,就是一些书写在竹简、木简上的信札、日志、报表、账册、契据、经籍。与高大厚重的碑石铭文相比,它们更加亲切。这些汉代简牍(比如居延汉简、敦煌汉简),大多是由普通人写的,一些身份微末的小吏,用笔墨记录下他们的工作。他们的字,不会出现在显赫的位置上,不会展览在众目睽睽之下,许多就是寻常的家书,它的读者,只是远方的某一个人,甚至有许多家书,根本就无法抵达家人的手里。因此那些文字,更没有拘束,没有表演性,更加随意、潇洒、灿烂,也更合乎"书法"的本意,即:"书法"作为艺术,价值在于表达人的情感、精神(舞蹈、音乐、文学等艺术门类莫不如此),而不是一种真空式的"纯艺术"。

　　在草木葱茏的古代,竹与木,几乎是最容易得到的材料。因而在纸张发明以前,简书也成为最流行的书写方式。汉简是写在竹简、木简上的文字。"把竹子剖开,一片一片的竹子用刀刮去上面的青皮,在火上烤一烤,烤出汗汁,用毛笔直接在上面书写。写错了,用刀削去上面薄薄一层,下面的竹简还是可以用。(内蒙古额济纳河沿岸古代居延关塞出土的汉简,就有削去成刨花有墨迹的简牍。)"[1] 烤竹子时,里面的水分渗出,好像竹子在出汗,所以叫"汗青"。文天祥说"留取丹心照汗青",就源于这一工序,用竹简("汗青")比喻史册。竹子原本是青色,烤干后青色消失,这道工序被称为"杀青"。

面对这些简册(所谓的"册",其实就是对一条一条的"简"捆绑串联起来的样子的象形描述),我几乎可以感觉到毛笔在上面点画勾写时的流畅与轻快,没有碑书那样肃括宏深、力敌万钧的气势,却有着轻骑一般的灵动洒脱,让我骤然想起唐代卢纶的那句"欲将轻骑逐,大雪满弓刀"。当笔墨的流动受到竹木纹理的阻遏,而产生了一种滞涩感,更产生了一种粗朴的美感。

其实简书也包含着一种"武功"———一种"轻功",它不像飞檐那样沉重,具有一种庄严而凌厉的美,但它举重若轻,以轻敌重。它可以在荒野上疾行,也可以在飞檐上奔走。轻功在身,它是自由的行者,没有什么能够限制它的脚步。

四

那些站立在书法艺术巅峰上的人,正是在这一肥沃的书写土壤里产生的,是这一浩大的、无名的书写群体的代表人物。我们看得见的,是这些"名人";看不见的,是他们背后那个庞大到无边无际的书写群体。"名人"们的书法老师,也是从前那些寂寂无名的

---

[1] 蒋勋:《汉字书法之美》,第62—63页,桂林:广西师范大学出版社,2009年版。

书写者，所以清代金石学家、书法家杨守敬在《平碑记》里说，那些秦碑，那些汉简，"行笔真如野鹤闻鸣，飘飘欲仙，六朝疏秀一派皆从此出"。

假如说那些"无名者"在汉简牍、晋残纸上写下的字迹代表着一种民间书法，有如"民歌"的嘶吼，不加修饰，率性自然，带着生命中最真挚的热情、最真实的痛痒，那么本书写到李斯、王羲之、李白、颜真卿、蔡襄、欧阳修、苏东坡、黄庭坚、米芾、岳飞、辛弃疾、陆游、文天祥等人，则代表着知识群体对书法艺术的提炼与升华。唐朝画家张璪说"外师造化，中得心源"，我的理解是，所谓造化，不仅包括山水自然，也包括红尘人间，其实就是我们身处的整个世界，在经过心的熔铸之后，变成他们的艺术。书法是线条艺术，在书法者那里，线条不是线条，是世界，就像石涛在阐释自己的"一画论"时所说："此一画收尽鸿蒙之外，即亿万万笔墨，未有不始于此而终于此。"

他们许多是影响到一个时代的巨人，但他们首先不是以书法家的身份被记住的。在我看来，不以"专业"书法家自居的他们，写下的每一片纸页，都要比今天的"专业"书法家更值得我们欣赏和铭记。书法是附着在他们的生命中，内置于他们的精神世界里的。他们才是真正意义上的书法家，笔迹的圈圈点点、横横斜斜，牵动着他们生命的回转、情感的起伏。像张旭，肚子痛了，写下《肚痛帖》；像怀素，吃一条鱼，写下《食鱼帖》；像蔡襄，脚气犯了，不能行走，写下《脚气帖》；更不用说苏东坡，在一个凄风苦雨的寒食节，把他的全部委屈与愤懑、呐喊与彷徨全部写进了《寒食帖》。李白《上阳台帖》、米芾《盛制帖》、辛弃疾《去国帖》、范成大《中流一壶帖》、文天祥《上宏斋帖》，无不是他们内心世界最真切的表达。当然也有颜真卿《祭侄文稿》《裴将军诗帖》这样洪钟大吕式的震撼人心之作，但它们也无不是泣血椎心之作，书写者的直率的性格、喷涌的激情和"向死而生"的气魄，透过笔端贯注到纸页上。他们信笔随心，所以他们的法书浑然天成，不见营谋算计。我在那篇写陆游的《西线无战事》里所说："书法，就是一个人同自己说话，是世界上最美的独语。一个人心底的话，不能被听见，却能被看见，这就是书法的神奇之处。我们看到的，不应只是它表面的美，不只是它起伏顿挫的笔法，还是它们所透射出的精神与情感。"

他们之所以成为今人眼中的"千古风流人物"，秘诀在于他们的法书既是从生命中来，不与生命相脱离，又不陷于生活的泥潭不能自拔。他们的法书，介于人神之间，闪烁着人性的光泽，又不失神性的光辉。一如古中国的绘画，永远以四十五度角俯瞰人间（以《清明上河图》为代表），离世俗很近，触手可及，又离天空很近，仿佛随时可以摆脱地心引力，飞天而去。所谓潇洒，意思是既是红尘中人，又是红尘外人。中国古代艺术家把"四十五度角哲学"贯彻始终，在我看来，这是艺术创造的最佳角度，也是中华艺术优越于西方的原因所在（西方绘画要么像宗教画那样在天国漫游，要么彻底下降到人间，像文艺复兴以后的绘画那样以正常人的身高为视点进行平视）。

我们有时会忽略他们的书法家身份，一是因为他们在其他领域的光芒太过耀眼（如李斯、李白、"唐宋八大家"、岳飞、辛弃疾、陆游、文天祥），遮蔽了他们在书法领域的光环；二是因为许多人并不知道他们还有亲笔书写的墨迹留到今天，更无从感受他们遗留在那些纸页上的生命气息。从这个意义上说，我们应该感谢历代的收藏者，感谢今天的博物院，让汉字书写的痕迹，没有被时间抹去。有了这些纸页，他们的文化价值才能被准确地复原，他们的精神世界才能完整地重现，我们的汉字世界才更能显示出它的瑰丽妖娆。

五

书法，不仅因其产生得早（甲骨文、石鼓文、金文），更因其与心灵相通，而成为一切艺术的根基。譬如绘画，赵孟頫说"书画本同源"，实际上就是从书法中寻找绘画的源头，赵孟頫在绘画创作中，起笔运笔、枯湿浓淡中，还特别强调书法的笔墨质感。音乐、诗歌、戏剧、小说，它们叙事的曲线、鲜明的节奏感，乃至闪烁其中的魔法般的灵感火光，不能说没有书法的精髓渗透在其中。我们住在语言里，语言住在文字里，文字住在法书里。正如我在《血色文稿》里所写："语言的效用是有限的，越是复杂的情感，语言越是难以表达，但语言无法表达的东西，古人都交给了书法。书法要借助文字，也借助语言，但书法又是超越文字，超越语言的。书法不只是书法，书法也是绘画，是音乐，是建筑——几乎是所有艺术的总和。书法的价值是不可比拟的，在我看来（或许，在古人眼中亦如是），书法是一切艺术中核心的，也是最高级的形式，甚至于，它根本就不是什么艺术，它就是生命本身。"

这是一本关于法书的书，但它不是书法史，因为它还关涉着文学史、音乐史、戏剧史、美术史，甚至是政治史、经济史、军事史、文化史，最重要的，是生活史、生命史、心灵史。常见的书法史里装不下这些大历史，但书法史本身就应该是大历史，世界上不存在一部与其他历史无关的书法史。这也是本书写到了书法史以外看似无关、鸡零狗碎的事物的原因。

千百年过去了，这些书写者的肉体消失了，声音消失了，所有与记忆有关的事物都被时间席卷而去，但他们的文字(以诗词文章的形式)留下来了，甚至，作为文字的极端形式的法书(诗词尺牍的手稿)也留传下来，不只是供我们观看，而且供我们倾听、触摸、辨认——倾听他们的心语，触摸他们生命的肌理，辨认他们精神的路径。

人们常说"见字如面"，见到这些字，写字者本人也就鲜活地站在我们面前。他们早已随风而逝，但这些存世的法书告诉我们，他们没有真的消逝。他们在飞扬的笔画里活着，在舒展的线条里活着。逝去的是朝代，而他们，须臾不曾离开。

故宫六百年

一

面对紫禁城，我总会涌起一种言说的冲动。宏伟的事物总是让我们心潮澎湃，无论自然的，还是人工的。但紫禁城又太庞大，一个人的生命丢进去，转眼就没了踪影，我必须穿越层层叠叠的史料，才有可能把它找回来。那些密密实实的岁月，最终变成了只言片语，甚至，连一个字也没留下。她的每一个饱满的日子，她的欢笑和泪水，全都消失了，被一阵阵风、一重重雨扫荡干净了，就像一个侠客，身形被黑夜隐匿，我们看不见，也摸不着。

在紫禁城，生命的参照系太大，一个人置身其中，就像宫殿里的一粒沙，不值一提。即使乾隆这位中国历史上最长寿的皇帝，坐拥中国历史上第二大帝国（版图仅次于元朝），在这深宫，依然会感到茫然无措。他也一定会像一个哲学家一样自问：我是谁？我从哪里来？要到哪里去？因为这几个问题，是内植于一个人的生命中的，在浩大的宫殿里，更容易被唤醒。总之，作为一座建筑，紫禁城显然是太过庞大了，书上说，紫禁城是中国明清两代的皇宫，是世界上现存规模最大的古代宫殿建筑群，同时也是世界上规模最大的木结构建筑群，但在我看来，它的功能已经不限于皇帝工作和居住。一个人，对空间的需求不是无限的。巨大的空间，给人的生活带来的不是便利，而是困难。清朝皇帝乾隆，在紫禁城里一再大兴土木，是紫禁城建筑史中至关重要的角色，但他最爱的，还是八平方米的三希堂。他为自己退休建造了宏伟的宁寿宫(紫禁城里唯一的太上皇宫),但他退休后还是住在养心殿,挨着他的三希堂。

二

所以说,紫禁城不只是用来住的,更是用来吓唬人的,如汉代丞相萧何所说:"非壮丽无以重威",以至于紫禁城建成六百年后,每当我面对她,依然会感到心惊胆战。这些建筑气势壮阔、复杂深邃。在日本设计师原研哉看来,对复杂与宏大的追求是人类文明史上不可回避的阶段,以至于"现存的人类文化遗产都是复杂的"①,而不是简约、低调的。因为在生产力相对落后的阶段,只有复杂宏大的工程(比如中国的青铜器、长城、紫禁城),才能显示出统治者的能力与力量,也才能有效地整合族群与国家。原研哉说:"如果中央君临天下的霸者没有具备强而有力的统率力的话,因着力量不足,将会被拥有更强力量的竞争者取而代之,也会被其他兵强马壮的集团所吸收。"② 而这些"超级工程"的出现,"就是为了让敌人看了心生畏惧感,于是如此豪壮、绚烂,甚至怪奇的样貌才会应运而生。"③

伟大的建筑都有实用性,但它们在本质上是超越实用的。就像埃菲尔铁塔,几乎没有什么实用性,以至于在法国为纪念大革命一百周年而建造它的时候,这一设计方案遭到了强烈的反对,包括小仲马、莫泊桑在内的作家、画家、雕塑家、建筑师,赶在巴黎的天

---

① [日]原研哉:《欲望的教育——美意识创造未来》,第64页,台北:雄狮图书股份有限公司,2016年版。
② 同上。
③ 同上书,第66页。

际线受到损毁之前联名上书,表达他们"强烈的、愤怒的抗议",称"连商业化的美国都不想要的埃菲尔铁塔,无疑将成为巴黎之耻"。罗兰·巴特写《埃菲尔铁塔》,是从莫泊桑常在埃菲尔铁塔上吃午饭开始的。这不是因为埃菲尔铁塔上的午餐好吃,而是因为那里是巴黎唯一看不到埃菲尔铁塔的地方。在他们眼里,埃菲尔铁塔不仅丑陋,代表着庸俗的工业趣味,而且无用——连塔顶餐厅的菜肴都不那么好吃。古斯塔夫·埃菲尔为了使它的设计更有合理性,曾给它赋予了若干实用功能,比如空气动力测量、材料耐力研究、无线电研究等,但对具有深厚审美传统的巴黎人而言,这样的辩护太过无力。但几十年后,剧情却发生了神奇的反转,埃菲尔铁塔不仅已为大多数人所接受,而且成了巴黎最重要的地标建筑,它每年的游客量比卢浮宫还多。与卢浮宫比起来,埃菲尔铁塔无疑是一座空洞的纪念碑,里面什么都没有,但它有高度(1929年纽约克莱斯勒大厦建成以前,它一直是世界建筑的最高峰),有其他建筑无法企及的体量,仅凭这些,就使它成为一个符号,罩在巴黎的头上,挥之不去。就像紫禁城,它的象征性,是通过它不近人情的宏大来实现的。

三

紫禁城的宏大,不仅使营造变得不可思议,连表达都是困难的。这让我的心底生起来的那股言说冲动,每次都铩羽而归。它太大了,它的故事,一千零一夜也讲不完。我们常说,一部"二十四史",不知从何讲起。其实"二十四史"有头,也有尾,但紫禁城没有。紫禁城(故宫博物院)里收藏的古物远达新石器时代,甚至比新石器时代还要早,像《红楼梦》里写的,"不知过了几世几劫"。紫禁城里藏过一部"二十四史",那是《四库全书》中史部的一部分,而三万多卷的《四库全书》,又只是紫禁城的一部分,很小很小的一部分。紫禁城有墙,但紫禁城又是没有边际的。我们说什么,都是挂一漏万,我们怎么说,都如瞎子摸象。因此,紫禁城所带来的那种话语冲动,带来的只有失语。我的讲述还没有开始就已经结束。在紫禁城面前,话语是那么无力。

站在紫禁城巨大的广场上,望着飞檐上面青蓝的天空,我总是在想,紫禁城到底是什么?历史学家、建筑学家给出的所有定义,都不足以解释它的迷幻与神奇。在我看来,紫禁城是那么神奇的一个场域,是现实空间,却又带有神异色彩。它更像是一只魔盒、一座迷宫,或者命运交叉的城堡。因为它的内部,人影幢幢,魑魅交叠,有多少故事,在这个空间里发酵、交织、转向。紫禁城是不可测的——它的建筑空间是可测的,建筑学家早已完成了对它的测绘,它的神秘性却是不可测的,用深不可测、风云莫测来形容它,在我眼中都比用具体的数字描述它更贴切。它用一个可测的空间,容纳了太多不可测的事物,或许,这才是对紫禁城的真正定义。

简单说,紫禁城就是一座城。它的外围有城墙,在它的内部,有办公场所(三大殿、养心殿等),有家属宿舍(东西六宫等),有宗教设施(梵华楼等),有水利工程(内金水河等),有图书馆(昭仁殿等),有学校(上书房等),有医院(太医院等),有工厂(造办处等),有花园(御花园等),除了没有市场,紫禁城几乎包含了一座城的所有要素。但紫禁城里又是有市场的,紫禁城本身就是一个大市场,忠诚、信仰、仁义、道德,都可以标价出卖。这些交易在这座城里一刻也未停止,因此,在史书里,我常常听到各种叫卖声,这座城的内部成员，个个都是交易高手，漫天要价，坐地还钱。因此这座城，培养了许多商业奇才，比如万历皇帝，就是一个不折不扣的企业家兼财迷，为了挣钱，他下令停止民间采矿，所有矿产只能由皇家专营，皇帝因此成为这一垄断行业的最大老板，试图将天下财富集于一身。他赚钱太多，没地方放，于是下令在养心殿后面挖了一个大大的银窖，把挣来的银子统统藏在自己的银窖里。关于万历银窖里的"存款"总额，历史学家说法不一。清代康熙皇帝说："明代万历年间于养心殿后窖金二百万金，我朝大兵至京，流寇（指李自成）闻风而逃，因追兵甚迫，弃之黄河……"

以上是从城市功能上说的，从建筑形态来说，这座城里，宫殿楼台、亭阁轩馆、庭院街道一应俱全，因此它具有一座城应有的物质形态。在这个物质空间里，也容纳着各色人等，包括皇帝、后妃、太监、文臣、武士、医生、老师（皇帝及皇子的讲官）、厨师、匠人等等，他们在各种建筑中生存和相遇，合纵连横，沆瀣一气，各种各样的社会关系应运而生。紫禁城是一座名副其实的城，是物质的城，也是人群的城。它是一个社会，是世界的模型，是整个世界的缩影。

四

在我看来，紫禁城最根本的特性，在于它是一个生命体，犹如一株老树，自种子落地那一刻起，它就没有停止过生长。帝制终结了，但紫禁城没有死，而且永远不会死。2018年初秋时节拍摄《上新了·故宫》，我和演员蔡少芬以及剧组其他成员在早上六点到达太和殿，若"穿越"回几百年前，这正是大朝会的时间，但此时的太和殿前，不见排列成行的品级山（供官员们在广场列队的标志物），也不见铜龟、铜鹤在腹中升起的袅袅的线香，只有摄像机、轨道和摇臂在无声地运动，只有我们几人的谈话声，在空阔的广场上回荡。七点半，太和殿广场上的几扇大门打开，先是各宫殿的值班员排着进来，紧接着是上班的故宫员工纷纷骑自行车从广场前经过，有的还在太和殿台基下停下来，看看拍摄的现场。故宫博物院新的一天，就是这样开始的。紫禁城有自己的"生物钟"，它的声与色，在每一分钟都在发生着变化，让我这个"老员工"，也感到兴奋和惊奇。

时间无声地流过紫禁城，却在紫禁城中留下了鲜明的痕迹。紫禁城不是一个固体，永恒不变，而是一刻不停地在变，尽管那变化，可能极为细小，就像一个人的额头生出的皱纹，只有敏感的人才能发现。这些具体的、细小的变化，带动这座城，处于永不止息的生命律动中。这是紫禁城这件"古物"与其他古物最根本的不同。

五

2020年，紫禁城迎来建成六百周年，我自然不会沉默。我要写紫禁城，写紫禁城里的十个甲子。只是紫禁城、六百年，无论空间，还是时间，都过于庞大，这个题目把我吓住，我在心里盘桓了许多年，迟迟没有落笔。

2014年，冬日来临的时候，我终于写下了第一行字。像一个旅人，整理好了行装和心情，开始了远行。由于其中交叉着其他书的写作，使本书的写作变得断断续续、迟迟疑疑，到2016年，因为我策划大型纪录片《紫禁城》的关系，才开始变成一项持续而稳定的工作。但它仍然是一部个人化的著作，与纪录片无关。唯有个人化，我才能将个人的认知与情感发挥到极致。

写作本书，前后用了将近五年，但集中写作的时间，我用了三年多，我惊奇地发现，这个时间几乎与当年集中建造紫禁城的时间一致。也就是说，我的写作速度，是与营建紫禁城的速度一致的，这让我对这座城的建造，有了一种更真切的体验。我还发现，写紫禁城与建紫禁城在有些地方极为相似，它需要耐心，需要经验，更需要时间。紫禁城是一块砖一块砖、一根木一根木搭建起来的，日久天长，它的轮廓才在地平线上显现出来，写作也是一样，日子久了，作品才眉目清晰、结构健全。不同的是，建故宫的材料是木，是石，写故宫的材料是文字，最多还要算上一些标点符号。我试图用文字筑起一座城，一如北岛在散文集《城门开》的自序中写下的第一句话："我要用文字重建一座城市，重建我的北京。"①

六百年的故宫，那么沉重。我不想沉重，我想轻灵，想自由，像从故宫的天际线上划过的飞鸟。为此，我找到我自己的方法。营建这座城是有方法的，否则，像这样一座占地七十二万平方米的超级工程，在那个没有起重机的年代，是不可能在十五年之内（主要工程在三年半内）完成的。表达故宫，必然也要找到方法，才有可能找到一个支点，撬动这个庞大的主题。雨果写《巴黎圣母院》，罗兰·巴特写《埃菲尔铁塔》，三岛由纪夫写《金阁寺》，都成为了世界文学的经典之作。当然，他们都是伟大的作家，我不可望其项背，但他们的作品，至少证明了写作的可能性，即：通过文字来驾

---

① 北岛：《城门开》，第 1 页，北京：生活·读书·新知三联书店，2015 年版。

驭一座伟大的建筑是完全可能的，甚至可以说，文字不仅描述了一座建筑，甚至构成了一座建筑。

写城如同建城，首先要考虑结构问题。故宫（紫禁城）六百年，容纳进了无数的人与事，史料浩繁，线索纷乱，在我眼里是一片混沌，要讲清它的六百年历史，实在不知从哪里下手。历史是一盘散沙，而所有可供阅读的历史，其实都是经过了人为组织的历史。没有这种人为组织，也就没有历史。比如《史记》开创的纪传体（以本纪、列传、表、志等形式，纵横交错，脉络贯通），就是一种组织历史的方式。自从司马迁创造了这种组织方式，它贯穿了中国两千年的历史书写，《二十四史》中后来的那些史书（加上后来的《清史稿》合称《二十五史》）都采用了这种方式，这种标准的历史写作方式也被称为"正史"。

历史不是已逝时间的总和，历史是我们认识过去的逻辑。因此，历史如同建筑，有感性的、具有审美性的一面，也有理性的、具有逻辑性的一面。

首先可以明确的是，我不准备把它写成一部编年史，那样太容易成为一本流水账。我要寻找一种更亲切、更妥帖的叙事结构。经过一次次的尝试，我还是决定采用以空间带时间的结构。

首先，因为我们对故宫的认识是从空间开始的，我们会站在某一个位置上，看那浩瀚的宫殿，携带着它所有的往事，在我们面前一层层地展开。本书的讲述，也像所有走进故宫（紫禁城）的人一样，开始于午门，然后，越过一道道门，从一个空间走向另一个空间。全书共十九章，除了前两章综述了它的肇建过程和整体结构以外，在其余的十七章里，我把故宫（紫禁城）分割成许多个空间，然后，带着读者，依次领略这座宏伟宫殿。

其次，也是更主要的原因，在于中国人的时间意识，最早是通过空间获得的。在周代，中国人通过立表测影以知东南西北，进而划分出四季：正午日影最长的为冬至日，最短的为夏至日，那么在这最长最短之间的中间值的两个日子就是春分与秋分。除此，中国人还通过观察星象（北斗星）来确认季节："斗柄东指，天下皆春；斗柄南指，天下皆夏；斗柄西指，天下皆秋；斗柄北指，天下皆冬"[①]，东南西北四个方位，分别对应着春夏秋冬四个季节的中间日期，也就是夏至、冬至、春分、秋分，其他节气的日子，也就可以推算出来。

根据表杆和北斗星斗柄的指示，把一年分成四个季节、十二个月，又同样使用立表测影，把一天分成十二个时辰。太和殿前的日晷，晷面上刻画着"二十四山地平方位图"，在平面上分出四隅（东南西北）、八天干、十二地支（子、丑、寅、卯、辰、巳、午、未、申、酉、戌、亥），然后根据晷针在十二地支的投影确认十二个时辰（二十四小时）。

时间产生于空间，空间就是时间。

故宫（紫禁城）是空间之城，同时也是时间之城。故宫的中轴线（从午门中心点到神武门中心点）是子午线，南为午，北为子，与夏至、冬至分别对应；而北京城的日坛与月坛的连线则刚好是卯酉线，与春分、秋分相对应——明清两朝，春分行日坛之祭，迎日于东；秋分行月坛之祭，迎月于西。

我的同事王军先生在2016年进行"北京城市总体规划"专题研究时发现了一个神奇的现象——故宫（以及整个北京城）子午线

[①] 《鹖冠子》，卷上，见《影印文渊阁四库全书》，第八四八册，第209页，台北：台湾商务印书馆，1986年版。

2020年在《春妮的周末时光》节目中,与阎崇年先生畅谈紫禁城六百年

2024年与刘心武(右二)、邱华栋(左一)、焦金木(左二)在故宫(张云天 摄)

与卯酉线的交叉点，刚好是太和殿前广场。这表明三大殿所代表的帝王权力，不仅是空间的主宰，也是时间的起始。

自河姆渡文化以至明清，这套时空一体的意识形态贯彻始终，数千年不曾改变，故宫也因此成为中华文明源远流长的伟大见证。分别悬挂在太和、中和、保和三大殿的三块匾，内容都取自《尚书》，分别是"建极绥猷""允执厥中""皇建有极"，皆象征着三大殿乃立表之位。①

故宫的平面图里，其实也包含着一个"二十四山地平方位图"，可以分出四隅、八天干、十二地支。从某种意义上说，故宫本身，就是一个巨大的日晷。它的空间系统里，暗含着一套完整的时间系统。故宫的历史、人物活动，都围绕着它特有的空间和时间秩序展开。

所以，讲建筑，讲空间，最终还是要讲历史，讲时间。写"硬件"（建筑），也是为了写"软件"（我们的历史、我们的文化）。没有了空间，所有的时间(历史)都没有了附着物，都会坍塌下来；而没有了时间(历史)，所有的空间都会变成空洞。

在故宫(紫禁城)，绝大部分建筑空间都容纳了上百年甚至几百年的历史风云，弱水三千，我只能取一瓢饮，面对每一个建筑空间，我也只能选取了一个时间的片段(当然是我认为重要的片段)，让这些时间的碎片，依附在不同的空间上，衔接成一幅较为完整的历史拼图。这样，当大家跟随着我的文字，走完了故宫的主要区域，从神武门出来，我们也不知不觉地，完成了对故宫六百年历史

---

① 关于紫禁城的天文与人文，故宫博物院王军先生有系统研究。详见王军：《建极绥猷——北京历史文化价值与名城保护》，上海：同济大学出版社，2019年版。

的回望与重温。

六

关于本书的书名，应该叫《紫禁城六百年》还是《故宫六百年》，我思量了很久。出于慎重，我专门请教了郑欣淼先生、赵国英女士等师长，他们一致认为无论叫《紫禁城六百年》还是叫《故宫六百年》都没有问题，只是角度不同而已。紫禁城偏重于建筑，故宫则侧重于这座"旧宫殿"及后来的故宫博物院，它们的历史都是六百年。反复思量，我觉得《故宫六百年》更切合我的本意。

我要感谢人民文学出版社臧永清社长、应红总编辑，责任编辑赵萍、薛子俊，封面设计崔欣晔，他们为此书能够在紫禁城六百周年之际出版而付出心血；感谢故宫博物院领导对我的宽容与支持；感谢李少白先生、李文儒先生等人为本书提供了精美摄影作品；感谢赵广超先生为本书提供了故宫地图；感谢香港《大公报》管乐女士，本书一边写作一边在《大公报》上连载；还要感谢《当代》杂志主编孔令燕，几乎在本书出版的同时，用一整期的完整篇幅发表了本书全文(《当代》杂志2019年第六期)，感谢《当代》编辑石一枫兄多年来一如既往地编发我的作品，这是我第一次在一期杂志上发表一部长卷式的作品。此时我突然发现自己像一个初出茅庐的文学青年，在作品发表之前，既有按捺不住的期盼，又有难以控制的紧张。

永和九年的那场醉

一

我到北京故宫博物院故宫学研究所上班的第一天，郑欣淼先生的博士徐婉玲说，午门上正办"兰亭特展"，相约一起去看。尽管我知道，王羲之的那份真迹，并没有出席这场盛大的展览，但这样的展览，得益于两岸故宫的合作，依旧不失为一场文化盛宴。那份真迹消失了，被一千六百多年的岁月隐匿起来，从此成了中国文人心头的一块病。我在展厅里看见的是后人的摹本，它们苦心孤诣地复原着它原初的形状。这些后人包括：虞世南、褚遂良、冯承素、米芾、陆继善、陈献章、赵孟頫、董其昌、八大山人、陈邦彦，甚至宋高宗赵构、清高宗乾隆……几乎书法史上所有重要的书法家都临摹过《兰亭序》①。南宋赵孟坚，曾携带一本兰亭刻帖过河，不想舟翻落水，救起后自题："性命可轻，《兰亭》至宝。"这份摹本，也从此有了一个生动的名字——"落水《兰亭》"。王羲之不会想到，他的书法，居然发起了一场浩浩荡荡的临摹和刻拓运动，贯穿了其后一千六百多年的漫长岁月。这些复制品，是治文人心病的药。

东晋穆帝永和九年（公元 353 年）的暮春三月初三，时任右将军、会稽内史的王羲之，伙同谢安、孙绰、支遁等朋友及子弟四十

---

① 《兰亭序》，又称《兰亭集序》《兰亭宴集序》《临河序》《禊序》《禊帖》。

二人，在山阴兰亭举行了一次声势浩大的文人雅集，行"修禊"之礼，曲水流觞，饮酒赋诗。

魏晋名士尚酒，史上有名。刘伶曾说："天生刘伶，以酒为名；一饮一斛，五斗解酲。"[①] 阮籍饮酒，"蒸一肥豚，饮酒二斗。"[②] 他们的酒量，都是以"斗"为单位的，那是豪饮，有点像后来水泊梁山上的人物。王羲之的酒量，我们不得而知，但天籁阁旧藏宋人画册中有一幅《羲之写照图》，图中的王羲之，横坐在一张台座式榻上，身旁有一酒桌，有酒童为他提壶斟酒，酒杯是小的，气氛也是雍容文雅的，不像刘伶的那种水浒英雄似的喝法。总之，兰亭雅集那天，酒酣耳热之际，王羲之提起一支鼠须笔，在蚕茧纸上一气呵成，写下一篇《兰亭序》，作为他们宴乐诗集的序言。那时的王羲之不会想到，这份一蹴而就的手稿，以后成为被代代中国人记诵的名篇，更为以后的中国书法提供了一个至高无上的坐标，后世的所有书家，只有翻过临摹《兰亭序》这座高山，才可能成就己身的事业。王羲之酒醒，看见这卷《兰亭序》，有几分惊艳、几分得意，也有几分寂寞，因为在以后的日子里，他将这卷《兰亭序》反复重写了数十乃至百遍，都达不到最初版本的水准，于是将这份原稿秘藏起来，成为家族的第一传家宝。

然而，在漫长的岁月中，一张纸究竟能走出多远？

一种说法是，《兰亭序》的真本传到王氏家族第七代孙智永的手上，由于智永无子，于是传给弟子辩才，后被唐太宗李世民派遣监察御史萧翼，以计策骗到手；还有一种说法，《兰亭序》的真本，

[①]〔南朝宋〕刘义庆：《世说新语》，第334页，郑州：中州古籍出版社，2008年版。
[②] 同上书，第336页。

以一种更加离奇的方式流传。唐太宗死后，它再度消失在历史的长夜里。后世的评论者说："《兰亭序》真迹如同天边绚丽的晚霞，在人间短暂现身，随即消没于长久的黑夜。虽然士大夫家刻一石让它化身千万，但是山阴真面却也永久成谜。"

二

现在回想起来，中国文化史上不知有多少名篇巨制，都是这样率性为之的，比如苏东坡、辛弃疾开创所谓的豪放词风，并非有意为之，不过逞心而歌而已，说白了，是玩儿出来的。我记得黄裳先生曾经回忆，1947年时，他曾给沈从文寄去空白纸笺，请他写字，没想到这考究的纸笺竟令沈从文步履维艰，写出来的字如"墨冻蝇"。沈从文后来干脆又另写一幅寄给黄裳，写字笔是"起码价钱小绿颖笔"，意思是最便宜的毛笔，纸也只是普通公文纸，在上面"胡画"，却"转有妩媚处"。[①] 他还回忆，1975年前后，沈从文又寄来一张字，用的是明拓帖扉页的衬纸写的，笔也只是七分钱的"学生笔"，黄先生说他这幅字"旧时面目仍在，但平添了如许婉转的姿媚"。[②] 所以黄裳先生也说："好文章、好诗……都是不经意作出来的。"[③]

文人最会玩儿的，首推魏晋，其次是五代。《文渊阁四库全书》中收有明代杨慎的《墨池璀录》，书中说："书法惟风韵难及。虞书多粗糙，晋人书虽非名法之家，亦自奕奕有一种风流蕴藉之

[①] 黄裳：《故人书简》，第35页，北京：海豚出版社，2012年版。
[②] 同上书，第37页。
[③] 同上书，第35页。

气,缘当时人物以清简相尚,虚旷为怀,修容发语,以韵相胜,落华散藻,自然可观。"① 两宋以后,文人渐渐变得认真起来,诗词文章,都做得规规矩矩,有"使命感"了。以今人比之,犹如莫言之《红高粱》,设若他先想到诺贝尔文学奖,鼓足干劲,力争上游,决心为国争光,那份汪洋恣肆、狂妄无忌,就断然做不出来了。

王羲之时代的文人原生态,尽载于《世说新语》。魏晋文人的好玩儿,从《世说新语》的字里行间透出来,所以我的博士研究生导师刘梦溪先生说,他时常将《世说新语》放在枕畔,没事时翻开一读,常哑然失笑。比如写钟会,他刚写完一本书,名叫《四本论》——别弄错了,不是《资本论》——想让嵇康指点,就把书稿揣在怀里,由于心里紧张,不敢拿给嵇康看,就在门外远远地把书稿扔进去,然后撒腿就跑。再比如吕安去嵇康家里看望这位好友,正巧嵇康不在家,吕安在门上写了一个"凤"字就走了,嵇康回来,看到"凤"字,心里很得意,以为是吕安夸自己,没想到吕安是在挖苦他,"凤"的意思,是说他不过一只"凡鸟"而已。曹雪芹在给王熙凤的判词中把"凤"字拆开,说"凡鸟偏从末世来",不知是否受了《世说新语》的启发。

中国文化史上,正襟危坐的书多,像《世说新语》这样好玩儿的书,屈指可数。刘义庆寥寥数语,就把魏晋文人的形态活脱脱地展现出来了。刘义庆是南朝宋武帝刘裕的侄子、长沙景王刘道怜的公子,是皇亲国戚、高干子弟,同时是骨灰级的文学爱好者,《宋书》说他:"招聚文学之士,近远必至。"他爱玩儿,所以他的书,

---

① 〔明〕杨慎:《墨池璵录》,见《景印文渊阁四库全书》,总第八一六卷,子部,第一二二卷,第3页,台北:台湾商务印书馆,1983年版。

就专拣好玩儿的事儿写。

《世说新语》写王羲之，最著名的还是那个"东床快婿"的典故：东晋太尉郗鉴有个女儿，名叫郗璇，年方二八，正值豆蔻年华，郗鉴爱如掌上明珠，要为她寻觅一位如意郎君。郗鉴觉得丞相王导家子弟甚多，都是品学兼优的三好学生，于是希望能从中找到理想人选。

一天早朝后，郗鉴把自己的想法告诉了丞相王导。王导慨然说："那好啊，我家里子弟很多，就由您到家里挑选吧，凡你相中的，不管是谁，我都同意。"郗鉴就命管家，带上厚礼，来到王丞相的府邸。

王府的子弟听说郗太尉派人为自己的宝贝女儿挑选意中人，就个个精心打扮一番，"正襟危坐"起来，唯盼雀屏中选。只有一个年轻人，斜倚在东边床上，敞开衣襟，若无其事。这个人，正是王羲之。

王羲之是王导的侄子，他的两位伯父王导、王敦，分别为东晋宰相和镇东大将军，一文一武，共为东晋的开国功臣，而王羲之的父亲王旷，更是司马睿过江称晋王首创其议的人物，其家族势力的强大，由此可见。"旧时王谢堂前燕，飞入寻常百姓家"，循着唐代刘禹锡这首《乌衣巷》，我们轻而易举地找到了王导的住址——诗中的"王谢"，分别指东晋开国元勋王导和指挥淝水之战的谢安，他们的家，都在秦淮河南岸的乌衣巷。乌衣巷鼎盛繁华，是东晋豪门大族的高档住宅区。朱雀桥上曾有一座装饰着两只铜雀的重楼，就是谢安所建。

相亲那一天，王羲之看见了一座古碑，被它深深吸引住了。那是蔡邕的古碑。蔡邕是东汉著名学者、书法家、蔡文姬的父亲，汉献帝时曾拜左中郎将，故后人也称他"蔡中郎"。他的字，"骨气洞达，爽爽有神力"，被认为是"受于神人"，让王羲之痴迷不已。

王羲之对书法如此迷恋，自然与父亲的影响关系甚大。王羲之的父亲王旷，历官丹杨太守、淮南内史、淮南太守，善隶、行书。明陶宗仪《书史会要》卷三载："旷与卫氏，世为中表，故得蔡邕书法于卫夫人。"王羲之十二岁的时候，在父亲枕中发现《笔论》一书，便拿出来偷偷看。父亲问："你为什么要偷走我藏的东西？"羲之笑而不答。母曰："他是想了解你的笔法。"父亲看他年少，就说："等你长大成人，我会教你。"王羲之说："等到我成人了，就来不及了。"父亲听了大喜，就把《笔论》送给了他，不到一个月，他的书法水平就大有长进。

那天他看见蔡中郎碑，自然不会放过，几乎把相亲的事抛在脑后，突然想起来，才匆匆赶往乌衣巷里的相府，到时，已经浑身汗透，就索性脱去外衣，袒胸露腹，偎在东床上，一边饮茶，一边想那古碑。郗府管家见他出神的样子，不知所措。他们的目光对视了一下，却没有形成交流，因为谁也不知道对方在想什么。

管家回到郗府，对郗太尉做了如实的汇报："王府的年轻公子二十余人，听说郗府觅婿，都争先恐后，唯有东床上有位公子，袒腹躺着，一副漫不经心的样子。"管家以为第一轮遭到淘汰的就是这个不拘小节的年轻人，没想到郗鉴选中的人偏偏是王羲之。"东床快婿"由此成为美谈。而这样的美谈，也只能出在东晋。

王羲之的袒胸露腹，是一种别样的风雅，只有那个时代的人才体会得到，如今的岳父岳母们，恐怕万难认同。王羲之与郗璇的婚

姻,得感谢老丈人郗鉴的眼力。王羲之的艺术成就,也得益于这段美好的婚姻。王羲之后来在《杂帖》中不无得意地写道:

> 吾有七儿一女,皆同生。婚娶已毕,唯一小者尚未婚耳。过此一婚,便得至彼。今内外孙有十六人,足慰目前。

他的七子依次是:玄之、凝之、涣之、肃之、徽之、操之、献之。这七个儿子,个个是书法家,宛如北斗七星,让东晋的夜空有了声色。其中凝之、涣之、肃之都参加过兰亭聚会,而徽之、献之的成就尤大。故宫"三希堂",王羲之、王献之父子占了"两希",其中我最爱的,是王献之的《中秋帖》,笔力浑厚通透,酣畅淋漓。但王献之的地位始终无法超越他的父亲王羲之,或许与唐太宗、宋高宗直到清高宗乾隆这些当权者对《兰亭序》的抬举有关。但无论怎样,如果当时郗鉴没有选中王羲之,中国的书法史就要改写。王羲之大抵不会想到,自己这一番放浪形骸,竟然有了书法史的意义,犹如他没有想到,自己酒醉后的一通涂鸦,竟然成就了书法史的绝唱。

三

一千六百多年后,我们依然能够呼吸到永和九年春天的明媚。三国时代,纵然有雄姿英发、羽扇纶巾的英雄,有乱石穿空、惊涛拍岸的浩荡,但总的来说,气氛仍是压抑的,充满了刀光剑影。"樯橹灰飞烟灭",对于英雄豪杰,仿佛信手拈来的功业,对百姓,却是无以复加的灾难。继之而起的魏晋,则是一个"铁腕人物操纵、杀戮、废黜傀儡皇帝的禅代的时代"①。先是曹操"挟天子以令诸侯",他的儿子曹丕篡夺汉室江山,建立魏国,继而魏的大权逐步旁落到司马氏手中,司马懿的儿子司马师和司马昭相继担任大将军,把持朝廷大权。曹髦见曹氏的权威日渐失去,司马昭又越来越专横,内心非常气愤,于是写了一首题为《潜龙》的诗。司马昭见到这首诗,勃然大怒,居然在殿上大声斥责曹髦,吓得曹髦浑身发抖,后来司马昭不耐烦了,干脆杀死了曹髦,立曹奂为帝,即魏元帝。曹奂完全听命于司马昭,不过是个傀儡皇帝。但即使是傀儡皇帝,司马氏也觉得碍事,司马昭死后,长子司马炎干脆逼曹奂退位,自己称帝。经过司马懿、司马昭和司马炎三代人的"努力",终于夺权成功,建立了西晋。

西晋是一个偷来的王朝。这样一个不名誉的王朝,要借助铁腕来维系,那是一定的。所以司马氏的西晋,压抑得喘不过气来。当年曹操杀孔融,孔的两个儿子尚幼,一个九岁,一个八岁,曹操斩草除根,没有丝毫的犹豫,留下了"覆巢之下,焉有完卵"的成语。此时的司马氏,青出于蓝胜于蓝,杀人杀得手酸。"竹林七贤"过得潇洒,嵇康"弹琴咏诗,自足于怀"②,刘伶整日捧着酒罐子,放言"死便埋我",也好玩,但那潇洒里却透着无尽的悲凉,不是幽默,是装疯卖傻,企图借此躲避司马家族的专政铁拳。最终,嵇康那颗美轮美奂的头颅,还是被一刀剁了去。

公元290年,晋武帝死,皇宫和诸王争夺权力,互相残杀,酿成"八王之乱"。对于当时的惨景,虞预曾上书道:"千里无烟爨之气,华夏无冠带之人。自天地开辟,书籍所载,大乱之极,未有

---

① 张节末:《狂与逸》,第36页,北京:东方出版社,1995年版。
② 〔唐〕房玄龄等撰:《晋书》,第906页,北京:中华书局,2000年版。

若兹者。"① 永嘉五年（公元311年），匈奴攻陷洛阳、掳走晋怀帝，杀王公士民三万余人，这场乱，史称"永嘉之乱"。

20世纪初楼兰遗址陆续出土了一些晋残纸，残纸中，有西晋永嘉元年（公元307年）和永嘉四年（公元310年）的年号，由于罗布泊地区气候干燥，这些晋代残纸虽经千载而纸墨如新，几乎是今人能够目睹的最早的纸墨文字。人们更多是从书法史的意义（由章草向今草过渡）上谈论这些残纸的价值，而忽略了这点画勾勒之间，藏着多少寻常人等的离合悲欢。透过风雨战乱报得一份平安，或许就是他们最微薄也最强烈的愿望。这些裹挟在大历史中的个人史，如旷野上粗粝的民歌，令人热血沸腾，却又风吹即散。其中一札，上面写着：

惟悲剥情……何痛！当奈何？愍念之……

让我想起王羲之《姨母帖》所写：

哀痛摧剥，情不自胜，奈何、奈何……

历史中的名人与无名人，他们的情感、用语，都何其相似！至于这些残纸是谁人所写，写给谁，我们已无从得知，写信人在残纸之外的命运，也已湮没无闻。人已无踪，残书犹在，这也是一种奇迹。它们被西方探险家挖出来，表明这些信札根本不曾寄出，一千七百多年后的我们，竟成了最终的收信人。

---

① 〔唐〕房玄龄等撰：《晋书》，第1430页，北京：中华书局，2000年版。

公元317年，皇帝司马邺被俘，西晋灭亡。王家的功业，恰是此时建立的，公元318年，王旷、王导、王敦等人推司马睿为皇帝，定都建康①，建立东晋。动荡的王朝在建康得到暂时的安顿，社会思想平静得多，各处都加入了佛教的思想。再至晋末，乱也看惯了，篡也看惯了，文章便更和平。与西晋相比，东晋士人不再崇尚形貌上的冲决礼度，而是礼度之内的娴雅从容。昏暗的油灯下，鲁迅恍惚看到了一个好的故事："这故事很美丽，幽雅，有趣。许多美的人和美的事，错综起来像一天云锦，而且万颗奔星似的飞动着，同时又展开去，以至于无穷。"这些美事包括：山阴道上的乌桕，新秋，野花，塔，伽蓝……

所以东晋时代的郊游、畅饮、酣歌、书写，都变得轻快起来，少了"建安七子""竹林七贤"的曲折，连呼吸吐纳都通畅许多。永和九年，暮春之初，不再有奔走流离，人们像风中的渣滓，即使飞到了天边，也终要一点一点地落定，随着这份沉落，人生和自然本来的色泽便会显露出来，花开花落、雁去雁来、雨丝风片、微雪轻寒，都牵起一缕情欲。那份欲念，被生死、被冻饿遮掩得太久了，只有在这清澈的山林水泽，才又被重新照亮。文化是什么？文化是超越吃喝拉撒之上的那丝欲念，那点渴望，那缕求索，是为灵魂准备的酒药和饭食。王羲之到了兰亭，才算是找到了真正的自己，或者说，就在王羲之仕途困顿之际，那份从容、淡定、逍遥，正在会稽山阴之兰亭，等待着他。

会稽山阴之兰亭，种兰的传统可以追溯到春秋时代，据说越王就曾在这里种兰，后人建亭以志，名曰兰亭。而修禊的风俗，则始

---

① 今江苏南京。

于战国时代，传说秦昭王在三月初三置酒河曲，忽见一金人，自东而出，奉上水心之剑，口中念道："此剑令君制有西夏。"秦昭王以为是神明显灵，恭恭敬敬地接受了赐赠，此后，强秦果然横扫六合，一统天下。从此，每年三月三，人们都到水边祓祭，或以香薰草蘸水，洒在身上，洗去尘埃，或曲水流觞，吟咏歌唱。所谓曲水流觞，就是在水边建一亭子，在基座上刻下弯弯曲曲的沟槽，把水流引进来，把酒杯斟酒，放到水上，让酒杯在水上浮动，到谁的面前，谁就要举起酒杯，趁着酒液熨过肺腑，吟诵出胸中的诗句。

东晋的酒具，今天在北京故宫博物院是见得到的。比如那件青釉鸡头壶，有一个鸡头状短流，圆腹平底，腹上壁有两桥形系，一弧形柄相接口沿和器身，便于提拿，通体青釉，点缀褐彩，有画龙点睛之妙。这种鸡头壶，始见于三国末期，历经魏晋南北朝，到唐代就消失了，被执壶取代。北京故宫博物院还有一件南朝时期的青釉羽觞，正是曲水流觞中的那只"觞"。它的外形小巧可爱，像一只小船，敏捷灵动，我们可以想象它在水中随波逐流的轻巧婉转，以及饮酒人将它高高擎起，袍袖被风吹动的那副神韵。

一件小小的文物，让魏晋的优雅、江左的风流具体化了，变得亲切可感，也让后世文人思慕不已，甚至大清的乾隆皇帝，也在紫禁城宁寿宫花园的一角，建了一座禊赏亭，企图通过复制曲水流觞的物理空间，体验东晋士人的风雅神韵。在他看来，假若少了这份神韵，这座宫殿纵然雕栏玉砌、钟鸣鼎食，也毫无品位。

或许得不到的永远是最好的，王羲之式的风雅，让后世许多帝王将相艳羡不已，纷纷效仿，与此相比，王羲之最向往的，却是拯救社稷苍生的功业。

与郗璇结婚三年后，王羲之就凭借庾亮等人的举荐，以及自己根红苗正的家世，官至会稽内史、右军将军——"王右军"之名由此而来。但官场的浑浊，容不下一个清风白袖的文人书生。官场上的王羲之，依旧像相亲时一样我行我素。他与谢安一同登上冶城，在谢安悠然远想的时候，他居然批评谢安崇尚虚谈，不务实际："今四郊多垒，宜人人自效，而虚谈费务，浮文妨要，恐非当今所宜。"①还反对妄图通过北伐实现个人野心的桓温、殷浩："以区区吴越经纬天下十分之九，不亡何待?"《晋书》说他"以骨鲠称"②，还说他"雅性放诞，好声色"③。他入世，却不按官场的既定方针办，他不倒霉，谁倒霉呢? 果然，王羲之被官场风暴，径直吹到会稽。

离开政治漩涡建康，让他既失落，又欣慰。他离自己的理想越来越远，却离自然越来越近。即使在病中，他还写下这样的诗句：

取观仁嘉乐，
寄畅山水阴。
清泠涧下濑，
历落松竹林。

和朋友们相约雅集的那一天，天朗气清，惠风和畅，桑葚的芬芳飘荡在泥土之上，阳光透过密密匝匝的竹林漏到溪水边，使弯曲的流水变成一条斑驳的花蛇。光线晶莹通透，饱含水汁。落花在风中出没，在光影中流畅地迂回，那份缠绵，看着让人心软。所有的

---

① 〔南朝宋〕刘义庆：《世说新语》，第59页，郑州：中州古籍出版社，2008年版。
② 〔唐〕房玄龄等撰：《晋书》，第1393页，北京：中华书局，2000年版。
③ 同上。

刀光剑影都被隐去了，岁月被这缕阳光抹上一层淡金的光泽。唯有此时，人才能沉下来，呼应着自然的启发，想些更玄远的事情。"仰观宇宙之大，俯察品类之盛，所以游目骋怀，足以极视听之娱，信可乐也。"从这文字里，我们看到王羲之焦灼的表情终于松弛下来。我们看见了他的侧脸，被蝉翼般细腻和透明的阳光包围着，那样的柔和。他忽然间沉默了，他的沉默里有一种长久的力量。

在那一刻，谢安、孙绰、谢万、庾蕴、孙统、郗昙、许询、支遁、李充、袁峤之、徐丰之一干人等，正忙着饮酒和赋诗，他们吟出的诗句，也大抵与眼前的景象相关。其中，谢安诗云：

相与欣佳节，
率尔同褰裳。
薄云罗物景，
微风扇轻航。
醇醪陶元府，
兀若游羲唐。
万殊混一象，
安复觉彭殇。

孙绰诗云：

流风拂枉渚，
停云荫九皋。
嘤羽吟修竹，

141　　永和九年的那场醉

游鳞戏澜涛。
携笔落云藻,
微言剖纤毫。
时珍岂不甘,
忘味在闻韶。

　　他们或许并不知道,望着眼前的灿烂美景,王羲之在想些关于短暂与永久的话题,也快乐,也忧伤。

　　儒家学说有一个最薄弱、最柔软的地方,就是它过于关注处理现实社会问题,协调人的关系,而缺少宇宙哲学的形而上思考。它所建构的家国伦理把一代代的中国士人推进官场,却缺少提供对于存在问题的深刻解答。这一缺失,直到宋明理学时代才得到弥补。而在宋明理学产生之前数百年,被权力者边缘化了的知识分子,就已经开始了这种本原性的思考,中国的哲学史,就在这权力的缝隙间获得了生长的空间,为后来理学的诞生奠定了基础。

　　在宦海中沉浮的王羲之,内心始终缺了一角,此时,面对天地自然,面对更加深邃的时空,他对生命有了超越功利的思考,他心灵中缺失的一角,仿佛得到了弥补,那份快乐自不必说,对于渡尽劫波的王羲之来说,这份快乐,他自会在内心里妥帖收藏;而他的忧伤,则是缘于这份"乐",来得快,去得也快。因为人的生命,犹如这暮春里的落花,无论怎样灿烂,转眼之间,就会消逝得无影无踪。

　　花朵还有重新开放的时候,仿佛一场永无止境的轮回,在春风又起的时候,接续它们的前世。所以那花,是值得羡慕的。但是,每当春蚕贪婪地吸吮桑叶上黏稠甜美的汁液,开始一段即将启程的路途，眼前这些活生生的人，可能都已不在人世了。只有那崇山峻岭，茂林修竹，清流激湍，映带左右，千古不会变化。

王羲之特立独行，对什么都可以不在乎，包括官场的进退、得失、荣辱。但有一个问题他却不能不在乎，那就是死亡。死亡是对生命最大的限制，它使生命变成一种暂时的现象，像一滴露、一朵花。它用黑暗的手斩断了每个人的去路。在这个限制面前，王羲之潇洒不起来。魏晋名士的潇洒，也未必是真的潇洒，是麻醉、逃避，甚至失态。在这个问题上，他们并不见得比王羲之想得深入。

所以，当参加聚会的人们准备为那一天吟诵的三十七首诗汇集成一册《兰亭集》，推荐主人王羲之为之作序时，王羲之趁着酒兴，用鼠须笔和蚕茧纸一气呵成《兰亭序》。全文如下：

> 永和九年，岁在癸丑，暮春之初，会于会稽山阴之兰亭，修禊事也。群贤毕至，少长咸集。此地有崇山峻岭，茂林修竹；又有清流激湍，映带左右，引以为流觞曲水，列坐其次。虽无丝竹管弦之盛，一觞一咏，亦足以畅叙幽情。是日也，天朗气清，惠风和畅，仰观宇宙之大，俯察品类之盛，所以游目骋怀，足以极视听之娱，信可乐也。夫人之相与，俯仰一世。或取诸怀抱，晤言一室之内；或因寄所托，放浪形骸之外。虽趣舍万殊，静躁不同，当其欣于所遇，暂得于己，快然自足，不知老之将至。及其所之既倦，情随事迁，感慨系之矣。向之所欣，俯仰之间，已为陈迹，犹不能不以之兴怀。况修短随化，终期于尽。古人云："死生亦大矣。"岂不痛哉！每览昔人兴感之由，若合一契，未尝不临文嗟悼，不能喻之于怀。固知一死生为虚诞，齐彭殇为妄作。后之视今，亦犹今之视昔。

悲夫！故列叙时人，录其所述，虽世殊事异，所以兴怀，其致一也。后之览者，亦将有感于斯文。

文字开始时还是明媚的，是被阳光和山风洗濯的通透，是呼朋唤友、无事一身轻的轻松。但写着写着，调子却陡然一变，文字变得沉痛起来，真是一个醉酒忘情之人，笑着笑着，就失声痛哭起来。那是因为对生命的追问到了深处，便是悲观。这种悲观，不再是对社稷江山的忧患，而是一种与生俱来又无法摆脱的孤独。《兰亭序》寥寥三百二十四字，却把一个东晋文人的复杂心境一层一层地剥给我们看。于是，乐成了悲，美丽成了凄凉。实际上，庄严繁华的背后，是永远的凄凉。打动人心的，是美，更是这份凄凉。

四

由此可以想见，唐太宗之所以喜爱《兰亭序》，一方面因其在书法史的演变中，创造了一种俊逸、雄健、流美的新行书体，代表了那个时代中国书法的最高水平。赵孟頫称《兰亭》是"新体之祖"，认为"右军手势，古法一变，其雄秀之气出于天然，故古今以为师法"。欧阳询《用笔论》说："至于尽妙穷神，作范垂代，腾芳飞誉，冠绝古今，唯右军王逸少一个而已。"《文渊阁四库全书》中收录的明代项穆的《书法雅言》说："古今论书，独推两晋。然晋人风气，疏宕不羁，右军多优，体裁独妙，书不入晋，固非上流，法不宗王，讵称逸品。"[①] 另一方面因为其文字精湛，天、地、人

[①] 〔明〕项穆：《书法雅言》，见《景印文渊阁四库全书》，总第八一六卷，子部，第一二二卷，第251页，台北：台湾商务印书馆，1983年版。

水乳交融，《古文观止》只收录了六篇魏晋六朝文章，《兰亭序》就是其中之一。但主要还是因为它写出了这份绝美背后的凄凉。我想起扬之水评价生于会稽的元代词人王沂孙的话，在此也颇为适用："他有本领写出一种凄艳的美丽，他更有本领写出这美丽的消亡。这才是生命的本质，这才是令人长久感动的命运的无常。它小到每一个生命的个体，它大到由无数生命个体组成的大千世界。他又能用委曲、沉郁的思笔，把感伤与凄凉雕琢得玲珑剔透。他影响于读者的有时竟不是同样的感伤，而是对感伤的欣赏。因为他把悲哀美化了，变成了艺术。"①

唐太宗李世民是一个迷恋权力的人，玄武门之变，他是踩着哥哥李建城的尸首当上皇帝的，但他知道，所有的权力，所有的荣华，所有的功业，都不过是过眼云烟，他真正的对手，不是现实中的哪一个人，而是死亡，是时间，如海德格尔所说："死亡是此在本身向来不得不承担下来的存在可能性""作为这种可能性，死亡是一种与众不同的悬临。"② 艾玛纽埃尔·勒维纳斯则说："死亡是行为的停止，是具有表达性的运动的停止，是被具有表达性的运动所包裹、被它们所掩盖的生理学运动或进程的停止。"③ 他把死亡归结为停止，但在我看来，死亡不仅仅是停止，它的本质是终结，是否定，是虚无。

虚无令唐太宗不寒而栗，死亡将使他失去他业已得到的一切，《兰亭序》写道："况修短随化，终期于尽。古人云：'死生亦大

---

① 扬之水：《无计花间住》，第16页，上海：上海人民出版社，2011年版。
② [德]马丁·海德格尔：《存在与时间》，第288页，北京：生活·读书·新知三联书店，2006年版。
③ [法]艾玛纽埃尔·勒维纳斯：《上帝·死亡和时间》，第7页，北京：生活·读书·新知三联书店，1997年版。

矣.'岂不痛哉!"这句一定令他怵然心惊。他看到了美丽之后的凄凉,会有一种绝望攫取他的心,于是他想抓住点什么。

他给取经归来的玄奘以隆重的礼遇,又资助玄奘的译经事业,从而为中国的佛学提供了一个新的起点,我们无法判断唐太宗的行为中有多少信仰的成分,但可以见证他为抗衡人生的虚无所做的一份努力,以大悲咒对抗人生的悲哀和死亡的咒语。他痴迷于《兰亭序》,王羲之书法的淋漓挥洒自然是一个不可小觑的因素,但更重要的原因却在于它道出了人生的大悲慨,触及他最敏感的那根神经,就是存在与虚无的问题。在这一诘问面前,帝王像所有人一样不能逃脱,甚至于,地位愈高、功绩愈大,这一诘问,就越发紧追不舍。

从这个意义上说,《兰亭序》之于唐太宗,就不仅仅是一幅书法作品,而成为一个对话者。这样的对话者,他在朝廷上是找不到的。所以,他只能将自己的情感,寄托在这张字纸上。它墨迹尚浓、酒气未散,甚至于永和九年暮春之初的阳光味道还弥留在上面,所有这一切的信息,似乎让唐太宗隔着两百多年的时空,听得到王羲之的窃窃私语。王羲之的悲伤,与他悲伤中疾徐有致的笔调,引发了唐太宗,以及所有后来者无比复杂的情感。

一方面,唐太宗宁愿把它当作一种"正在进行时",也就是说,每当唐太宗面对《兰亭序》的时候,都仿佛面对一个心灵的"现场",让他置身于永和九年的时光中。东晋文人的洒脱与放浪,就在他的身边发生,他伸手就能够触摸到他们的臂膀。

另一方面,它又是"过去时"的,它不再是"现场",它只是"指示"(denote)了过去,而不是"再现"(represent)了过去,这张纸从王羲之手里传递到唐太宗的手里,时间已经过去了两百多年，它所承载的时光已经消逝，而他手里的这张纸，只不过是时光的残渣、一个关于"往昔"的抽象剪影、一种纸质的"遗址"。甚至不难发现，王羲之笔画的流动，与时间之河的流动有着相同的韵律，不知是时间带走了他，还是他带走了时间。此时，唐太宗已不是参与者，而只是观看者，在守望中，与转瞬即逝的时间之流对峙着。

《兰亭序》是一个"矛盾体"（paradox），而人本身，不正是这样的"矛盾体"吗？对人来说，死亡与新生、绝望与希望、出世与入世、迷失与顿悟，在生命中不是同时发生，就是交替出现。总之它们相互为伴，像连体婴儿一样难解难分，不离不弃。

当然，这份思古幽情，并非唐太宗独有，任何一个面对《兰亭序》的人，都难免有感而发。但唐太宗不同的是，他能动用手里的权力，巧取豪夺，派遣监察御史萧翼，从辩才和尚手里骗得了《兰亭序》的真迹，从此"置之座侧，朝夕观览"[1]。唐代何延之《兰亭记》详细记载了这一过程。[2]

他还命令当朝著名书法家临摹，分赐给皇太子和王公大臣。唐太宗时代的书法家们有幸，目睹过《兰亭序》的真迹，这份真迹也不再仅仅是王氏后人的私家收藏，而第一次进入了公共阅读的视野。

这样的复制，使王羲之的《兰亭序》第一次在世间"发表"。只不过那时的印制设备，是书法家们用以描摹的笔。唐太宗对它的巧取豪夺，是王羲之的不幸，也是王羲之的大幸。而那些临摹之作，

---

[1] 〔唐〕何延之：《兰亭记》，见故宫博物院编：《兰亭图典》，第401页，北京：紫禁城出版社，2011年版。
[2] 明代李日华、近代余绍宋皆认为此文不可信。

也终于跨过了一千多年的时光，出现在故宫午门的展览中。其中，我们目前能够看到的最早的摹本是虞世南的摹本，以白麻纸张书写，笔画多有明显勾笔、填凑、描补痕迹；最精美的摹本，是冯承素摹本，卷首因有唐中宗"神龙"年号半玺印，而被称为"神龙本"，此本准确地再现了王羲之遒媚多姿、神清骨秀的书法风神，将许多"破锋"①、"断笔"②、"贼毫"③等，都摹写得生动细致，一丝不苟。

千年之后，被称为"元四家"的大画家倪瓒在题王羲之《七月帖》时写下这样的话：

> 右军书在唐以前未有定论，观太宗力辨萧子云之书，可以知当时好□之所在矣。自后，士大夫心始厌服，历千百年无有异者。而右军之书，谓非太宗鉴定之力乎？……④

而王羲之《兰亭序》的真迹，据说则被唐太宗带到了坟墓里。或许，这是他在人世间最后的不舍。临死前，他对儿子李治说："吾欲从汝求一物，汝诚孝也，岂能违吾心也？汝意如何？"他对儿子最后的要求，就是让儿子在他死后，将真本《兰亭序》殉葬在他的陵墓里。李治答应了他的要求，从此"茧纸藏昭陵，千载不复见"。

或许，这张茧纸，为他平添了几许面对死亡的勇气，为死后那个黑暗世界，博得几许光彩。或许在那一刻，他知道了自己在虚无

---

① 如"岁""群"等字。
② 如"足""可"等字。
③ 如"暨(暫)"字。
④ 〔元〕倪瓒：《清閟阁集》，第362页，杭州：西泠印社出版社，2012年版。

中想抓住的东西是什么——唯有永恒的美，能够使他从生命的有限性中突围，从死亡带来的巨大幻灭感中解脱出来。赫伯特·曼纽什说："一切艺术基本上也是对'死亡'这一现实的否定。事实证明，最伟大的艺术恰恰是那些对'死'之现实说出一个否定性的'不'字的艺术。"①

唐太宗以他惊世骇俗的自私，把王羲之《兰亭序》的真迹带走了，令后世文人陷入永久的叹息而不能自拔。它仿佛在人们视野里出现又消失的流星，仿佛一场风花雪月又转眼成空的爱情，令人缅怀，又无法证明。

它是一个传说、一缕伤痛、一种想象，朝朝暮暮朝朝，模糊而清晰地存在着。慢慢地，它终又变成一个无法被接受的现实、一场走遍天涯路也不愿醒来的大梦，于是各种新的传说应运而生。有人说，唐太宗的昭陵后来被一个"盗墓狂"盗了，这个人，就是五代后梁时期统辖关中的节度使温韬。《新五代史》记载，温韬曾亲自沿着墓道潜进昭陵墓室，从石床上的石函中，取走了王羲之的《兰亭序》。据说，那时的《兰亭序》，笔迹还像新的一样。宋人所著《江南余载》证实了这一点，说：昭陵墓室"两厢皆置石榻，有金匣五，藏钟王墨迹，《兰亭》亦在其中。嗣是散落人间，不知归于何所"。

如果这些史料所记是真，那么，《兰亭序》在唐太宗死后，又死而复生，继续着它在人间的旅程。在宋人《画墁集》中，我们又能查到它新的行踪：在宋神宗元丰末年，有人从浙江带着《兰亭序》的真本进京，准备用它在宋神宗那里换个官职，没想到半路听

---

① [德]赫伯特·曼纽什：《怀疑论美学》，第222页，沈阳：辽宁人民出版社，1990年版。

闻宋神宗驾崩的消息，就干脆在途中把它卖掉了。这是我们今天能够打探到的关于真本《兰亭序》的最后的消息，它的时间，定格在公元 1085 年。

五

但人们依然想把它"追"回来，他们发明了一种新的方式去"追"，那就是临摹。

临，是临写；摹，则是双勾填墨的复制方法。与临本相比，摹本更加接近原帖，但对技术的要求极高。唐太宗时期，冯承素、赵模、诸葛贞、韩道政、汤普彻等人都曾用双勾填墨的方法对《兰亭序》进行摹写，而欧阳询、虞世南、褚遂良、刘秦妹等则都是临写。宋高宗赵构将《兰亭序》钦定为行书之宗，并通过反复临摹、分赐子臣的方式加以倡导，使对《兰亭序》摹本的收藏成为风气，元明清几乎所有重要的书法家，包括赵孟頫、俞和临，明代祝允明、文徵明、董其昌，清代陈邦彦等，都前赴后继，加入到浩浩荡荡的临摹阵营中，使这场临摹运动旷日持久地延续下去。他们密密麻麻在站在一起，仿佛依次传递着一则古老的寓言。

他们不像唐朝书法家那样幸运，已经看不到《兰亭序》的真迹，他们的临摹，是对摹本的临摹，是对复制品的复制，他们以这样的方式，完成对《兰亭序》的重述。

但这并非机械的重复，而是在复制中，渗透进自己的风格和时代的审美趣味，这些仿作，见证了"一切历史都是当代史"这一真理。于是有了陈献章行书《兰亭序》卷、八大山人行书《临河叙》轴这些杰出的作品。清末翁同龢在团扇上书写赵孟頫《兰亭十三跋》中的一段跋语,虽小字行书,亦得沉着苍健之势;无独有偶,他的政治对手李鸿章,也酷爱《兰亭序》,年过七旬,依旧"不论冬夏,五点钟即起,有家藏一宋拓兰亭,每晨必临摹一百字,其临本从不示人"①。

于是,《兰亭序》借用了一代又一代人的手,反反复复地进行着表达。王羲之的《兰亭序》,像一个人一样,经历着成长、蜕变、新陈代谢的过程。在不同的时代,呈现出不同的形状。这些作品,许多为北京故宫博物院收藏,许多亦在午门的"兰亭特展"上一一呈现。它们与我近在咫尺,艺术史上那些大家的名字,突然间密密匝匝地排在一起,让我屏住呼吸,不敢大声出气,而面前的玻璃幕墙,又以冰冷的语言告诉我,它们身份尊贵,不得靠近。

这时我突然想到一个问题——历代文人,为什么对一片字纸如此情有独钟,以至于前赴后继地参与到一项重复的工作中?写字,本是一种实用手段,在中国,却成为一种独特的视觉艺术——西方人也讲究文字之美,尤其在古老的羊皮书上,西方字母总是极尽修饰之能事,但他们的书法,与中国人相比,实在是简陋得很,至于日本书法,则完全是从中国学的。世界上没有一种文化,像中国这样陷入深深的文字崇拜。这种崇拜,通过对《兰亭序》的反复摹写、复制,表现得无以复加。

公元6世纪的一天,一个名叫周兴嗣的员外散骑侍郎突然接到梁武帝的一道圣旨,要他从王羲之书法中选取一千个字,编纂成文,供皇子们学书之用,要求是这一千个字不可重复。这一要求看上去并不苛刻,实际上难度极高。

---

① 梁启超:《李鸿章传》,第109页,天津:百花文艺出版社,2000年版。

周兴嗣煞费苦心，终于完成了领导交给他的光荣任务，美中不足，是全篇有一个字重复，就是"洁"字(洁、絜为同义异体字)。因此，此篇《千字文》实际上只收选了王羲之书写的九百九十九个字。但不论怎样，中国历史上有了第一篇《千字文》。从此开始，每代人开蒙之际，都会读到这样的文字："天地玄黄，宇宙洪荒。日月盈昃，辰宿列张。寒来暑往，秋收冬藏……"

朗朗的诵读之声，一直延续到20世纪中叶，在十四个世纪里从未中断。于是，每个人在学习知识的起始阶段，都会与那个遥远的王羲之相遇，王羲之的字，也成为每一代中国人的必修课，灌注到中国人的生命记忆和知识体系中。古老的墨汁，在时光中像酒一样发酵，最终变成血液，供养着每个生命个体的成长。后来，《千字文》又不断变形，仿佛延续着一项古老的文字游戏，出现了《续千字文》《叙古千字文》《新千字文》等不同版本。

中国人把自己对文字的这种崇拜，毫无保留地寄托到王羲之的身上。原因是文字在中国文化中占有绝对的中心地位，它的地位，比图像更加重要，也可以说，文字本身就是图像，因为汉字本身就是在象形的基础上创造出来的。李泽厚说："汉字书法的美也确乎建立在从象形基础上演化出来的线条章法和形体结构之上，即在它们的曲直适宜，纵横合度，结体自如，布局完满。"[1]

中国人把对世界、对生命的全部认识都容纳到自己的文字中，黑白二色，犹如阴阳二极，穷尽了线条的所有变化，而线条飞动交会时的婉转错让，也容纳了宇宙的云雨变幻、人生的聚散离合。即使在宗教的世界，文字的权威也显露无遗，比如佛教史上重要的北

---

[1] 李泽厚：《美的历程》，第43页，北京：生活·读书·新知三联书店，2009年版。

京房山石经山雷音洞,并不像一般佛教洞窟那样,在洞壁上进行彩绘,而是以文字代替图像,在洞壁上镶嵌了大量的刊刻佛经,秘密恰在于文字是中国文化的核心。密密麻麻的文字,以中文讲述着来自印度的佛教经典,这种以文字代替图像的做法,也被视为"佛教中国化的另一种方式"[①]。

除了摹本,《兰亭序》还以刻本、拓本的形式复制、流传。刻本通常是刻在木板或石材上,而将它们捶拓在纸上,就叫拓本。仅北京故宫博物院收藏的《兰亭序》刻本,数量超过三百,刻印时间从宋代一直延续到清代,源远流长,仅"定武兰亭"系统,就分成:日本东京国立博物馆藏"吴炳本""孤独本",北京故宫博物院藏"落水兰亭""春草堂本",台北故宫博物院藏"定武兰亭真拓本"等。支脉繁多,令人眼花缭乱。

画家也是不甘寂寞的,他们不愿意在这场追怀古风的运动中落伍。于是,一纸画幅,成了他们寄托岁月忧思的场阈。仅《萧翼赚兰亭图》,就有多件流传至今,其中有台北故宫博物院藏南唐巨然《萧翼赚兰亭图》卷、辽宁省博物馆藏宋人《萧翼赚兰亭图》卷、北京故宫博物院藏宋人《萧翼赚兰亭图》卷、北京故宫博物院藏明人《萧翼赚兰亭图》轴。四幅不同朝代的同题作品,在午门的"兰亭大展"上完美合璧。此外,还可看到宋代梁楷的《右军书扇图》卷、明代文徵明的《兰亭修禊图》卷等画作,不断对这一经典瞬间进行回溯和重放,各自在视觉空间中挽留属于东晋的诗意空间。还有更多的兰亭画作没有流传到今天。比如,宋徽宗命令编撰的、记录宫廷藏画的《宣和画谱》中,就记录了颜德谦的《萧翼取兰亭图》卷,

---

① [德]雷德侯:《雷音洞》,见[美]巫鸿编:《汉唐之间的视觉文化与物质文化》,第264页,北京:文物出版社,2003年版。

"风格特异，可证前说，但流落未见"①。

画家的参与，使中国的书法史与绘画史交相辉映。这至少表明照搬西方的学科分类对中国艺术进行分科，是不科学的，因为中国书法和绘画，是那么紧密地缠绕在一起，像骨肉筋血，再精密的手术刀也难以将它们真正切割。

《兰亭序》的辐射力并没有到此为止。在北京故宫博物院的藏品中，除了兰亭墨迹、法帖、绘画外，还有一些宫殿器物，延续着对兰亭雅集的重述。它们有一部分是御用实用器物，如御用笔、墨、砚等；也有一部分是陈设性和纯装饰性器物，如明代漆器、瓷器等。有关兰亭的神话，就这样一步步升级，并渗透到宫廷的日常生活中。

北京故宫博物院所藏御用实物器物中，清乾隆款剔红曲水流觞图盒堪称精美绝伦。此盒为蔗段式，子母口，平底，通体髹红漆，盒内及外底髹黑漆，盖面雕《曲水流觞图》，盖面边沿雕连续回纹，盖壁和盒壁均刻六角形锦纹，盖内中央刀刻填金楷书"流觞宝盒"器名款，外底中央刀刻填金楷书"大清乾隆年制"款。

清代宫廷版的兰亭器物也很多，文房用品中，有一件乾隆时期的竹管兰亭真赏紫毫笔，笔管上刻有蓝色"兰亭真赏"四字阴文楷书，笔管逐渐微敛。以兰亭为主题的墨、砚也很多。兰亭的精气神，就这样通过笔墨，流传千年。

这些文房用具中，我最喜欢的，是那件清小松款竹雕云鹤图笔筒，此筒为圆体，筒壁很薄，镶木口，口稍稍外倾，筒身上以细腻的镂雕和浅浮雕方式，刻画出王羲之坐在榻上、凝神写字时的形

---

① 《宣和画谱》，第 93 页，长沙：湖南美术出版社，1999 年版。

象。他的身旁，有一位侍女捧茶侍立，还有一位鹑衣妇人提插扇竹器，在一旁静候。背面雕着池水，有两只鹅在水中游弋，一小童在池边洗砚，还有一小童正在扇火烹茶，一缕一缕的烟气在升腾，白鹤在云烟里飞舞出没。湖石上有两个阴刻篆书"小松"，盘旋在笔筒的外壁上。雕刻中的人物分为三组，或相携而行，或亭榭聚谈，或临水饮酒，样貌生动无比。笔筒全身的雕刻繁复精密，镂空处琢磨细腻光润，极富立体效果。尤其随着视角的变化，各场景相互勾连，巧妙错落，使画面有如梦境一般变化无穷。

除了上述实物器物，还有一些装饰性器物，如兰亭玉册、兰亭如意、玉山子、插屏、漆宝盒等。这些器物，大多是螺蛳壳里做道场，于细微中见精深。比如那件青玉兰亭修禊山子（即玉石雕刻），雕刻的人物众多，形态各异，最宽处却只有 31.5 厘米；而那件雕刻了《兰亭序》全文的乾隆款碧玉兰亭记双面插屏，也只有 18 厘米。它们不是以宏大来征服人，而是以小来震撼人。

《兰亭序》，一页古老的纸张，就这样形成了一条漫长的链条，在岁月的长河中环环相扣，从未脱节。在后世文人、艺术家的参与下，《兰亭序》早已不再是一件孤立的作品，而成为一个艺术体系，支撑起古典中国的艺术版图，也支撑着中国人的艺术精神。它让我们意识到，中国传统文化是一个强大的有机体，有着超强的生长能力，而中国的朝代江山，又给艺术的生长提供了天然土壤。

在这样一个漫长的链条上，摹本、刻本、拓本（除了法书之外，上述画作也大多有刻本和拓本传世），都被编入一个紧密相连的互动结构中。白纸黑字的纸本，与黑纸白字的拓本的关系，犹如昼与夜、阴与阳，互相推动、互相派生和滋长，轮转不已，永无止境。中国的文字和图像，就这样在不同的材质之间辗转翻飞，摇曳生姿。如老子所说"一生二,二生三,三生万物"①,周而复始,衍生不息。

中文的动词没有时态的变化,那是因为在中国人的精神结构里,时间的概念是模糊不清的;过去、现在、未来的关系,有如流水,很难被斩断;所有的过去,都可能在现实中翻版,而所有的现实,也将无一例外地成为未来的模板。

西方人则不同,他们对于时态的变化非常敏感。对他们来说,过去是过去,现在是现在,将来是将来,它们是性质不同的事物,各自为政,不能混淆、替代。在他们那里,时间是一个科学的概念,它是线性的,一去不回头,而对于中国人来说,时间则更像一个哲学的概念。

于是,中国人在循环中找到了对抗死亡的力量,因为所有流逝的生命和记忆都在循环中得以再生。《兰亭序》的流传过程,与中国人的时间观和生命观完全同构——每一次死亡,都只不过是新一轮生命的开始。

对中国人来说,时间一方面是单向流动的,如孔子所说"逝者如斯夫,不舍昼夜";另一方面,又是循环往复的,它像水一样流走,但在流杯渠中,那些流走的水还会流回来。因此,面对生命的流逝,中国人既有文学意义上的深切感受,又能从过去与未来的二元对立中解脱出来,获得哲学意义上的升华超越。

"思笔双绝"的王沂孙曾写:"把酒花前,剩拼醉了,醒来还醉。"一场醉,实际上就是一次临时死亡,或者说,是一次死亡的预演。而醉酒后的真正快乐,则来源于酒后的苏醒,宛若再生,让

---

① 《老子》,第101页,郑州:中州古籍出版社,2008年版。

人体会到来世的滋味。也就是说，在死亡之后，生命能够重新降临在我们身上。

面对着这些接力似的摹本，我们已无法辨识究竟哪一张更接近它原初的形迹，但这已经不重要了。永和九年暮春之初的那个晴日，就这样在历史的长河中被放大了。它容纳了一千多年的风雨岁月，变得浩荡无边，一代又一代的艺术家把个人的生命投入进去，转眼就没了踪影。但那条河仍在，带着酒香，流淌到我的面前。

艺术是一种醉，不是麻醉，而是能让死者重新醒来的那种醉。这一点，已经通过《兰亭序》的死亡与重生，得到清晰的印证。在这个世界上，还找不出一个人能够真正地断送《兰亭序》在人间的旅程。王羲之或许不会想到，正是他对良辰美景的流连与哀悼，对生命流逝、死亡降临的愁绪，使一纸《兰亭序》从时间的囚禁中逃亡，获得了自由和永生。而所有浩荡无边的岁月，又被压缩、压缩，变得只有一张纸那么大，那么的轻盈灵动。

它们的轻，像蝉的透明翅膀，可以被一缕风吹得很远。但中国人的文化与生命，就是在这份轻灵中获得了自由，不像西方，以巨大的石质建筑，宣示与自然的分庭抗礼。

中国文化一开始也是重的，依托于巨大的青铜器和纪念碑式的建筑（比如长城），通过外在的宏观控制人们的视线，文字也附着在青铜礼器之上，通过物质的不朽实现自身的不朽，文字因此拥有了神一般的地位。最早的语言——铭文，也借助于器物，与权力紧紧地结合在一起。

纸的发明改变了这一切，它使文字摆脱了权力的控制，与每个人的生命相吻合，书写也变成均等的权力。自从纸张发明的那一天，它就取代了青铜与石头，成为文字最主要的载体，汉字的优美形体，在纸页上自由地伸展腾挪。在纸页上，中国文字不再带有刀凿斧刻的硬度，而是与水相结合，拥有了无限舒展的柔韧性，成了真正的活物，像水一样，自由、潇洒和率性。它放开了手脚，可舞蹈、可奔走，也可以生儿育女。它们血脉相承的族谱，像一株枝丫纵横的大树，清晰如画。

当一场展览将这十几个世纪里的字画卷轴排列在一起，我们才能感觉到文字水滴石穿一般的强大力量。纸张可以腐烂、可以被焚毁，但那些消失的字，却可以出现在另一张纸上，依此类推，一步步完成跨越千年的长旅。文字比纸活得久，它以临摹、刻拓的方式，从死亡的控制下胜利大逃亡。仅从物质性上讲，纸的坚固度远远比不上青铜，但它使复制和流传变得容易，文字也因为纸的这种属性而获得了真正意义上的永恒。当那些纪念碑式的建筑化作了废墟，它们仍在。它们以自己的轻，战胜了不可一世的重。

"繁华短促，自然永存；宫殿废墟，江山长在。"[①] 那一缕愁思、一抹柔情，都凝聚在上面，在瞬间中化作了永恒。一幅字，以中国人的语法，破解了关于时间和死亡的哲学之谜。

六

王羲之死了，但他的字还活着，层层推动，像一支船桨，让其后的中国艺术有了生生不息的动力，又似一朵浪花，最终奔涌成一条波澜壮阔的大河。那场短暂的酒醉，成就了一纸长达千年、淋漓酣畅的奇迹。《兰亭序》不是一幅静态的作品、一件旧时代的遗物，

[①] 李泽厚：《美的历程》，第43页，北京：生活·读书·新知三联书店，2009年版。

2012年大型纪录片《辛亥》获中国纪录片学院奖,在人民大会堂颁奖典礼上

2013 年在故宫(鄂力 摄)

而是一幅动态的作品，世世代代的艺术家都在上面留下了自己的生命印迹。如果说时间是流水，那么这一连串的《兰亭》就像曲水流觞，酒杯流到谁的面前，谁就要端起这只杯盏，用古老的韵脚抒情。而那新的抒情者，不过是又一个王羲之而已。死去的王羲之，就这样在以后的朝代里，不断地复活。

　　由此我产生了一个奇特的想象——有无数个王羲之坐在流杯亭里，王羲之的身前、身后、身左、身右，都是王羲之。酒杯也从一个王羲之的手中，辗转到另一个王羲之的手中。上一个王羲之把酒杯递给了下一个王羲之，也把毛笔，传递给下一个王羲之。这不是醉话，也不是幻觉，既然《兰亭序》可以被复制，王羲之为何不能被复制？王羲之身后那些接踵而来的临摹者，难道不是死而复生的王羲之？大大小小的王羲之、长相不同的王羲之、来路各异的王羲之，就这样在时间深处济济一堂。很多年后，我来到会稽山阴之兰亭，迎风坐在那里，一扭身，就看见了王羲之，他笑着，把一支笔递过来。这篇文章，就是用这支笔写成的。

（本文选自《故宫的书法风流》，
人民文学出版社，2021年版）

韩熙载,最后的晚餐

一

空即是色,色即是空。

夜宴的那个晚上,当所有的客人离去,整座华屋只剩下韩熙载一个人,环顾一室的空旷,韩熙载会想起《心经》里的这句话吗?

或者,连韩熙载也退场了。他喝得酩酊,就在画幅中的那张床榻上睡着了。那一晚的繁华与放纵,就这样从他的视线里消失了。连他也无法断定,它们是否确曾存在。

仿佛一幅卷轴,满眼的迷离绚烂,一卷起来,束之高阁,就一切都消失了。

倘能睡去,倒也幸运。因为梦,本身就是一场夜宴。所有迷幻的情色,都可能得到梦的纵容。可怕的是醒来。醒是中断,是破碎,是失恋,是一点点恢复的痛感。

李白把梦断的寒冷写得深入骨髓:"箫声咽,秦娥梦断秦楼月。"梦断之后,静夜里的明月箫声,加深了这份凄迷怅惘。所谓"寂寞起来搴绣幌,月明正在梨花上"。

韩熙载决计醉生梦死。

不是王羲之式的醉。王羲之醉得洒脱,醉得干净,醉得透彻;而韩熙载,醉得恍惚,醉得昏聩,醉得糜烂。

如果,此时有人要画,无论他是不是顾闳中,都会画得与我们今天见到的那幅《韩熙载夜宴图》不一样。风过重门,觥筹冰冷,人去楼空的厅堂,只剩下布景,荒疏凌乱,其中包括五把椅子、两张酒桌、两张罗汉床、几道屏风。可惜没有画家来画,倘画了,倒是描绘出了那个时代的颓废与寒意。十多个世纪之后,《韩熙载夜宴图》出现在北京故宫博物院的陈列展上,清艳美丽,令人倾倒,唯有真正懂画的人,才能破译古老中国的"达·芬奇密码",透过那满纸的莺歌燕语、歌舞升平,看到那个被史书称为南唐的小朝廷的虚弱与战栗,以及画者的恶毒与冷峻,像数百年后的《红楼梦》,以无以复加的典雅,向一个王朝最后的迷醉与癫狂发出致命的咒语。

二

韩熙载的腐败生活,让皇帝李煜都感到惊愕。

李煜自己就过着纸醉金迷的生活,史书上将他定性为"性骄侈,好声色,又喜浮图,为高谈,不恤政事"[1]。南唐中主李璟,前五个儿子都死了,只有这第六个儿子活了下来,王国维在《人间词话》中说他"生在深宫之中,长于妇人之手"[2],最终得以在公元961年二十五岁时继承了王位。九死一生的幸运、意外得来的帝位,让李煜彻底沉迷于花团锦簇、群芳争艳的宫闱生活,而忘记了这份安逸在当时环境下是那么弱不禁风。

北宋《宣和画谱》上记载,李煜曾经画过一幅画,名叫《风虎云龙图》,宋人从这幅画上看到了他的"霸者之略",认为他"志之

---

[1] 〔北宋〕欧阳修撰:《新五代史》,第510页,北京:中华书局,2000年版。
[2] 王国维:《人间词话》,见《王国维全集》,第145页,北京:中国文史出版社,1997年版。

所之有不能遏者"①,就是说,他的画透露出一个有志称霸者的杀气,可惜他的画作,没有一幅留传下来,我们也就无缘得见他的"霸者之略",倘有,也必然如其他末代皇帝一样,只是最初的昙花一现,随着权力快感源源不断地到来,他曾经坚挺的意志必然报废,像冰融于水,了无痕迹。公元 968 年、北宋开宝元年,南唐大饥,到处弥漫着死亡的气息,腐烂的尸体变成越积越厚的肥料,荒野上盘旋着腥臭的沼气。然而,在宫殿鼎炉里氤氲的檀香与松柏的芳香中,李煜是闻不出任何死亡气息的。对于李煜来说,这只是他案头奏折上的轻描淡写。他的目光不屑于和这些污秽的文字纠缠,他目光雅致,它是专为那些世间美好的事物存在的。他以秀丽的字体,在"澄心堂纸"上轻轻点染出一首《菩萨蛮》,将一个少女在繁花盛开、月光清淡的夜晚与情人幽会的情状写得销骨蚀魂:

> 花明月黯笼轻雾,
> 今宵好向郎边去。
> 刬袜步香阶,
> 手提金缕鞋。
> 画堂南畔见,
> 一向偎人颤。
> 奴为出来难,
> 教君恣意怜。②

---

① 《宣和画谱》,第 349 页,长沙:湖南美术出版社,1999 年版。
② 〔五代〕李煜:《菩萨蛮》,见程郁缀、李锦青选注:《历代词选》,第 128 页,北京:人民文学出版社,2004 年版。

这首词的主人公，实际上是李煜自己和他的小周后。大周后和小周后是姐妹，先后嫁给李煜做了皇后。李煜十八岁时先娶了姐姐大周后。十年后，集万千宠爱于一身的大周后病死，就在南唐大饥这一年，李煜又娶了妹妹小周后。《传史》记载：李煜与小周后在成婚前，就把这首词制成乐府，丝毫不去顾及个人隐私，任凭它外传，似乎有意炫耀自己的风流韵事，儿女柔情。清代吴任臣在《十国春秋》里写："后主制乐府，艳其事，……词甚狎昵，颇传于外，至纳后，乃成礼而已。翌日，大燕群臣，韩熙载以下皆作诗讽焉，而后主不之谴也。"[1] 其中，韩熙载写诗，"四海未知春色至，今宵先入九重城"，将皇帝挖苦一番，李煜也满不在乎。

"晓妆初了明肌雪，春殿嫔娥鱼贯列"构成了李煜的全部世界，那些在后宫饱受性压抑折磨的妃嫔宫娥，也在皇帝的煽动下纷纷争宠。比如天生丽质却身无才艺的宫娥秋水，因无法得宠而无比忧虑，在花园踯躅时，嗅到外国进贡奇花的幽香，就摘下几朵，戴在头上，以吸引李煜的注意；再如能歌善舞的窅娘，为讨好李煜，甚至用一条两丈多长的绢带把自己的玉足紧紧缠起来，让它们变得纤巧灵秀，这便是中国女性缠足的开始。她新月般的小脚果然打动了李煜，当天就留下她侍寝。据说李煜曾经握着窅娘动人的小脚反复赏玩，还给它起了一个优雅的名字："三寸金莲"。为了她所受到的宠爱，此后近一千年中的女性都要忍受缠足在她们发育过程中留下的撕心裂肺的伤痛。

高罗佩在《中国古代房内考》中写道：

---

[1] 〔清〕吴任臣《十国春秋》，见《景印文渊阁四库全书》，总第四六五卷，史部，第二二三卷，第185页，台北：台湾商务印书馆，1983年版。

尽管有人怀疑是否真是从窅娘才开了缠足的风气，但是文献的和考古的证据却表明，这一习俗确是在这一时期或其前后，即唐、宋之间约五十年的时间里出现的。这一习俗在以后许多世纪里一直保存，只是近年来才渐渐消亡……

从宋代起，尖尖的小脚成了一个美女必须具备的条件之一……女人的小脚开始被视为她们身体最隐秘的一部分，最能代表女性，最有性魅力。宋和宋以后的春宫画把女人画得精赤条条，连阴部都细致入微，但我从未见过或从书上听说过有人画不包裹脚布的小脚。女人身体的这一部分是严格的禁区，就连最大胆的艺术家也只敢画女人开始缠裹或松开裹脚布的样子。……

女人的脚是她的性魅力所在，一个男人触及女人的脚，依照传统观念就已是性交的第一步。……①

然而，就在这香风袅娜之间、颠鸾倒凤之际，已经建立八年的宋朝，已经在他绚烂的梦境中划出一条血色的伤口。公元971年，潮水般的宋军踏平了南汉，惶恐之余，李煜非但不思如何抵抗宋军，反而急急忙忙地上了一道《即位上宋太祖表》，向宋朝政府做出了对宋称臣的政治表态，主动去掉了南唐国号，印文改为江南国，自称江南国主，在江南一隅苟延残喘。

韩熙载曾经是一个理想主义者，自恃文笔华美，盖世无双，因而锋芒毕露，从来不把别人放在眼里，所以很容易得罪人。每逢有人请他撰写碑志，他都让宋齐丘起草文字，他来缮写。宋齐丘也不

---

① ［荷］高罗佩：《中国古代房内考》，第284—286页，上海：上海人民出版社，1990年版。

是等闲之辈，官至左右仆射平章事（宰相），主宰朝政，文学方面也建树颇高，晚年隐居九华山，成就了九华山的盛名，陆游曾在乾道六年七月二十三日《入蜀记第三》中写道："南唐宋子篱辞政柄归隐此山，号'九华先生'，封'青阳公'，由是九华之名益盛。"即使如此，宋齐丘的文字，还是成为韩熙载讥讽的对象，每次韩熙载抄写他的文章，都用纸塞住自己的鼻孔。有人不解，问他为什么，他回答道："文辞秽且臭。"对于自己的顶头上司，他不给一点面子。有人投文求教，每当遇到那些粗陋文字，他都命女伎点艾熏之。就在发生饥荒的这一年五月，身为吏部侍郎的韩熙载，上疏"论刑政之要，古今之势，灾异之变"，还把他新写的《格言》五卷、《格言后述》三卷进呈到李煜面前。这一次李煜没有歇斯底里，认为他写得好，升任他为中书侍郎、光政殿学士，这是韩熙载摸到了头彩，也是他平生担任的最高官职。

李煜甚至还想到拜韩熙载为相，《宋史》《新五代史》《续资治通鉴长编》《湘山野录》《玉壶清话》《南唐书》等诸多典籍都证实了这一点。但韩熙载看到了这份信任背后的凶险。他知道，面前的这个李煜是一个扶不起来的阿斗，他不止一次地向他献策，出师平定北方，都被这个胆小鬼拒绝了。没有人比韩熙载更清楚，一心改革弊政的潘佑、李平，还有许多从北方来的大臣都是怎么死的。李煜的刀法，像他的笔法一样，精准、细致、一丝不苟，所有的忠臣，都被他准确无误地铲除了，连那个辞官隐居的宋齐丘，都被李煜威逼，在九华山自缢而死。李煜不是昏庸，是丧心病狂。辽、金、宋、明，历朝历代的末代皇帝，都有着丝毫不逊于李煜的特异功能，将自己朝廷上的有用之臣一个一个地杀光。

就在南唐王朝自相残杀的同时，刚刚建立的宋朝已经对南唐拔出了利剑，以南唐国力之虚弱、政治之腐败，根本不是宋的对手。韩熙载知道，一切都太晚了，他已经预见到了南唐这艘精巧的小舢板将被翻滚而来的血海彻底吞没，最多只留下一堆松散柔弱的泡沫。

最耐人琢磨的，还是韩熙载的内心。他清清楚楚地知道，眼前的粼粼春波、翩翩飞燕、唼喋游鱼、点点流红，都只是一种幻象，转眼之间，就会荡然无存。他是鲁迅所说的铁屋里的觉醒者，发现自己被困在尘世间最华丽的囚牢里，命中注定，无路可逃。当他发现自己的洞察力和预见性最终只能使自己受到惩罚，别人依旧昏天黑地醉生梦死，才知道自己是天底下最大的傻瓜。他决定改变自己的活法。

很多年后，范仲淹说了一句让读书人记诵了一千年的名言："先天下之忧而忧，后天下之乐而乐。"韩熙载没有听到过这句话，也没有宋代知识分子的庄严感，在他看来，"先天下之乐而乐"，才是唯一正确的选择。这是一种以毒败毒、以荒淫对荒淫的策略。一个人做一次流氓并不难，难的是一辈子做流氓，不做君子。在这方面，他表现出青出于蓝而胜于蓝的超强实力。韩熙载本来就"不差钱"，他的资金来源，首先是他丰厚的俸禄；其次是他的"稿费"——由于他文章写得好，有人以千金求其一文；再次是皇帝的赏赐。三者相加，使韩熙载成为南唐先富起来的那部分人。于是，他蓄养伎乐，宴饮歌舞，纤手香凝之中，求得灵魂的寂灭和死亡。他以一个个青春勃发的女子来供奉自己，用她们旺盛的青春映衬自己的死亡。

同是在脂粉堆里摸爬滚打，韩熙载与李煜有着本质的不同。李煜的脑海里只有儿女私情，没有任何宏大的设想，他被女人的怀抱遮住了眼，看不到远方的金戈铁马、猎猎征尘，不知道快乐对于帝王来说构成永恒的悖论——越是沉溺于快乐，这种快乐就消失得越快。现实世界与帝王的情欲常常构成深刻的矛盾，当"性器官渴望着同另一个性器官汇合，巴掌企图抚摸另一具丰腴的躯体，这些眼看可以满足的事情却时常在现实秩序面前撞得粉碎"[①]。在实现欲望方面，帝王当然拥有特权，能够保证他的身体欲望得以自由实现，他试图通过权力把这份"绝对自由"合法化，然而，这只是一种表面上的自由，它背后是更黑暗的深渊，万劫不复。从这个意义上说，帝王的所谓自由，实际上是一种伪自由，一个以华丽的宫殿和冰雪的肌肤围绕起来的巨大陷阱，他将为此承受更加猛烈的惩罚。李煜与所有沉迷于情色的皇帝一样，没有看透这一点。如果一定要说出他与那些皇帝的区别，那就是他更有艺术才华，把他那份缱绻的情感写入词中。

　　而韩熙载早已洞察了一切，他只追求快乐地死去。他知道所有的"乐"，都必然是"快"的。在法语里，"喜乐"（Bonheur）是由"好"和"钟点"组成的合成词，一针见血地指明了"乐"的时间属性。昆德拉在小说《不朽》中也曾经悲哀地说，把一个人一生的性快感全部加在一起，也顶多不过两小时左右。但在韩熙载看来，这种很"快"的"乐"，将使他摆脱濒死的恐惧，使死亡这种慢性消耗不再是一种可怕的折磨。他不像李煜那样无知者无畏，他越是醉生梦死，就说明他越是恐惧。他试图以这样的方式进行反抗，让身体在这个荒谬的世界上横冲直撞，在这种"近于疯狂的自我报复之中获得快感"，等待和迎接最后的灭亡时刻，所有的爱

---

① 南帆：《躯体的牢笼》，《叩访感觉》，第165页，上海：东方出版中心，1999年版。

憎、悲喜、成败、得失，都将在这个时刻被一笔勾销。鲁迅曾将此总结为："憎恶这熟悉的本阶级，毫不可惜于它的溃灭。"① 纵情声色，是他给自己开的一服解药。他知道自己，还有这个王朝，都已经无药可救，他只能把自己当成一匹死马来医。治疗的结果已经无足轻重，重要的是过程，那是他的情感所寄。

他挥金如土，很快就身无分文。但他并不心慌，每逢这时，韩熙载就会换上破衣烂衫，手持独弦琴，去拍往日家伎的门，从容不迫地挨家乞讨。有时偶遇自己伎妾正与小白脸厮混，韩熙载不好意思进去，就挤出笑脸，说对不起，不小心扫了你们的雅兴。

他知道自己"千金散尽还复来"，等自己重新当上财主，他就会卷土重来，进行报复式消费。《五代史补》说韩熙载晚年生活荒纵，每当他大筵宾客，都先让女仆与之相见，或调戏，或殴击，或加以争夺靴笏，无不曲尽——看起来还有性虐待倾向。这样荒淫的场合，居然还有僧人在场，登堂入室，与女仆等杂处。怪不得连李煜都被惊住了，他没想到这世上还会有人比自己更加风流，他肃然起敬。

三

如果没有那幅画，我们恐怕不可能知道那场夜宴的任何细节，更不会注意到韩熙载室内的那几道屏风。作为韩熙载享乐现场的重要证据，它们最容易被忽视，但我认为它们十分重要。

屏风共有四道，画中间有两道，再向两边，各有一道，把整幅

---

① 鲁迅：《〈二心集〉序言》，《鲁迅全集》，第四卷，第 191 页，北京：人民文学出版社，1981 年版。

长卷均分成五幕：听琴、观舞、休闲、清吹和调笑，像一出五幕戏剧，环环相扣，榫卯相合。这让我们看到了画者构思的用心。他不仅用屏风把一个漫长的故事巧妙地分段，连分段本身，都成了故事的一部分。

男一号韩熙载在第一幕就隆重出场了，他头戴黑色高冠，与客人郎粲同在罗汉床上，凝神静听妙龄少女的演奏，神情还有些端庄；第二幕中，韩熙载已经脱去了外袍，穿着浅色的内袍，一面观舞，一面亲自击鼓伴奏；第三幕，韩熙载似乎已经兴奋过度，正坐在榻上小憩，身边有四名少女在榻上陪侍他，强化了这种不拘礼节的气氛；到了第四幕，韩熙载已经宽衣解带，露出自己的肚腩，盘膝而坐，体态十分松弛，一面欣赏笙乐的吹奏，一面饱餐演奏者的秀色；似乎是受到了韩熙载的鼓励，在最后一幕，客人们的肢体语言也变得放纵和大胆，或执子之手，或干脆将眼前的酥胸柔腕揽入怀中。美术史家巫鸿写道："我们发现从第一幕到这最后一幕，画中的家具摆设逐渐消失，而人物之间的亲密程度则不断加强。绘画的表现由平铺直叙的实景描绘变得越来越含蓄，所传达的含义也越发暧昧不定。人物形象的色情性愈发浓郁，将观画者渐渐引入'窥视'的境界。"[①]

唯有屏风是贯穿始终的家具。在如此亲切友好的气氛中，屏风本是一个不合时宜的介入者。画轴上的一切行动，目的地只有一个，就是床，然而出人意料的是，画中的床一律是空旷的背景，只有屏风的前后人满为患。屏风的本意是拒绝，它不是墙，不是门，它对空间的分割，没有强制性，可以推倒，可以绕过，防君子不防

---

① [美]巫鸿：《时空中的美术——巫鸿中国美术史文编二集》，第238页，北京：生活·读书·新知三联书店，2009年版。

小人，它以一种优雅的、点到为止的方式，成为公共空间和私密空间的分界线、抵御视觉暴力和身体冒犯的物质屏障。一个经受过礼仪驯化的人，知道什么是非礼勿视、非礼勿听，所以屏风站立的地方，就是他脚步停止的地方，"闲人免进"。但在《韩熙载夜宴图》里，屏风的本意却发生了扭转。拒绝只是它们表面的词义，深层的意义却是诱惑与怂恿。它是以拒绝的方式诱惑，在它们的引导下，整幅画越向内部，情节越暧昧和淫糜。

　　我们可以先看画幅中间连续出现的那两道屏风。一道是环绕韩熙载与四名少女的坐榻的屏风，紧靠坐榻，是一张空床，也被屏风三面围拢，屏风深处，被衾舒卷，更增添了几许幽魅与色情。它们是一种床上屏风，一种折叠式的"画屏"，拉开后，可以绕床一周，也可以三面围合，留一个上下床的出入口。韦庄《酒泉子》写："月落星沉，楼上美人春睡。绿云倾，金枕腻，画屏深。"李贺也有类似的语句："夜遥灯焰短，睡熟小屏深。"描摹的都是美人在画屏中酣睡的场景。当美人半梦半醒，或者在晨曦中醒来，揽衣推枕之际，睁眼看到四周的画屏，也不失一种别致的体验。至于画屏的作用，不仅是挡风御寒，更是最大限度地保护床榻的私密性，然而，任何与床相关的器物，都容易引起人们的色情想象，比如我们说"上床"，在今天早已不再是一个中性词语，而被赋予了浓重的色情意味，画屏也是一样，严严实实的遮挡，换来的是窥视的欲望，欧阳炯一首《春光好》，将屏风的色情意味表现得十分露骨：

　　垂绣幔，
　　掩云屏，
　　思盈盈。

双枕珊瑚无限情,

翠钗横。

几见纤纤动处,

时闻款款娇声。

却出锦屏妆面了,

理秦筝。

我们的目光再向画轴的左侧移动,这时我们会看见连接第四、第五幕的那道屏风——屏风前的男人,与屏风后的女性,正在隔屏私语。画幅犹如默片,忽略了他们的声音,却记录了他们情状的甜腻。妖娆的女性身影,因其在屏风后幽魅地浮现而显得越发柔媚和性感,犹如性感的挑逗并非来自一览无余的裸露,而是对露与不露的分寸拿捏。调情的行家里手都明白这点常识:有限的遮掩比无限的袒露更摄人心魄,原因很简单——一望无余的袒露带来的只是视觉刺激的饱和,只有有限度的遮掩更能刺激对身体的色情想象。罗兰·巴特说:"人体最具色情之处,难道不就是衣饰微开的地方吗?"与直奔主题的床比起来,屏风更有弹性,这种弹性,使它具有了拒绝和半推半就的双重可能,也更能引起某种想入非非的模糊想象。屏风带来的这种空间上的转折与幽深,让夜宴的现场陡生几分神秘和曲折。画幅之间,香风袅娜、情欲荡漾,令我想起唐代郭震的诗:"罗衣羞自解,绮帐待君开",也想起当下歌星的低吟浅唱:"越过道德的边境……"在《韩熙载夜宴图》中,屏风不再用于围困,相反,是用来勾引——它以欲盖弥彰的方式,为情欲的奔涌提供了一个先抑后扬的空间,也使画中人在情欲的催促下不能自已,一往无前。

四

因此,《韩熙载夜宴图》构成了一个窥视的空间,只是这种窥视,不是单向的,而是多向的,不是平面的,而是立体的。它的内部,存在着一个由窥视构成的权力金字塔。

在这个权力金字塔中,第一层权力建立在韩熙载与歌舞伎之间。它构成男女两性之间的权力关系。这一点只要看看画上男人们的眼神就知道了——胡须像情欲一样旺盛的韩熙载、身穿红袍的郎粲,与他们对坐、面孔却扭向琵琶女的太常博士陈致雍和紫微朱铣,躬身侧望的教坊司副使李家明,还有恭恭敬敬站在后面的韩熙载门生舒雅,他们个个衣着体面、举止端庄,只有眼神充满色欲,如孔夫子所感叹的:"吾未见好德如好色者也。"[1] 衣着、举止都可以伪饰,唯有眼神无法伪饰。这是画者的厉害之处,他用窥视的眼神,将现场所有暧昧与色情的眼神一网打尽,一览无余。这证明了女权主义者劳拉·穆尔维的著名判断——"观察对象一般来说是女性……观察者一般来说是男性"[2],从仕女图、色情小说到三级片,无不是男性目光的延伸,它们所展现的,也无不是女性身体的柔媚性感,以女性为欣赏对象的色情作品一直是不占主流的。正是男性在窥视链条中的先天优势地位,鼓励了韩熙载这些画中人的目光,使他们旁若无人,目不转睛。

第二层权力建立在顾闳中与韩熙载之间。对于歌舞伎而言,韩

---

[1] 齐冲天、齐小平注译:《论语》,第144页,郑州:中州古籍出版社,2008年版。

[2] 转引自[英]珍尼弗·克雷克:《时装的面貌》,第157页,北京:中央编译出版社,2000年版。

熙载是看者；而对于画家顾闳中而言，韩熙载则是被看者。顾闳中的"看"，与韩熙载的"被看"，凸显了画者对"看"的特权。应当说，画者是一个彻头彻尾的窥视者。只有窥视者的目光，才能掠过建筑外部的华美，而直接落在建筑的内部空间中，因此，在这幅漫长的卷轴中，画者摒弃了对建筑本身的描摹，隐去了重门叠院、雕梁画栋，而专注于对室内空间的表达，使这幅《韩熙载夜宴图》，既有半公开半隐私的坐榻，也有空床、画屏这类内室家具。

中国古代绘画中，出现最多的应该是书案、琴桌、酒桌、座椅、坐榻这类家具，是供人正襟危坐的，而直接把画笔深入到隐私空间的，并不多见；古画中的女人，也有一个特别的称谓：仕女。我相信仕女这个词会让许多翻译家感到棘手，她们不是淑女，不是贵妇，而是一种以"仕"命名的女人。在古代，"仕"与"士"曾经分别用来指称男女，如《诗经》上说："士与女秉蕑兮"，"有女怀春，吉士诱之"。到了唐代，"仕女"才成为专有名词，画家也开始塑造女性由外表到精神的理想之美，到了宋代，这种端庄典雅的"仕女"形象，则在画纸上普遍出现。元代汤垕将"仕女"的形象概括为："仕女之工，在于得闺阁之态……不在于施朱傅粉，镂金佩玉，以饰为工。"这种精神、体态与美貌完美结合的女性，虽与欧洲中世纪的宫廷贵妇有所不同，却也有某些相似之处，约阿希姆·布姆克在《宫廷文化》一书中说："宫廷女性以其美丽的容貌、优雅的举止和多才多艺的才华唤起男人欢悦欢畅的情感，激起他们为高贵的女性效劳的决心。"[1]

但《韩熙载夜宴图》却有所不同，因为它画的不是理学兴起的

---

① [德]约阿希姆·布姆克：《宫廷文化》，上册，第420页，北京：生活·读书·新知三联书店，2006年版。

宋代，而是秩序纷乱的五代。在时代的掩护下，画者的目光变得无所顾忌。他略过了厅堂而直奔内室。因为厅堂是假的，哪个在厅堂里高谈阔论的人不戴着虚伪的面具？唯有内室是真的，无论什么样的社会贤达、高级官员，在这里都撕去假面，露出赤裸裸的本性。所以，要了解明代社会，最好的教科书不是官方的正史，而是《金瓶梅》和《肉蒲团》这样的"民间文学"。尽管《韩熙载夜宴图》比它们看上去更文艺，但从窥视的角度上说，它们没有区别。

绘画是窥视的一种方式，让我们的目光可以穿透空间的阻隔，在私密的空间里任意出没。实际上，摄影、电影，甚至文学，都是窥视的艺术。本雅明早就明确提出，摄影是对于视觉无意识的解放。它们呼应的，正是身体内部某种隐秘的欲望。没有温庭筠的《酒泉子》，我们就无法进入"日映纱窗，金鸭小屏山碧"这样私密的空间；没有毛熙震的《菩萨蛮》，我们也无法体会"寂寞对屏山，相思醉梦间"这样私密的感受。约翰·艾利斯说："电影中典型的窥视态度就是想知道即将发生什么，想看到事件的展开。它要求事件专为观众而发生。这些事件是献给观众的，因此暗示着展示（包括其中的人物）本身默许了被观看的行动。"[①] 所有的艺术，都可以用"窥视"二字总结。通过这种窥视，观察者与画中人形成了"看"与"被看"的关系。之所以把这种"观看"称为窥视，是因为观看行为本身并没有干扰画中人的举动，或者说，画中人并不知道观看者的存在，所以他们的言谈举止没有丝毫的变化。在韩熙载的夜宴上，每个人的身体都处于放松的状态，他们的动作越是

---

① 转引自[美]巫鸿：《时空中的美术——巫鸿中国美术史文编二集》，第240页，北京：生活·读书·新知三联书店，2009年版。

私密，窥视的意味也就越强。

第三层权力建立在李煜与顾闳中之间。在那场夜宴上，顾闳中的目光无处不在，仿佛香炉上的轻烟，游荡在整幅画面。但作为南唐王朝的官方画师，顾闳中的创作是受控于皇帝李煜的，《韩熙载夜宴图》也是皇帝给他的命题作文，他只能遵命行事。它体现了皇帝对臣子的权力。《宣和画谱》记载，顾闳中受李煜的派遣，潜入韩熙载的府第，窥探他放浪的夜生活，归来后全凭记忆，画了这幅画，《宣和画谱》对这一史实的记录是：顾闳中"夜至其第，窃窥之，目识心记，图绘以上"①。

据说南唐还有两位著名宫廷画家画过同题材作品，一是顾大中的《韩熙载纵乐图》，《宣和画谱》上有记载；二是周文矩《韩熙载夜宴图》，历史上曾经有人见过这幅画，这个见证人是南宋艺术史家周密，他还把它记入《云烟过眼录》一书，说它"神采如生，真文矩笔也"②。元代也有人见过周文矩版的《韩熙载夜宴图》，这个人也是一个艺术史家，名叫汤垕，他还指出了周文矩版《韩熙载夜宴图》与顾闳中版《韩熙载夜宴图》的不同，但自汤垕之后，就再也没有人证实过这幅画的存在，它在时间流传中神秘地消失了，我们今天能够看到的，只剩下顾闳中的那幅《韩熙载夜宴图》，这也是顾闳中唯一的传世作品。

今天我们已经无法知道，这两幅《韩熙载夜宴图》到底有哪些区别。李煜找了不同的画家记录韩熙载的声色犬马，似乎说明了他做事的小心。他不相信孤证，如果有多种证据参照对比，他会放心

---

① 《宣和画谱》，第151页，长沙：湖南美术出版社，1999年版。
② 〔南宋〕周密：《云烟过眼录》，《丛书集成初编》，第1553册，长沙：商务印书馆，1939年版。

得多。画画的目的，一是因为他打算提拔韩熙载为相，又听说了有关韩熙载荒纵生活的各种小道消息，"欲见樽俎灯烛间觥筹交错之态度不可得"①，于是，他派出画家，对韩熙载的夜生活进行描摹，试图根据顾闳中等人的画做出最后的决断。从这个意义上说，这幅画本质上是一份情报，而并非一件艺术品。或许顾闳中也没有将它当作一件艺术品，它只是特务偷拍的微缩胶卷，只不过顾闳中把它拍在脑海里了，回来以后，冲洗放大，还原成他记忆中的真实。但我们也不能不承认，作为一个在纵情声色方面有着共同志趣的人，韩熙载的深度沉迷，也吸引着李煜探寻的目光，在他的内心世界里激起暗中的震荡，对此，《宣和画谱》上的记载是："写臣下私亵以观，则泰至多奇乐。"② 意思是把大臣的私密猥亵画下来观看，显得过于好奇淫乐。所以，在对待这件事情的态度上，李煜是自相矛盾的，既排斥，又认同。他一方面准备用这幅画羞辱韩熙载，让大臣们引以为戒，起到遏制腐败的作用；另一方面，他自己是朝廷中最大的腐败分子，对韩熙载的"活法"颇有几分好奇和羡慕，就像今天有些黄色文学是以"法制文学"的面目出现的，李煜则是从这幅以"反腐"为主题的画中，最大限度地满足了自己的窥视癖好。

但有人认为顾闳中版《韩熙载夜宴图》也在时间中丢失了，《宣和画谱》说顾闳中"善画，独见于人物……"③ 但那只是一个传说。故宫的那幅《韩熙载夜宴图》作者是谁？没有人知道，它的身世也变得模糊不清。早在清朝初年，孙承泽就已经隐隐地感到，《韩熙

---

① 《宣和画谱》，第151页，长沙：湖南美术出版社，1999年版。
② 同上。
③ 同上。

载夜宴图》"大约南宋院中人笔"①，北京故宫博物院书画鉴定大师徐邦达先生确认了这一点，认为孙承泽的说法"是可信的"②，北京故宫博物院古画研究专家余辉先生通过这幅画中的诸多细节，特别是服饰、家具、舞姿和器物，证明它带有浓烈的宋代风格，认定这幅画"真正的作者是晚于顾闳中三百年的南宋画家，据作者对上层社会丰富的形象认识，极有可能是画院高手。画中娴熟的院体画风是宁宗至理宗（公元 1195—1264 年）时期的体格，而史弥远（卒于公元 1233 年）的收藏印则标志着该图的下限年代"③。

南宋人热衷于对《韩熙载夜宴图》的临摹，或许与偏安江南一隅的南宋小朝廷和南唐有着惊人的相似性有关，甚至到了明代，唐寅也对此画进行过临摹，只是唐寅版的《韩熙载夜宴图》，全画分成六幕，原来第四幕《清吹》被分成两幕，其中袒胸露腹的韩熙载和身边的侍女被移到了卷首，独立成段，夜宴也在室内外交替进行。

这等于说，在顾闳中、李煜这些最初的窥视者之外，还有更新的窥视者接踵而来，于是，这些大大小小、来路各异的《韩熙载夜宴图》，变成了一扇扇在时间中开启的窗子。一代代画者，都透过这些由画框界定出的窗子，向韩熙载窗内的探望，让人想起《金瓶梅》第八、第十三和第二十三回中那些相继舔破窗纸的滑润的舌头。韩熙载的窗子，不仅是向顾闳中、向李煜敞开的，也是向后世

---

① 〔清〕孙承泽:《庚子销夏记》，卷八，鲍氏知不足斋刊本，乾隆二十六年（1761 年）刊印。
② 徐邦达:《古书画伪讹考辨》，上卷，第 159 页，南京：江苏古籍出版社，1984 年版。
③ 余辉:《〈韩熙载夜宴图〉卷年代考——兼探早期人物画的鉴定方法》，原载《故宫博物院院刊》，1993 年第 4 期。

所有的窥视者敞开的，无论窥视者来自何方，也无论他来自哪个朝代，只要他面对一幅《韩熙载夜宴图》，有关韩熙载夜生活的所有隐私都会裸露出来，一览无遗。接二连三的《韩熙载夜宴图》，仿佛一扇扇相继敞开的窗子，让我们有了对历史的"穿透感"，我们的视线可以穿过层层叠叠的夜晚，直抵韩熙载纵情作乐的那个夜晚。作为这幅画的后世观者，我们的位置，其实就在李煜的身旁。

这构成了窥视的第四层权力关系，那就是后世对前世的权力关系。后代人永远是前代人的窥视者，而不能相反。当然，所谓前世与后世，是一个相对的概念，每代人都是上一代人的后世，同时也是下一代人的前世，因此，每代人都同时扮演着后世与前世的角色。这是在时间中建立起来的等级关系，无法逾越。当一个人以后世的身份出现的时候，相对于前世，他有着强烈的优越感，一句"粪土当年万户侯"，就充分体现出这样的优越感；相反，即使一个"指点江山、激扬文字"的强人，面对后世时，也不得不面临"千秋功罪，任人评说"的无奈与尴尬。前代人的一切都将在后代人的视野中袒露无余，没有隐私，无法遮掩，这凸显了时间超越性别、超越世俗地位的终极权威。

满室的秀色让韩熙载和他的客人们目不转睛，但画中的这些观看者并不知道自己也成了观看的对象，像卞之琳《断章》诗所写，"你站在桥上看风景，看风景人在楼上看你"，他们更不知道，前赴后继的窥视者，将他们打量了一千多年。

于是，在这出五幕戏剧层层递进的情节的背后，掩藏着更深层的起承转合。它不是一个特定时代的孤立的碎片，而是一出由韩熙载、顾闳中、李煜，以及后世一代代的画家、官僚、皇帝参与的大戏，一幅辽阔的历史长卷，反复讲述着有关王朝兴废的永恒主题，每一代人，都有自己的"最后的晚餐"。它不只是在空间中一点点地展开，更是在时间中一点点地展开，充满悬念，又惊心动魄。

五

但顾闳中向李煜提供的"情报"里却暗含着一个"错误"，那就是韩熙载的醉生梦死，是刻意为之，是表演，说白了，是装。他知道李煜在打探自己的底细，所以才装疯卖傻，花天酒地，不再为这个不可救药的王朝卖命。这就是说，他已经知道自己在窥视的权力链条上完全处于一个弱势的地位，于是利用了自己的弱势地位，也利用了皇帝的窥视癖，将计就计送去假情报。如果说李煜利用自己的王权完成了一次成功的窥视，那么韩熙载则凭借自己的心计完成了一次成功的反窥视。

或许顾闳中并没有上当，所以作为五代最杰出的人物画家，他在这幅画上留了伏笔——韩熙载的表情上，没有沉迷，只有沉重。韩熙载不是演技派，而只是一个本色派演员，喜怒形于色，他的放荡，始于身体而终于身体，入不了心。但李煜的头脑过于简单，所以他没有注意到顾闳中的提醒，这位美术鉴赏大师对朝政从来没有做出过正确的判断，他的王朝的命运，也就可想而知了。

一切都不出韩熙载所料，公元 974 年，赵匡胤遣使，召李煜入朝，李煜拒绝了，大宋王朝对这个蝇营狗苟的南唐小朝廷终于不耐烦了，开始了对南唐的全面战争。一年后，江宁府沦陷，李煜被五花大绑押出京城，成了大宋王朝的阶下囚。

被俘后，李煜在词中对自己繁华逸乐的帝王生涯进行了反复的回放：

四十年来家国，
三千里地山河。
凤阁龙楼连霄汉，
玉树琼枝作烟萝。
几曾识干戈？

韩熙载死于南唐灭亡之前四年，也就是公元 970 年。那一年，他六十九岁。死前，他已经变成穷光蛋，连棺椁衣衾，都由李煜赏赐。

这样的不堪，落在南唐校书郎、入宋后官终陕西转运使的郑文宝的《南唐近事》里，变成这样一串文字："韩熙载放旷不羁，所得俸钱，即为诸姬分去，乃著衲衣负筐，命门生舒雅执手版，于诸姬院乞食，以为笑乐。"①

从前的大土豪，已经穷得当起了叫花子，一身破烂地到他从前私蓄的家伎那里打牙祭，而门生舒雅——从前夜宴的座上宾，也执手板跟在他屁股后面，亦步亦趋。若赶上歌伎业务繁忙，他就只好尴尬地说：您先忙着，我过后再来。不论他多么装疯卖傻，他的潇洒里，总还是包含着许多苦涩。有诗云：

我本江北人，
去作江南客。
身到江北来，

---

① 〔北宋〕郑文宝：《南唐近事》，见《全宋笔记》，第一编，第二册，第 225 页，郑州：大象出版社，2003 年版。

举目无相识。

不如归去来,

江南有人忆。①

意思是说,他虽然是江北人,客居于江南,但当他乘舟抵达江北,发现满世界没有一个熟人,还不如返回江南,在那儿还有人忆念他。

韩熙载被安葬在风景秀美的梅颐岭东晋著名大臣谢安墓旁。李煜还令南唐著名文士徐铉为韩熙载撰写墓志铭,徐锴负责收集其遗文,编集成册。

人生最大的悲哀是人死了钱没花了,这样的悲剧,他避免了。

李煜死于公元978年。他四十一岁生日那一天,"梦里不知身是客"的他还不忘奢侈庆祝,鼓声乐声传至窗外,让宋太宗赵光义(后改名赵炅)十分光火,命人在一匣巧果里下了毒药,作为寿礼送给李煜。李煜不知有毒,对大宋皇帝的恩德感激涕零,吃下了巧果。② 他的死应验了卡夫卡在《审判》中的一段话:"他死了,耻辱却留在人间。"韩熙载没有死得像李煜那样难看,他要比李煜幸运得多。

六

韩熙载的糜烂之夜,让我们陷入深深的矛盾——一方面,对于

---

① 〔北宋〕郑文宝:《南唐近事》,见《全宋笔记》,第一编,第二册,第225页,郑州:大象出版社,2003年版。
② 〔北宋〕王铚:《默记》,见《景印文渊阁四库全书》,总第一〇三八卷,子部,第三四四卷,第342页,台北:台湾商务印书馆,1983年版。

韩熙载、对于李煜、对于历朝历代耽于享乐的特权阶层，我们似乎应该心存感激，正是他们贪婪的目光、挑剔的身体、精致的感觉，把我们的物质文化推向了耀眼的精致，否则就没有了两岸故宫的浩瀚收藏，当然，也就没有了《韩熙载夜宴图》这幅旷世的绘画珍品，故宫之所以能够成为一座规模惊人的博物院，与权力者欲望的不受限制有密切关系，在这些精美绝伦的藏品背后，我们依稀可以看见王朝更迭的痕迹；但另一方面，人类的理性，却对这般极致化的唯美做出了否定，弗洛伊德说："文明的发展限制了自由，公正要求每个人都必须受到限制。"享乐与道德，似乎成了对立物，鱼与熊掌不可兼得，那些精美绝伦的器物、服饰等艺术品上面，镌刻着欲望驰骋的脚步，它们盘踞的地方，也成为各种理论厮杀的战场。

与马克思、毛泽东并称"3M"的德裔美籍哲学家和社会学家马尔库塞在《爱欲与文明》中庄严宣告，文明对于身体快乐的剥夺是特定历史阶段的产物，取缔身体和感性的享受是维持社会纲纪的需要，然而，现今已经到了中止这种压抑的时候了，现代社会的经济条件已经成熟，社会财富的总量已经有能力造就一个新的历史阶段。[①] 在这些理论家的鼓动之下，身体欲望赢得了合法的地位。应当承认，资本主义商业和技术的大发展，是以承认身体欲望为前提的。如果没有肢体对速度的欲望，就不会有汽车、火车和飞机；如果没有眼睛对"看"的欲望，就不会有电影、电视和网络；如果没有耳朵对"听"的欲望，就没有电报、电话和无线通信。早就不是赞美禁欲主义和苦行主义的年代了，因为没有人能够拒绝这场物质的盛宴。但另一方面，我们的物质享乐早已经透支了。对于这

---

① ［美］马尔库塞：《爱欲与文明》，第147页，上海：上海译文出版社，1987年版。

一点,无所不在的广告就是最好的证明。所有的广告,都众口一词地煽动着人们对于物质的贪欲,因为柴米油盐这些生活基本需求,是由胃来提醒,而不是需要广告来提醒的,可以断言,广告都是为过剩的欲望服务的。试看今日之中国,不是早已成为世界奢侈品的大仓库了吗?世界奢侈品协会曾在2009年预言,中国奢侈品市场将在五年内勇攀全球奢侈品消费的顶峰,然而,只过了三年,这一宏伟目标就被国人提前实现了——2012年,中国奢侈品市场就占据了全球份额的28%,成为全球最大奢侈品消费国。媒体将国人争购奢侈品的踊跃场面比喻为"买大白菜",西方人更是惊呼:"这是我导游生涯中见过的最壮观的景象,中国人横扫第五大道,买走了一切最好最贵的东西。"[1] 在感官享乐方面,电影公司争先恐后地以一掷千金的豪迈制造出豪华而荒诞的盛大幻象,观众们则对那些以毁掉美酒、汽车、楼宇甚至城市为卖点的电影大片乐此不疲。资本家为了利益而把牛奶倒向大海的警示言犹在耳,我们已经置身于以毁灭物质来赢得快感的世界了。啥叫有钱?有钱不是拼命花钱,而是玩命儿烧钱,看谁烧得凶狠,烧得彻底,烧得惊天地泣鬼神。我相信当今的富豪生活一定会使韩熙载自愧弗如,今天的色情网站也一定会令西门庆大惊失色。他们那点放纵的伎俩,早就显得小儿科了。我们已无法判断身体狂欢的底线在哪里,更无从知晓自己身处彼岸的天堂,还是俗世的泥潭。2012年盛行的末日传说,似乎验证了一个古老的信条,那就是"过把瘾就死",是"我死以后,哪管洪水滔天"。韩熙载式的及时行乐变成了一种无意识的集体狂欢,所有人都能面不改色心不跳地拥向那场华丽而奢靡的

---

[1] 详见陕西卫视《开坛》节目,2012年7月15日。

"最后的晚餐"。

从《韩熙载夜宴图》到《红楼梦》，"最后的晚餐"几乎成为中国艺术不断重复的"永恒主题"。只是这一中国式的"最后的晚餐"，全无达·芬奇《最后的晚餐》中耶稣得知自己被出卖后的那份宁静与庄严以及赴死前的那份神圣感。中国式"最后的晚餐"的含义，是极乐后的毁灭，是秦可卿预言过的"盛筵必散"——她给王熙凤托梦时说："眼见不日又有一件非常喜事，真是烈火烹油、鲜花着锦之盛。要知道，也不过是瞬息的繁华，一时的欢乐，万不可忘了那'盛筵必散'的俗语……"[①] 在"荣国府归省庆元宵"盛大场面中，曹雪芹将这场晚餐的恢宏绚烂铺陈到了极致，仿佛焰火，绽放之后，留下的只有长久的黑暗和空寂，就像第二十二回中的贾政，当他猜到灯谜的谜底是爆竹时，想到爆竹是"一响而散之物"，内心升起无尽的悲凉慨叹。如果我们能够看到他彼时的表情，我想也一定与韩熙载如出一辙。

灭掉南唐之后，南方的各种享乐之物被陆陆续续运到汴京，构成了对大宋官员的强烈诱惑，也构成了对江山安危的强大威胁，宋太祖赵匡胤意识到了它们的危险性，于是下令把它们封存起来，不是建博物馆，而是建了一座集中营——物的集中营，把它们统统关押起来，以防止这些糖衣炮弹对帝国官员们的拉拢腐蚀。对于穷奢极欲的生活方式，宋太祖不仅反感，而且痛恨，一再要求官员们艰苦奋斗、戒骄戒躁。宋太祖的低调还体现在建筑上，于是有了宋式建筑的低矮与素朴。据说他的宫殿陈设十分简单，吃穿都不讲究，衣服洗得掉了色也舍不得扔，还一再减少身边工作人员的人数，偌

[①] 〔清〕曹雪芹著、无名氏续：《红楼梦》，上册，第170页，北京：人民文学出版社，2008年版。

大的皇宫，只留下五十多名宦官和三百多名宫人。他知道坐天下如同过日子一样，不能大手大脚，要细水长流，只有保持艰苦奋斗的工作作风，才能力保大宋江山千秋万代永不变色。遗憾的是，他的以身作则，敌不过身体本能的诱惑，在绝对权力的唆使下，后世皇帝很快回到感官放纵的惯性中，不断通过对身体快感的独占，体验权力的快感。他们贪享着帝王这一职业带来的空前自由，而忘记了它本身是一种高危职业，命运常把帝王推到一种极端的处境中。任何权力都是有极限的，连皇帝也不例外，当他沉浸于自己所认为的无限权力时，命运的罚单已经在那里等候多时了。如果做一番统计，我相信中国历史上绝大多数帝王是不得好死的。但他们的下场算不上悲剧，也不值得尊敬，因为悲剧是只对高贵者而言的，而这些皇帝，有的只是高贵的享乐，而从无高贵的信仰，就像福克纳所叹息的："连失败都没有高贵的东西可失去！胜利也是没有希望，没有同情和怜悯的糟糕的胜利。"

公元1127年的春天，宋徽宗和宋钦宗被捆绑着押出汴京，那场景就像他们大宋的军队当年将李煜押出南京一样。中国五千年历史中，没有哪个王朝取得过真正意义上的胜利。对于所有的王朝来说，成功都是失败之母。只有到了这步田地，徽、钦二帝才有所觉悟，自己透支了太多的"幸福"。但新上任的皇帝依旧不会在意这一切。公元1129年，宋高宗赵构率领他的宠妃们奔赴临安（杭州）城外观看钱塘潮，欢天喜地之中，早已把父兄在天寒地冻的五国城坐井观天的惨状抛在脑后。如此没心没肺，让一个名叫林洪的诗人实在看不过眼，情不自禁写下了一首诗，诗中的讥讽与忧愤，与当年的韩熙载一模一样。

八百多年后，这首诗出现在学生课本上，化作孩子们清越的读书声：

> 山外青山楼外楼，
> 西湖歌舞几时休？
> 暖风熏得游人醉，
> 直把杭州作汴州。

纸上的李白

> 写诗的理由完全消失
> 这时我写诗
>
> ——顾城

一

很多年中,我都想写李白,写他唯一存世的书法真迹《上阳台帖》。

我去了西安,没有遇见李白,也没有看见长安。

长安与我,隔着岁月的荒凉。

岁月篡改了大地上的事物。

我无法确认,他曾经存在。

二

在中国,没有一个诗人像李白的诗句那样,成为每个人生命记忆的一部分。"举头望明月,低头思故乡""长安一片月,万户捣衣声""黄河之水天上来,奔流到海不复回""两岸猿声啼不住,轻舟已过万重山"。中国人只要会说话,就会念他的诗,尽管念诗者,未必懂得他埋藏在诗句里的深意。

李白是"全民诗人",是真正意义上的"人民艺术家",忧国忧民的杜甫反而得不到这个待遇，善走群众路线的白居易也不是，他们是属于文学界、属于知识分子的，唯有李白，他的粉丝旷古绝今。

李白是唯一，其他都是之一。

他和他以后的时代里，没有报纸杂志，没有电视网络，他的诗，却在每个中国人的耳头心头长驱直入，全凭声音和血肉之躯传递，像传递我们民族的精神密码。中国人与其他东亚人种外观很像，精神世界却有天壤之别，一个重要的边界，是他们的心里没有住着李白。当我们念出李白的诗句时，他们没有反应；他们搞不明白，为什么中国人抬头看见月亮，低头就会想到自己的家乡。所以我同意历史学家许倬云先生的话："（古代的）'中国'并不是没有边界，只是边界不在地理，而在文化。"[1] 李白的诗，是中国人的精神护照，是中国人天生自带的身份证明。

李白，是我们的遗传基因、血液细胞。

李白的诗，是明月，也是故乡。

没有李白的中国，还能叫中国吗？

三

然而李白，毕竟已经走远，他是作为诗句，而不是作为肉体存在的。他的诗句越是真切，他的肉体就越是模糊。他的存在，表面具象，实际上抽象。即使我站在他的脚印之上，对他，我仍然看不见，摸不着。

---

[1] 许倬云：《说中国——一个不断变化的复杂共同体》，第54页，桂林：广西师范大学出版社，2015年版。

谁能证实这个人真的存在过？

不错，新旧唐书，都有李白的传记；南宋梁楷，画过《李白行吟图》——或许因为画家自己天性狂放，常饮酒自乐，人送外号"梁风子"，所以他勾画出的是一个洒脱放达的诗仙形象，把李白疏放不羁的个性、边吟边行的姿态描绘得入木三分。但《旧唐书》，是五代后晋刘昫等撰，《新唐书》，是北宋欧阳修等撰；梁楷，更比李白晚了近五个世纪。相比于今人，他们距李白更近，但与我一样，他们都没见过李白，仅凭这一点，就把他们的时间优势化为无形。

只有那幅字是例外。那幅纸本草书的书法作品《上阳台帖》，上面的每一个字，都是李白写上去的。[1] 它的笔画回转，通过一支毛笔，与李白的身体相连，透过笔势的流转、墨迹的浓淡，我们几乎看得见他的手腕的抖动，听得见他呼吸的节奏。

四

这张纸，只因李白在上面写过字，就不再是一张普通的纸。尽管没有这张纸，就没有李白的字，但没有李白的字，它就是一片垃圾，像大地上的一片枯叶，结局只能是腐烂和消失。那些字，让它

---

[1] 关于《上阳台帖》真伪，历来聚讼不一。徐邦达先生认为，此帖时代不早于五代，比较接近北宋，前隔水上瘦金书"唐李太白上阳台"标题一行，为赵佶即位（十八岁）以前所作，参见徐邦达：《徐邦达集》，第十册《古书画伪讹考辨》，第126页，北京：故宫出版社，2005年版。曾收藏此帖的张伯驹先生则断为李白真迹，而宋徽宗题字为伪。张伯驹先生说："余曾见太白摩崖字，与是帖笔势同。以时代论墨色笔法，非宋人所能拟。《墨缘汇观》断为真迹，或亦有据。按绛帖有太白书，一望而知为伪迹，不如是卷之笔意高古。"参见张伯驹：《烟云过眼》，第73页，北京：中华书局，2014年版。

的每一寸、每一厘，都变得异常珍贵，先后被宋徽宗、贾似道、乾隆、张伯驹、毛泽东收留、抚摸、注视，最后被毛泽东转给北京故宫博物院永久收藏。

从这个意义上说，李白的书法，是法术，可以点纸成金。

李白的字，到宋代还能找出几张。北宋《墨庄漫录》载，润州苏氏家，就藏有李白《天马歌》真迹，宋徽宗也收藏有李白的两幅行书作品《太华峰》和《乘兴帖》，还有三幅草书作品《岁时文》《咏酒诗》《醉中帖》，对此，《宣和书谱》里有记载。到南宋，《乘兴帖》也漂流到贾似道手里。

只是到了如今，李白存世的墨稿，除了《上阳台帖》，全世界找不出第二张。问它值多少钱，那是对它的羞辱，再多的人民币，在它面前也是一堆废纸，丑陋不堪。李白墨迹之少，与他诗歌的传播之广，反差到了极致。但幸亏有这幅字，让我们穿过那些灿烂的诗句，找到了作家本人。好像有了这张纸，李白的存在就有了依据，我们不仅可以与他对视，甚至可以与他交谈。

一张纸，承担起我们对于李白的所有向往。

我不知该谴责时光吝啬，还是该感谢它的慷慨。

终有一张纸，带我们跨过时间的深渊，看见李白。

所以，站在它面前的那一瞬间，我外表镇定，内心狂舞，顷刻间与它坠入爱河。我想，九百年前，当宋徽宗赵佶成为它的拥有者，他心里的感受应该就是我此刻的感受，他附在帖后的跋文可以证明。《上阳台帖》卷后，宋徽宗用他著名的瘦金体写下这样的文字：

太白尝作行书，乘兴踏月，西入酒家，不觉人物两忘，身

在世外一帖，字画飘逸，豪气雄健，乃知白不特以诗鸣也。

根据宋徽宗的说法，李白的字，"字画飘逸，豪气雄健"，与他的诗歌一样，"身在世外"，随意中出天趣，气象不输任何一位书法大家。黄庭坚也说"今其行草殊不减古人"[①]，只不过他诗名太盛，掩盖了他的书法知名度，所以宋徽宗见了这张帖，才发现了自己的无知，原来李白的名声，并不仅仅从诗歌中取得。

五

那字迹，一看就属于大唐李白。

它有法度，那法度是属于大唐的，庄严、敦厚、饱满、圆健，让我想起唐代佛教造像的浑厚与雍容，唐代碑刻的力度与从容。这当然来源于秦碑、汉简积淀下来的中原美学。唐代的律诗、楷书，都有它的法度在，不能乱来，它是大唐艺术的基座，是不能背弃的原则。

然而，在这样的法度中，大唐的艺术，却不失自由与浩荡，不像隋代艺术，那么的拘谨收压，而是在规矩中见活泼，收束中见辽阔。

这与北魏这些朝代做的铺垫关系极大。年少时学历史，最不愿关注的就是那些小朝代，比如隋唐之前的魏晋南北朝，两宋之前的五代十国，像一团麻，迷乱纷呈，永远也理不清。自西晋至隋唐的近三百年空隙里，中国就没有被统一过，一直存在着两个以上的政

---

① 〔北宋〕黄庭坚：《山谷题跋》，见《山谷题跋校注》，上海：上海远东出版社，2011年版。

权,多的时候,甚至有十来个政权。但是在中华文明的链条上,这些小朝代却完成了关键性的过渡,就像两种不同的色块之间,有着过渡色衔接,色调的变化,就有了逻辑性。在粗朴凝重的汉朝之后,之所以形成缛丽灿烂、开朗放达的大唐美学,正是因为它在三百年的离乱中,融入了草原文明的活泼和力量。

我们喜欢的花木兰,其实是北魏人,也就是鲜卑人,是少数民族。她的故事,出自北魏的民谣《木兰诗》。这首民谣,是以公元391年北魏征调大军出征柔然的史实为背景而作的。其中提到的"可汗",指的是北魏道武帝拓跋珪。"万里赴戎机,关山度若飞。朔气传金柝,寒光照铁衣。"这首诗里硬朗的线条感、明亮的视觉感、悦耳的音律感,都是属于北方的。但在记忆里,我们从来不曾把木兰当作"外族",这就表明我们并没有把鲜卑人当成外人。

这支有花木兰参加的鲜卑军队,通过连绵的战争,先后消灭了北方的割据政权,统一了黄河流域,占据了中原,与南朝的宋、齐、梁政权南北对峙,成为代表北方政权的"北朝"。从西晋灭亡,到鲜卑建立北魏之前的这段乱世,被历史学家们称为"五胡乱华"。

"五胡"的概念是《晋书》中最早提出的,指匈奴、鲜卑、羯、羌、氐等在东汉末到晋朝时期迁徙到中国的五个少数民族。历史学家普遍认为,"五胡乱华"是大汉民族的一场灾难,几近亡种灭族。但从艺术史的角度上看,"五胡乱华"则促成了文明史上一次罕见的大合唱,在黄河、长江文明中的精致绮丽、细润绵密中,吹进了"天苍苍,野茫茫,风吹草低见牛羊"的旷野之风,李白的诗里,也有无数的乐府、民歌。蒋勋说:"这一长达三百多年的

2017年与徐冰(左一)、冷冰川(右一)在威尼斯双年展

与汪家明(左一)、冷冰川(右一)在张仃先生墓前

'五胡乱华',意外地,却为中国美术带来了新的震撼与兴奋。"①

到了唐代,曾经的悲惨和痛苦,都由负面价值神奇地转化成了正面价值,成为锻造大唐文化性格的大熔炉。就像每个人一样,在成长历程中,都会经历痛苦,而所有的痛苦,如果没有将这个人摧毁,最终都将使这个人走向生命的成熟与开阔。

北魏不仅在音韵歌谣上,为唐诗的浩大明亮预留了空间,在书法上也为后代的变革做足了准备。北魏书法刚硬明朗、灿烂昂扬的气质,至今留在当年的碑刻上,形成了自秦代以后中国书法史上的刻石书法的第二次高峰。我们今天所说的"魏碑",就是指北魏碑刻。

在故宫,收藏着许多魏碑拓片,其中大部分是明拓,著名的,有《张猛龙碑》。此碑是魏碑中的上乘,整体方劲,章法天成。康有为也喜欢它,说它"结构精绝,变化无端","为正体变态之宗"。也就是说,正体字(楷书)的端庄,已拘不住它奔跑的脚步。在这些连筋带肉、筋骨强健、血肉饱满的字迹的滋养下,唐代书法已经呼之欲出了。难怪康有为说:"南北朝之碑,无体不备,唐人名家,皆从此出……"②

假若没有北方草原文明的介入,中华文明就不会完成如此重要的聚变,大唐文明就不会迸射出如此亮丽的光焰,中华文明也不会按照后来的样子发展,一点点地发酵成李白的《上阳台帖》。

或许因为大唐皇室本身就具有鲜卑血统,唐朝没有像秦汉那样,用一条长城与"北方蛮族"划清界限,而是包容四海、共存

---

① 蒋勋:《美的沉思》,第118页,长沙:湖南美术出版社,2014年版。
② 康有为:《广艺舟双楫(外一种)》,第13页,北京:中国人民大学出版社,2010年版。

共荣，于是，唐朝人的心理空间，一下子放开了，也淡定了，曾经的黑色记忆，变成簪花仕女的香浓美艳，变成佛陀的慈祥悲悯。于是，唐诗里，有了"前不见古人，后不见来者"的苍茫视野，有了《春江花月夜》的浩大宁静。

唐诗给我们带来的最大震撼，就是它的时空超越感。

这样的时空超越感，在此前的艺术中也不是没有出现过，比如曹操面对大海时的心理独白，比如王羲之在兰亭畅饮、融天地于一体的那份通透感，但在魏晋之际，他们只是个别的存在，不像大唐，潮流汹涌，一下子把一个朝代的诗人全部裹挟进去。魏晋固然出了很多英雄豪杰、很多名士怪才，但总的来讲，他们的内心是幽暗曲折的，唯有唐朝，呈现出空前浩大的时代气象，似乎每一个人，都有勇气独自面对无穷的时空。

有的时候，是人大于时代，魏晋就是这样。到了大唐，人和时代，彼此成就。

六

李白的出生地，我没有去过，却很想去。吉尔吉斯斯坦北部城市托克马克，我想，这座雪水滋养、风物宜人的优美小城，大唐帝国的绝代风华想必早已风流云散，如今一定变成一座中亚与俄罗斯风格混搭的城市。但是，早在汉武帝时期，这里就已纳入汉朝的版图，公元7世纪，它的名字变成了碎叶，与龟兹、疏勒、于阗并称大唐王朝的安西四镇，在西部流沙中彼此勾连呼应。那块神异之地，不仅有吴钩霜雪、银鞍照马，还有星辰入梦。那星，是长庚星，也叫太白金星，今天叫启明星，是天空中最亮的星星，亮度足以抵得上十五颗天狼星。这颗星，古希腊人和古罗马人分别用爱与美的女神阿佛洛狄忒和维纳斯的名字来命名。梦，是李白母亲的梦。《新唐书》说："白之生，母梦长庚星，因以命之"①。就是说，李白的名字，得之于他的母亲在生他时梦见太白星。因此，当李白一入长安，贺知章在长安紫极宫一见到这位文学青年，立刻惊为天人，大呼："子，谪仙人也！"② 原来李白正是太白星下凡。

  李白在武则天统治的大唐帝国里长到五岁。五岁那一年，武则天去世，唐中宗复位，李白随父从碎叶到蜀中，二十年后离家，独自仗剑远行，一步步走成我们熟悉的那个李白，那时的唐朝，已经进入了唐玄宗时代。在那个交通不发达的年代，仅李白的行程，就是值得惊叹的。由此我们可以理解李白诗歌里的纵深感。他会写"明月出天山，苍茫云海间"，也会写"兰陵美酒郁金香，玉碗盛来琥珀光"。假如他是导演，很难有一个摄影师，能跟上他焦距的变化。那种渗透在视觉与知觉里的辽阔，我曾经从俄罗斯文学中——从托尔斯泰、屠格涅夫、陀思妥耶夫斯基的作品里领略过，所以别尔嘉耶夫声称，"俄罗斯是神选的"③。但他们都扎堆于19世纪，而至少在一千多年前，这种浩大的心理空间就在中国的文学中存在了。

  我记得那一次去楼兰，从巴音布鲁克向南，一路穿越塔克拉玛干沙漠时，我发现自己变得那么微小，在天地间，微不足道，我的视线，也从来不曾像这样辽远。想起一位朋友说过："你就感到世

---

① 〔北宋〕欧阳修、宋祁：《新唐书》，第4411页，北京：中华书局，2000年版。
② 同上。
③ 〔俄〕别尔嘉耶夫：《俄罗斯的命运》，第1页，昆明：云南人民出版社，1999年版。

界多么广大深微,风中有无数秘密的、神奇的消息在暗自流传,在人与物与天之间,什么事是曾经发生的?什么事是我们知道的或不知道的?"[1]

虽然杜甫也是一生漂泊,但李白就是从千里霜雪、万里长风中脱胎出来的,所以他的生命里,有龟兹舞、西凉乐的奔放,也有关山月、阳关雪的苍茫。他不像杜甫那样,执着于一时一事。他不会因"茅屋为秋风所破"而感到忧伤,不是因为他的生命中没有困顿,而是对他来说,那些事都太小,不足以挂在心上、写进诗里。

李白是浪漫的、顽皮的,时代捉弄他,他却可以对时代使个鬼脸。

所以,明代江盈科《雪涛诗评》里说:"李青莲是快活人,当其得意,无一语一字不是高华气象。……杜少陵是固穷之士,平生无大得意事,中间兵戈乱离,饥寒老病,皆其实历,而所阅苦楚,都于诗中写出,故读少陵诗,即当得少陵年谱看。"[2]

李白也有倒霉的时候,饭都吃不上了,于是写下"余亦不火食,游梁同在陈"。骆驼死了架子不倒,都沦落到这步田地了,他还嘴硬,把自己当成在陈蔡绝粮、七天吃不上饭的孔子,与圣人平起平坐。

他人生的最低谷,应该是流放夜郎了,但他的诗里找不见类似"茅屋为秋风所破"这样的郁闷,他的《早发白帝城》,我们从小就会背,却很少有人知道,这首诗就是在他流放夜郎的途中写的:

---

[1] 李敬泽:《小春秋》,第132页,北京:新星出版社,2010年版。
[2] 〔明〕江盈科:《雪涛诗评》,转引自《丛说二百二十则》,见〔清〕王琦注:《李太白全集》,下册,第1316页,北京:中华书局,2011年版。

朝辞白帝彩云间，

千里江陵一日还。

两岸猿声啼不住，

轻舟已过万重山。

那一年，李白已经五十八岁。

白帝彩云、江陵千里，给他带来的仿佛不是流放边疆的困厄，而是顺风扬帆、瞬息千里的畅快。当然，这与他遇赦有关，但总的来说，三峡七百里，路程惊心动魄，让人放松不下来。不信，我们可以看看郦道元在《水经注》里的描述：

自三峡七百里中，两岸连山，略无阙处。……有时朝发白帝，暮到江陵，其间千二百里，虽乘奔御风，不以疾也。……每至晴初霜旦，林寒涧肃，常有高猿长啸，属引凄异，空谷传响，哀转久绝。故渔者歌曰："巴东三峡巫峡长，猿鸣三声泪沾裳！"[①]

郦道元的三峡，阴森险怪，一旦遭遇李白，就立刻像舞台上的布景，被所有的灯光照亮，连恐怖的猿鸣声，都是如音乐般，悦耳清澈。

这首诗，也被学界视为唐诗七绝的压卷之作。

[①] 〔南北朝〕郦道元：《水经注》，见朱东润主编：《中国历代文学作品选》，上编，第二册，第463页，上海：上海古籍出版社，1979年版。

七

　　李白并不是没心没肺，那个繁花似锦的朝代背后的困顿、饥饿、愤怒、寒冷，在李白的诗里都找得到，比如《蜀道难》和《行路难》，他写怨妇，首首都是写他自己：

　　箫声咽，
　　秦娥梦断秦楼月，
　　秦楼月，
　　年年柳色，
　　灞陵伤别。

　　乐游原上清秋节，
　　咸阳古道音尘绝。
　　音尘绝，
　　西风残照，
　　汉家陵阙。

　　李白的诗，我最偏爱这一首《忆秦娥》。那么地凄清悲怆，那么地深沉幽远。全诗的魂，在一个"咽"字。当代词人毛泽东是爱李白的，而毛泽东的词中，我最喜欢的，是《忆秦娥·娄山关》：

　　西风烈，
　　长空雁叫霜晨月。

霜晨月,
马蹄声碎,
喇叭声咽。

雄关漫道真如铁,
而今迈步从头越。
从头越,
苍山如海,
残阳如血。

毛泽东的《忆秦娥》,看得见李白《忆秦娥》的影子。词中同样出现一个"咽"字,也是该词最传神的一个字,不知是巧合,还是在向他心仪的诗人李白致敬。

只是李白不会被这样的伤感吞没,他目光沉静,道路远长,像《上阳台帖》里所写"山高水长,物象千万",一时一事,困不住他。

他内心的尺度,是以千里、万年为单位的。

他写风,不是"八月秋高风怒号,卷我屋上三重茅"。小小的"三重茅",不入他的法眼。他写风,是"长风万里送秋雁,对此可以酣高楼",是"黄河捧土尚可塞,北风雨雪恨难裁"。

杜甫的精神,只有一个层次,那就是忧国忧民,是意志坚定的儒家信徒。李白的精神是混杂的、不纯的,里面有儒家、道家、墨家、纵横家,等等。什么都有,像《上阳台帖》所写,"物象千万"。

我曾在《永和九年的那场醉》里写过,儒家学说有一个最薄弱、最柔软的地方,就是它过于关注处理现实社会问题,发展成为一整套严谨的社会政治学,却缺少提供对于存在问题的深刻解答。然而,道家学说早已填补了儒学的这一缺失,把精神引向自然宇宙,形成一套当时儒家还没有充分发展的人格—心灵哲学,让人"从种种具体的、繁杂的、现实的从而是有限的、局部的'末'事中超脱出来,以达到和把握那整体的、无限的、抽象的本体"[①]。

儒与道,一现实一高远,彼此映衬、补充,让我们的文明生生不息,左右逢源。但儒道互补,出现在一个人身上,就不多见了。李白就是这样的浓缩精品。

所以,当官场试图封堵他的生存空间,他一转身,就进入了一个更大的空间。

八

河南人杜甫,思维注定属于中原,终究脱不开农耕伦理。《三吏》《三别》,他关注家、田园、社稷、苍生,也深沉、也伟大;但李白是从欧亚大陆的腹地走过来的,他的视野里永远是"明月出天山,苍茫云海间",是"山随平野尽,江入大荒流",明净、高远。他有家——诗、酒、马背,就是他的家。所以他的诗句,充满了意外——他就像一个浪迹天涯的牧民,生命中总有无数的意外,等待着与他相逢。

他的个性里,掺杂着游牧民族歌舞的华丽、酣畅、任性,找得见五胡、北魏。

而卓越的艺术,无不产生于这种任性。

---

① 李泽厚:《中国古代思想史论》,第203页,北京:生活·读书·新知三联书店,2008年版。

李白精神世界里的纷杂，更接近唐朝的本质，把许多元素、许多成色搅拌在一起，绽放成明媚而灿烂的唐三彩。

　　这个朝代，有玄奘万里独行，写成《大唐西域记》；有段成式，"生当残阳如血的晚唐"①，行万里路，将所有的仙佛人鬼、怪闻异事汇集成一册奇书——《酉阳杂俎》。

　　在李白身边，活跃着大画家吴道子、大书法家颜真卿、大雕塑家杨惠之。

　　而李白，又是大唐世界里最不安分的一个。

　　也只有唐代，能够成全李白。

　　假若身处明代，杜甫会死，而且死得很难看，而李白会疯。

　　张炜说："'李白'和'唐朝'可以互为标签——唐朝的李白，李白的唐朝；而杜甫似乎可以属于任何时代。"②

　　我说，把杜甫放进理学兴盛的宋明，更加合适。他会成为官场的"清流"，或者干脆成为东林党。

　　杜甫的忧伤是具体的，也是可以被解决的——假如遇上一个重视文化的领导，前往草堂送温暖，带上慰问金，杜甫的生活困境就会迎刃而解。

　　李白的忧伤却是形而上的，是哲学性的，是关乎人的本体存在的，是"人如何才能不被外在环境、条件、制度、观念等所决定、所控制、所支配、所影响，即人的'自由'问题"③，是无法被具体的政策、措施解决的。

　　他努力舍弃人的社会性，来保持人的自然性，"与宇宙同构才

---

① 李敬泽：《小春秋》，第134页，北京：新星出版社，2010年版。
② 张炜：《也说李白与杜甫》，第193页，北京：中华书局，2014年版。
③ 李泽厚：《中国古代思想史论》，第191页，北京：生活·读书·新知三联书店，2008年版。

能是真正的人"①。

　　这个过程,也必有煎熬和痛苦,还有孤独如影随形。在一个比曹操《观沧海》、比王羲之《兰亭序》更加深远宏大的时空体系内,一个人空对日月、醉月迷花,内心怎能不升起一种无着无落的孤独?

　　李白的忧伤,来自"花间一壶酒,独酌无相亲。举杯邀明月,对影成三人"。

　　李白的孤独,是大孤独;他的悲伤,也是大悲伤,是"大道如青天,我独不得出",是"白发三千丈,缘愁似个长",是"高堂明镜悲白发,朝如青丝暮成雪"。

　　那悲,是没有眼泪的。

九

　　李白的名声,许多来自他第二次去长安时,皇帝降辇步迎,以七宝床赐食,御手调羹,此后"置于金銮殿,出入翰林中"②这段非凡的经历。这记载来自唐代李阳冰的《草堂集序》。李阳冰是李白的族叔,也是唐朝著名的文学家和书法家,有同时代见证者在,我想李阳冰也不敢太忽悠吧。

　　李白的天性是喜欢吹牛的,或者说,那不叫吹牛,而叫狂。吹牛是夸大,而至少在李白看来,不是他自己虚张声势,而是他确实

---

① 李泽厚:《华夏美学・美学四讲》,第85页,北京:生活・读书・新知三联书店,2008年版。
② 〔唐〕李阳冰:《草堂集序》,见〔清〕王琦注:《李太白全集》,下册,第1231页,北京:中华书局,2011年版。

身手了得。比如在那篇写给韩朝宗的"求职信"《与韩荆州书》里,他就声言自己:"十五好剑术,遍干诸侯。三十成文章,历抵卿相。虽长不满七尺,而心雄万夫。"假如韩朝宗不信,他欢迎考查,口气依旧是大的:"请日试万言,倚马可待。"①

李白的朋友,也曾帮助李白吹嘘,人们常说的"天子呼来不上船,自称臣是酒中仙",就是杜甫《饮中八仙歌》中的句子,至于"天子呼来不上船"这事是否真的发生过,已经没有人追问了。

但杜甫的忽悠产生了非同寻常的历史影响,明代画家万邦治绘有《醉饮图》卷(广东省博物馆藏),完全根据杜甫《饮中八仙歌》诗意而作,画出了八位饮者坐在流泉旁、林荫下畅饮之态,是万邦治的传世佳本。

其实,当皇帝的旨意到来时,李白有点找不着北,他写:"仰天大笑出门去,我辈岂是蓬蒿人。"等于告诫人们,不要狗眼看人低,拿窝头不当干粮。

李白的到来,确是给唐玄宗带来过兴奋的。这两位艺术造诣深厚的唐代美男子,的确容易一拍即合,彼此激赏。唐玄宗看见李白"神气高朗,轩轩若霞举"②,一时间看傻了眼。李白写《出师诏》,醉得不成样子,却一挥而就,思逸神飞,浑然天成,无须修改,唐玄宗都想必在内心里叫好。所以,当兴庆宫里、沉香亭畔,牡丹花盛开,唐玄宗与杨贵妃在深夜里赏花,这良辰美

---

① 〔唐〕李白:《与韩荆州书》,见〔清〕王琦注:《李太白全集》,下册,第1055—1056页,北京:中华书局,2011年版。
② 〔唐〕段成式:《酉阳杂俎》,转引自《李太白年谱》,见〔清〕王琦注:《李太白全集》,下册,第1360页,北京:中华书局,2011年版。

景，独少了几曲新歌，唐玄宗幽幽叹道："赏名花，对妃子，焉用旧乐辞焉！"① 于是让李龟年拿着金花笺，急召李白进园，即兴填写新辞。那时的李白，照例是宿醉未解，却挥洒笔墨，文不加点，一蹴而就，文学史上于是有了著名的《清平调》：

  云想衣裳花想容，
  春风拂槛露华浓。
  若非群玉山头见，
  会向瑶台月下逢。

  一枝红艳露凝香，
  云雨巫山枉断肠。
  借问汉宫谁得似，
  可怜飞燕倚新妆。

  名花倾国两相欢，
  长得君王带笑看。
  解释春风无限恨，
  沉香亭北倚阑干。②

李白说自己"日试万言，倚马可待"，看来不是吹牛。没有在韩朝宗面前证明自己，却在唐玄宗面前证明了。

---

① 〔北宋〕乐史：《李翰林别集序》，见〔清〕王琦注：《李太白全集》，下册，第1240页，北京：中华书局，2011年版。
② 〔唐〕李白：《清平调词三首》，见〔清〕王琦注：《李太白全集》，上册，第266—268页，北京：中华书局，2011年版。

园林的最深处，贵妃微醉，翩然起舞，玄宗吹笛伴奏，那新歌，又是出自李白的手笔。这样的豪华阵容，中国历史上再也排不出来了吧。

这三人或许都不会想到，后来安史乱起、生灵涂炭，此情此景，终将成为"绝唱"。

曲终人散，李白被赶走了，唐玄宗逃跑了，杨贵妃死了。

说到底，唐玄宗无论多么欣赏李白，也只是将他当作文艺人才看待的。假如唐朝有文联、有作协，唐玄宗一定会让李白做主席，但他丝毫没有让李白做宰相的打算。李白那副醉生梦死的架势，在唐玄宗李隆基眼里，也是烂泥扶不上墙，给他一个供奉翰林的虚衔，已经算是照顾他了。对于这样的照顾，李白却一点儿也不买账，他甚至连出版文集的打算也没有。他的诗，都是任性而为，写了就扔，连保留都不想保留，所以，在安徽当涂，李白咽气前，李阳冰从李白的手里接过他交付的手稿时，大发感慨道："当时著述，十丧其九，今所存者，皆得之他人焉。"① 也就是说，我们今天读到的李白诗篇，只是他一生创作的十分之一。

李白的理想，是学范蠡、张良，去匡扶天下，完成他"安社稷、济苍生"的平生功业，然后功成身退，如他诗中所写"事了拂衣去，深藏身与名"，但这充其量只是唐传奇里虬髯客式的江湖侠客，而不是真正的儒家士人。

更重要的，是他自视太高，不肯放下身段，在官场逶迤周旋，不甘心"摧眉折腰事权贵，使我不得开心颜"，对官场的险恶也没有丝毫的认识和准备。他从来不按规则出牌，所谓"贵妃

---

① 〔唐〕李阳冰：《草堂集序》，见〔清〕王琦注：《李太白全集》，下册，第1232页，北京：中华书局，2011年版。

研墨，力士脱靴"，固然体现出李白放纵不羁的个性，但在皇帝眼里，却正是他的缺点。所以，唐玄宗对他的评价是："此人固穷相。"

以这样的心性投奔政治，纵然怀有"天生我材必有用"的自信，有"乘风破浪会有时"的豪情，下场也只能是惨不忍睹。

"慷慨自负、不拘常调"[①] 的李白，怎会想到有人在背后捅刀子？而且下黑手的，都不是一般人。一个是张垍，是旧丞相张说的儿子、唐玄宗的驸马，曾在翰林院做中书舍人，后来投降了安禄山。此人嫉贤妒能，李白风流俊雅，才不可当，让他看着别扭，于是不断给李白下绊。还有一位，就是著名的高力士了，李白让高力士为他脱靴，高力士可没有那么幽默，他一点儿也不觉得这事好玩，于是记在心里，等机会报复。李白《清平调》一写，他就觉得机会来了，对杨贵妃说，李白这小子，把你当成赵飞燕，这不是骂你吗？杨贵妃本来很喜欢李白，一听高力士这么说，恍然大悟，觉得还是高力士向着自己。唐玄宗三次想为李白加官晋爵，都被杨贵妃阻止了。

李林甫、杨国忠、高力士这班当朝人马的"政治智商"，李白一个也对付不了。假若李白参演《权力的游戏》，恐怕他第一集就死翘翘了。他没有现实运作能力，这一点，他是不自知的。他生命中的困局，早已打成死结。这一点，后人看得清楚，可惜无法告诉他。

李白的政治智商是零，甚至是负数。一有机会，他还想要从政，但他做得越多，就败得越惨。安史乱中，他投奔唐玄宗的第十

[①] 〔唐〕范传正：《唐左拾遗翰林学士李公新墓碑》，见〔清〕王琦注：《李太白全集》，下册，第1247页，北京：中华书局，2011年版。

六个儿子、永王李璘，目的是抗击安禄山，没想到唐玄宗的第三子、已经在灵武登基的唐肃宗李亨担心弟弟李璘坐大，一举歼灭了李璘的部队，杀掉了李璘，李白因卷入皇族之间的权力斗争，再度成了倒霉蛋儿，落了个流放夜郎的下场。

政治是残酷的，政治思维与艺术思维，别如天壤。

好在除了政治化的天下，他还有一个更加自然俊秀、广大深微的天下在等待着他。所幸，在唐代，艺术和政治，还基本上是两条战线，宋以后，这两条战线才合二为一，士人们既要在精密规矩的官僚体系内找到铁饭碗，又要有本事在艺术的疆域上纵横驰骋，涌现出范仲淹、晏殊、晏几道、欧阳修、苏洵、苏轼、苏辙、司马光、张载、王安石、沈括、程颢、程颐、黄庭坚等一大批公务员身份的文学艺术大家。

所以，当李白不想面对皇帝李隆基时，他可以不面对，他只要面对自己就可以了。

终究，李白是一个活在自我里的人。

他的自我，不是自私。他的自我里，有大宇宙。

李白是从天上来的，所以，他的对话者，是太阳、月亮、大漠、江河。级别低了，对不上话。他有时也写生活中的困顿，特别是在凄凉的暮年，他以宝剑换酒，写下"欲邀击筑悲歌饮，正值倾家无酒钱"，依然不失潇洒，而毫无世俗烟火气。

他的世界，永远是广大无边的。

只不过，在这世界里，他飞得太高、太远，必然是形单影只。

十

这样写下去,有点像《回忆我的朋友李白》了,所以还是要收敛目光,让它回到这张纸上。然而,《上阳台帖》所说阳台在哪里,我始终不得而知。如今的商品房,阳台到处都是,我却找不到李白上过的"阳台"。至于李白是在什么时候、什么状态下上的阳台,更是一无所知。所有与这幅字相关的环境都消失了,像一部电影,失去了所有的镜头,只留下一排字幕,孤独却尖锐地闪亮。

查《李白全集编年注释》,却发现《上阳台帖》(书中叫《题上阳台》)没有编年,只能打入另册,放入《未编年集》。《李白年谱简编》里也查不到,似乎它不属于任何一个年份,没有户口,来路不明,像一只永远无法降落的鸟,孤悬在历史的天际,飘忽不定。

没有空间坐标,我就无法确定时间坐标,推断李白书写这份手稿的处境与心境。我体会到艺术史研究之难,获得任何一个线索都不是件简单的事,在历经了长久的迁徙流转之后,有那么多的作品,隐匿了它的创作地点、年代、背景,甚至对它的作者都守口如瓶。它们的纸页或许扛得过岁月的磨损,它们的来路,却早已漫漶不清。

很久以后一个雨天,我坐在书房里,读唐代张彦远《历代名画记》,书中突然惊现一个词语:阳台观。这让我眼前一亮,豁然开朗。

就在那一瞬间,我内心的迷雾似乎被大唐的阳光骤然驱散。

根据张彦远的记载,开元十五年(公元727年),奉唐玄宗的谕旨,一个名叫司马承祯的著名道士上王屋山,建造阳台观。司马承祯是唐朝有名的道士，当年睿宗李旦决定把皇位传给李隆基之前，就曾经召见了司马承祯，向他请教道术。睿宗之所以传位，显然与道家清静无为的思想有关。

司马承祯是李白的朋友，李白在司马承祯上山的三年前（公元724年）与他相遇，并成为忘年之交，为此，李白写了《大鹏遇希有鸟赋》（中年时改名《大鹏赋》），开篇即写："余昔于江陵见天台司马子微，谓余有仙风道骨，可与神游八极之表。"[1] 司马子微，就是李白的哥们儿司马承祯。

《海录碎事》里记载，司马承祯与李白、陈子昂、宋之问、孟浩然、王维、贺知章、卢藏用、王适、毕构，并称"仙宗十友"[2]。

《上阳台帖》里的阳台，肯定是司马承祯在王屋山上建造的阳台观。

唐代，是王屋山道教的兴盛时期，有一大批道士居此修道。笃爱道教的李白，一定与王屋山有着千丝万缕的联系。李白曾在《寄王屋山人孟大融》里写："愿随夫子天坛上，闲与仙人扫落花。"

可能是应司马承祯的邀请，天宝三年（公元744年）冬天，李白同杜甫一起渡过黄河，去王屋山。他们本想寻访道士华盖君，但没有遇到。这时他们见到了一个叫孟大融的人，志趣相投，所以李白挥笔给他写下了这首诗。

那时，他刚刚鼻青脸肿地逃出长安。但《上阳台帖》的文字里，却不见一丝一毫的狼狈。仿佛一出长安，镜头就迅速拉开，空间形态迅猛变化，天高地广，所有的痛苦和忧伤，都在炫目的阳光下，

---

[1] 〔清〕王琦注：《李太白全集》，上册，第1页，北京：中华书局，2011年版。
[2] 《海录碎事》，转引自《外记一百九十四则》，见〔清〕王琦注：《李太白全集》，上册，第1387页，北京：中华书局，2011年版。

烟消云散。

因此，在历史中的某一天，在白云缭绕的王屋山上，李白挥笔，写下这样的文字：

> 山高水长，物象千万，非有老笔，清壮可穷。
>
> 　　　　　　　　　　　　十八日，上阳台书，太白。

那份旷达，那份无忧，与后来的《早发白帝城》如出一辙。

长安不远，但此刻，它已在九霄云外。

十一

只是，在当时，很少有人真懂李白。

尽管李白一生，并不缺少朋友。

最典型的，是那个名叫魏万（后改名魏颢）的"铁粉"。为了能见到李白，他从汴州到鲁南、再到江浙，一路狂奔三千多里，找到永嘉的深山古村，没想到李白又回天台山了，后来追到广陵[①]，才终于找到了李白。

李白说他："东浮汴河水，访我三千里。"[②]

那时没有飞机，没有高铁，三千里地，想必是一段艰难的奔波。

出现在魏万面前的李白，"眸子炯然，哆如饿虎；或时束带，

---

① 今江苏省扬州市广陵区。

② 〔唐〕李白：《送王屋山人魏万还王屋》，见〔清〕王琦注：《李太白全集》，上册，第641页，北京：中华书局，2011年版。

风流酝藉"①，魏万一看就喜欢，两人从此成为莫逆。李白把自己的所有诗文交给他，还说将来魏万成名，不要忘了李白和他的儿子明月奴。上元中，魏万中进士，编成《李翰林集》，这是李白的第一部个人作品集，可惜没有留存到今天。

魏万尝居王屋山，号王屋山人，李白到王屋山，上阳台观，不知是否与魏万有关系。

还有汪伦，他与李白的友谊，因那首《赠汪伦》而为天下闻。其实，李白写《赠汪伦》之前，二人并不认识，只因汪伦从安徽泾县县令职位上卸任后，听说李白寄居在当涂李阳冰家里，相距不远，因慕李白诗名，贸然给李白写了封信，邀请他来一聚。信上写："此处有十里桃花"，"此处有万家酒店"。他知道，李白见信，必来无疑。

李白果然中招，去了泾县，发现那里既没有十里桃花，也没有那么多的酒店，他是被汪伦忽悠了。汪伦却很淡定，告诉李白，所谓十里桃花，是指这里有十里桃花潭，所谓万家酒店，是指有一家酒店，店主姓万，李白听后，开怀大笑，被汪伦的盛情所感动。几天后，李白要乘舟前往万村，从那里登旱路去庐山，在东园古渡登舟时，汪伦在岸边设宴为李白饯行，并拍手踏脚，唱歌相送，此时恰逢春风桃李花开之日，满目绯红，远山青黛，潭水深碧，美酒香醇，一首《赠汪伦》，在李白心里应运而生：

李白乘舟将欲行，

---

① 〔唐〕魏颢：《李翰林集序》，见〔清〕王琦注：《李太白全集》，下册，第1235页，北京：中华书局，2011年版。

忽闻岸上踏歌声。
桃花潭水深千尺,
不及汪伦送我情。

这段故事,记录在清人袁枚《随园诗话》里。文字里,让我们看见了他们性情的丰盈与润泽,也看见了彼此间的期许与珍惜。

那份情谊,千古动心。

最值得一提的,还是李白与杜甫的友谊。杜甫对李白,一日不见,如隔三秋,一段日子不见,他就写诗。

春天到了,他想念李白,写《春日忆李白》:

白也诗无敌,
飘然思不群。
清新庾开府,
俊逸鲍参军。
渭北春天树,
江东日暮云。
何时一尊酒,
重与细论文。[1]

天凉了,他想念李白,写《天末怀李白》:

凉风起天末,

---

[1] 〔唐〕杜甫:《春日忆李白》,见萧涤非选注:《杜甫诗选注》,第16页,北京:人民文学出版社,2017年版。

君子意如何?

鸿雁几时到,

江湖秋水多。

文章憎命达,

魑魅喜人过。

应共冤魂语,

投诗吊汨罗。①

冬天到了,他想念李白,写《冬日有怀李白》:

寂寞书斋里,

终朝独尔思。

更寻嘉树传,

不忘角弓诗。

短褐风霜入,

还丹日月迟。

未因乘兴去,

空有鹿门期。②

不只白天想,晚上还会梦见李白:

死别已吞声,

---

① 〔唐〕杜甫:《天末怀李白》,见萧涤非选注:《杜甫诗选注》,第137页,北京:人民文学出版社,2017年版。
② 〔唐〕杜甫:《冬日有怀李白》,见萧涤非选注:《杜甫诗选注》,第137页,北京:人民文学出版社,2017年版。

生别常恻恻。

江南瘴疠地，

逐客无消息。

故人入我梦，

明我长相忆。

君今在罗网，

何以有羽翼。

恐非平生魂，

路远不可测。

魂来枫林青，

魂返关塞黑。

落月满屋梁，

犹疑照颜色。

水深波浪阔，

无使蛟龙得。[①]

杜甫一生中为李白写过许多诗，而李白为杜甫写的诗，却是少之又少，只有《鲁郡东石门送杜二甫》《沙丘城下寄杜甫》，在他为数众多的赠友诗里，实在不算起眼。

不是李白薄情，相反，他十分重视友情。

年轻时，李白与友人吴指南一起仗剑游走，吴指南死在洞庭，李白扶尸痛哭，让过路的人都深为感动。他守着尸体，不肯离去，甚至老虎来了，他都不躲一下。很久以后，他还借了钱，回到埋葬

[①] 〔唐〕杜甫：《梦李白二首·其一》，见萧涤非选注：《杜甫诗选注》，第134页，北京：人民文学出版社，2017年版。

吴指南的地方，把他重新安葬。

李长之先生在《李白传》中说："我们不能因此就断言李白比杜甫薄情，这因为他们的精神形式实在不同故，在杜甫，深而广，所以能包容一切；在李白，浓而烈，所以能超越所有。"[1]

李白的精神世界，是在另外一个维度里的。

李白是生在宇宙里的，浓浓的友情，抹不去李白巨大的孤独感。

这种孤独感与生俱来，在他诗中时隐时现，比如那首《独坐敬亭山》："众鸟高飞尽，孤云独去闲。相看两不厌，只有敬亭山。"

一片青山中，坐着一个渺小的人影。

那人，就是李白。

李白的内心世界越是广大，孤独就越是深入骨髓。

他的路上，没有同行者。

十二

反过来说，一个真正的诗人，并不惧怕痛苦和孤独，而是会依存于，甚至陶醉于这份孤独。就像一个流浪歌手，越是孤独，他走得越远，他的世界，也越发浩大。

年少时迷恋齐秦，自己也在他的歌里一路走向目光都无法企及的天边。齐秦的歌词，我至今不忘：

想问天问大地，或者是迷信问问宿命，放弃所有，抛下所

---

[1] 李长之：《李白传》，第22页，北京：东方出版社，2010年版。

有，让我漂流在安静的夜夜空里……

那时我不懂李白，只会背诵他几句朗朗上口的诗句。那时我心里只装着齐秦那忧郁孤独的歌声。这不同时代的歌者，固然没有可比性，但是他们在各自的音符里，藏着某种相通的路径。

只有在绝对的孤独里，才找得见绝对的自我。

就像佛教徒的闭关面壁，孤独也是一种修行。

最伟大的艺术，无不在最大的孤独里，实现了自我完成。

李白喜醉，不过是在喧嚣中逃向孤独的一种方式而已。

他要在那一缕香醇里，寻找到内心的慰藉。

所以，李白的诗、李白的字，与王羲之自有不同。王羲之《兰亭序》，是喜极而泣、悲从中来，在风花雪月的背后，看到了生命的虚无与荒凉，那是因为，美到了极致，就是绝望；李白则恰好相反，他是悲着悲着，就大笑起来，放纵起来，像《行路难》，在"欲渡黄河冰塞川，将登太行雪满山"的茫然和惆怅后面，竟然是"长风破浪会有时，直挂云帆济沧海"的万丈豪情。王羲之是从宇宙的无限，看到了人生的有限，李白却从人生的有限，看到宇宙的无限。李白不是无知者无畏，他是知道了，所以不在乎。

从某种意义上说，李白的孤独里，透着某种自负。

这样的自负，从他的字里，看得出来。

元代张晏形容《上阳台帖》："观其飘飘然有凌云之态，高出尘寰得物外之妙。"

他把这段话写进他的跋文，庄重地裱在《上阳台帖》的后面。

十三

有人说，李白是醉游采石江，入水捉月而死的。

这死法，有美感。

五代王定保《唐摭言》、宋代洪迈《容斋五笔》、元代辛文房《唐才子传》里，都写成李白为捉月而死。

明代谢时臣，画有《谪仙玩月图》，画出李白乘舟、举杯邀月的形象，此画现存北京故宫。

安徽马鞍山采石矶，至今有捉月台，纪念李白因捉月而死。

但洪迈在讲述这段传奇时，加上"世俗言"三个字，意思是，坊间传说的，不当真。

《演繁露》说："谓(李)白以捉月自投于江，则传者误也。"①

其实，李白的晚境，比杜甫好不了多少。

李白走投无路之际，在当涂当县令的族叔李阳冰收留了他。

或许，李白是最普通的死法——死在病床上。

时间为宝应元年(公元762年)，那一年，他六十二岁。

虽才华锦绣，却终是血肉之躯。

但李白的传奇，到此并没有结束。

它的尾声，比正文还长。

一代代的后人，都声称他们曾经与李白相遇。

公元9世纪(唐宪宗元和年间)，有人自北海来，见到李白与一位道士，在高山上谈笑。良久，那道士在碧雾中跨上赤虬而去，

---

① 〔南宋〕程大昌：《演繁露》，转引自《附录六 外记一百九十四则》，见〔清〕王琦注：《李太白全集》，上册，第1408页，北京：中华书局，2011年版。

李白耸身，健步追上去，与道士骑在同一只赤虬上，向东而去。这段记载，出自唐代传奇《龙城录》。①

还有一种说法，说白居易的后人白龟年，有一天来到嵩山，遥望东岩古木，郁郁葱葱，正要前行，突然有一个人挡在面前，说：李翰林想见你。白龟年跟在他身后缓缓行走，不久就看见一个人，褒衣博带，秀发风姿，那人说：“我就是李白，死在水里，如今已羽化成仙了，上帝让我掌管笺奏，在这里已经一百年了……"这段记载，出自《广列仙传》。②

苏东坡也讲过一个故事，说他曾在汴京遇见一人，手里拿着一张纸，上面是颜真卿的字，居然墨迹未干，像是刚刚写上去的，上面写着一首诗，有"朝披梦泽云，笠钓青茫茫"之句，说是李白亲自写的，苏东坡把诗读了一遍，说："此诗非太白不能道也。"③

在后世的文字里，李白从未停止玩"穿越"。从唐宋传奇，到明清话本，李白的身影到处可见。

仿佛每个人都会在自己的路上遭遇李白。这是他们的"白日梦"，也是一种心理补偿——没有李白的时代，会是多么乏味。

李白，则在这样的"穿越"里，得到了他一生渴望的放纵和自由。

"人生在世不称意，明朝散发弄扁舟"，李白的意思是说："你们等着，我来了。"

---

① 《龙城录》，转引自《附录六 外记一百九十四则》，见〔清〕王琦注：《李太白全集》，上册，第1410页，北京：中华书局，2011年版。
② 《广列仙传》，转引自《附录六 外记一百九十四则》，见〔清〕王琦注：《李太白全集》，上册，第1410页，北京：中华书局，2011年版。
③ 《御选唐宋诗醇》，卷八，见〔清〕王琦注：《李太白全集》，上册，第1226页，北京：中华书局，2011年版。

他会散开自己的长发,放出一叶扁舟,无拘无束地,奔向物象千万,山高水长。

此际,那一卷《上阳台帖》,正夹带着所有往事风声,在我面前徐徐展开。

静默中,我在等候写下它的那个人。

张择端的春天之旅

一

　　张著没有经历过六十年前的那场大雪，但是当他慢慢将手中的那幅长达五米的《清明上河图》画卷展开的时候，他的脑海里或许会闪现出那场把历史涂改得面目全非的大雪。《宋史》后来对它的描述是"天地晦冥"，"大雪，盈三尺不止"[1]。靖康元年闰十一月，浓重的雪幕，裹藏不住金国军团黑色的身影和密集的马蹄声。那时的汴河已经封冻，反射着迷离的辉光，金军的马蹄踏在上面，发出清脆而整齐的回响。这声响在空旷的冰面上传出很远，在宋朝首都的宫殿里发出响亮的回音，让人恐惧到了骨髓。对于习惯了歌舞升平的宋朝皇帝来说，南下的金军比大雪来得更加突然和猛烈。在马蹄的节奏里，宋钦宗瘦削的身体正瑟瑟发抖。

　　两路金军像两条巨大的蟒蛇，穿越荒原上一层层的雪幕，悄无声息地围拢而来，在汴京城下会合在一起，像止血钳的两只把柄，紧紧地咬合。城市的血液循环中止了，贫血的城市立刻出现了气喘、体虚、大脑肿胀等多种症状。二十多天后，饥饿的市民们啃光了城里的水藻、树皮，死老鼠成为紧俏食品，价格上涨到好几百钱。

　　这个帝国的天气从来未曾像这一年这么糟糕，公元 1127 年、北宋靖康二年正月乙亥，平地上突然刮起了狂风，似乎要把汴京撕

---

[1] 〔元〕脱脱等：《宋史》，第 908 页，北京：中华书局，2000 年版。

2019年与故宫博物院同人考察故宫文物南迁路线，左五为故宫博物院院长王旭东、左三为作者

2020年与冯骥才先生于天津大学冯骥才文学艺术研究院(脚印 摄)

成碎片,人们抬头望天,却惊骇地发现,在西北方向的云层中,有一条长二丈、宽数尺的火光。① 大雪一场接着一场,丝毫没有减弱的迹象,"地冰如镜,行者不能定立"②。气象学家将这一时期称作"小冰期"(Little Ice Age),认为在中国近两千年的历史上,只有四个同样级别的"小冰期",最后两个,分别在 12 世纪和 17 世纪,在这两个"小冰期"里,宋明两大王朝分别被来自北方的铁骑踏成了一地碎片。上天以自己的方式控制着朝代的轮回。此时,在青城,大雪掩埋了许多人的尸体,直到春天雪化,那些尸体才露出头脚。实在是打不下去了,绝望的宋钦宗自己走到了金军营地,束手就擒。此后,金军如同风中飞扬的渣滓,冲入汴京内城,在宽阔的廊柱间游走和冲撞,迅速而果断地洗劫了宫殿,抢走了各种礼器、乐器、图画、戏玩。这样的一场狂欢节,"凡四天,乃止"。大宋帝国一个半世纪积累的"府库蓄积,为之一空"。匆忙撤走的时候,心满意足的金军似乎还不知道,那幅名叫《清明上河图》的长卷,被他们与掠走的图画潦草地捆在一起,它的上面,沾满了血污。③

---

① 〔元〕脱脱等:《宋史》,第 995 页,北京:中华书局,2000 年版。
② 同上书,第 908 页。
③ 关于《清明上河图》的创作时间,众说不一,没有定论。故宫博物院书画鉴定大师徐邦达先生曾说,"他画这幅清明上河图的时间,有在北宋时与南宋时二说",刘渊临先生甚至认为张择端是金人,见徐邦达:《〈清明上河图〉的初步研究》、刘渊临:《〈清明上河图〉之综合研究》,原载辽宁博物馆编:《〈清明上河图〉研究文献汇编》,第 149、257 页,沈阳:万卷出版公司,2007 年版。然而,徐邦达先生认定,《清明上河图》,却可以肯定是在宣、政年间画的",见徐邦达:《〈清明上河图〉的初步研究》。故宫博物院前副院长杨新先生以及张安治先生、黄纯尧先生等也认为,张择端是北宋画家,在金军攻入汴京后窃夺的书画中,就包括《清明上河图》,见杨新:《〈清明上河图〉公案》、张安治:《张择端〈清明上河图〉研究》、黄纯尧:《张择端〈清明上河图〉研究》等文,原载辽宁博物馆编:《〈清明上河图〉研究文献汇编》,第 78、171、354 页。

在他们身后，宋朝人记忆里的汴京已经永远地丢失了。在经历四天的烧杀抢劫之后，这座"金翠耀目，罗绮飘香"①的香艳之城已经变成了一座废墟，只剩下零星的建筑，垂死挣扎。

在取得军事胜利之后，仍然要摧毁敌国的城市，这种做法，并非仅仅为了泄愤，它不是一种不理智的举动，相反，它非常理智，甚至，它本身就是一场战争，它打击的对象不是人的肉体，而是人的精神和记忆。罗伯特·贝文说，"摧毁一个人身处的环境，对一个人来说可能就意味着从熟悉的环境所唤起的记忆中被流放并迷失方向"②，把它称为"强制遗忘"③。

写到这里，我的眼前突然映出"9·11事件"恐怖分子驾驶飞机冲向纽约双子塔的场面，这是一场以建筑物，而不是军事目标为打击对象的战争，它毁灭了美国人对一个时代的记忆，甚至摧毁了许多中国人对西方世界的美好想象——那部深深印入我们记忆的电视连续剧《北京人在纽约》，当激越的片头音乐响起，出现在画面里的，正是象征欲望的纽约双子塔。但是当双子塔消失之后，追寻者也会突然失去了心中的坐标。一个时代结束了，城市突然失重——那是心理上，而不是物理上的重量，笑容从美国人的脸上销声匿迹，被一种深刻的敌意所取代，化作越来越严格的安检措施，化作"阶级斗争要年年讲、月月讲、天天讲"的警惕，美国人变得比从前更加团结、紧张、严肃，少了从前的活泼。他们的自信像双子塔一样坍塌了。很多年后，我来到纽约，站在双子塔遗迹的边

---

① 〔南宋〕孟元老撰、邓之诚注：《东京梦华录注》，第4页，北京：中华书局，1982年版。
② 〔英〕罗伯特·贝文：《记忆的毁灭——战争中的建筑》，第11页，北京：生活·读书·新知三联书店，2010年版。
③ 同上书，第5页。

上，看到它已经变成一个大坑，深不可测，像大地上一道无法愈合的伤疤。

美国人永远不可能把双子塔重建起来了，也永远无法回到"9·11"以前的岁月。

一座城的历史，与一个人的生命，竟然是那样息息相关。我又想起帕慕克，置身美国，内心却永远也走不出生育他的城市——伊斯坦布尔。那些留下他足迹的街巷，永远无法从心头抹去，以至于他在十五岁时开始着迷于绘制这座城市的景象。当他成为一个作家，他用《伊斯坦布尔——一座城市的记忆》这本书向他的城市致敬。他说："我的想象力要求我待在相同的城市，相同的街道，相同的房子，注视相同的景色。伊斯坦布尔的命运就是我的命运：我依附于这个城市，只因她造就了今天的我。"①

暴风雪停止之际，汴京已不再是帝国的首都——它在宋朝的地位，正被临安（杭州）所取代；在北京，金朝人正用从汴京拆卸而来的建筑构件，拼接组装成自己的崭新都城。汴河失去了航运上的意义，黄河带来的泥沙很快淤塞了河道，运河堤防也被毁坏，耕地和房屋蔓延过来，占据了从前的航道，《清明上河图》上那条波澜壮阔的大河，从此在地图上抹掉了。一座曾经空前繁华的帝国首都，在几年之内就变成了黄土覆盖的荒僻之地。物质意义上的汴京消失了，意味着属于北宋的时代，已经彻底终结。②

六十年后，《清明上河图》仿佛离乱中的孤儿，流落到了张著

---

① ［土耳其］奥尔罕·帕慕克：《伊斯坦布尔——一座城市的记忆》，第5页，上海：上海人民出版社，2007年版。
② 1131年，汴京成为金朝的"南京"，曾有过短暂的恢复，但已慢慢衰退，失去了昔日的中心地位；1642年，李自成决断了黄河大堤，使该城最终毁灭，周边附属地带也随之永久改变。

的面前。年轻的张著①一点一点地将它展开，从右至左，随着画面上扫墓回城的轿队，重返那座想象过无数遍的温暖之城。此时的他，内心一定经受着无法言说的煎熬，因为他是金朝政府里的汉族官员，唯有故国的都城，像一床厚厚的棉被，将他被封冻板结的心温柔而妥帖地包裹起来。他或许会流泪，在泪眼蒙眬中，用颤抖的手，在那幅长卷的后面写下了一段跋文，内容如下：

> 翰林张择端，字正道，东武人也。幼读书，游学于京师，后习绘事。本工其界画，尤嗜于舟车、市桥郭径，别成家数也。按《向氏评论图画记》云："《西湖争标图》《清明上河图》选入神品。"藏者宜宝之。大定丙午清明后一日，燕山张著跋。

这是我们今天能够看到的《清明上河图》后的第一段跋文，写得工整仔细，字迹浓淡顿挫之间，透露出心绪的起伏，时隔八百多年，依然涟漪未平。

二

张择端在12世纪的阳光中画下《清明上河图》的第一笔的时候，他并不知道自己为这座光辉的城市留下了遗像。他只是在完成一幅向往已久的画作，他的身前是汴京的街景和丰饶的记忆，他身

---

① 张著的生卒年月不详，据史料记载，1205年，张著得到金章宗完颜璟的宠遇，负责管理御府所藏书画，据此推断，他于1186年为《清明上河图》书写跋文时，年纪还轻。

后的时间是零。除了笔尖在白绢上游走的陶醉,他在落笔之前,头脑里没有丝毫复杂的意念。一袭白绢,他在上面勾画了自己的时间和空间,而忘记了无论自己,还是那幅画,都不能挣脱时间的统治,都要在时间中经历着各自的挣扎。

那袭白绢恰似一幅银幕,留给张择端,放映出一部真正意义上的时代大片——大题材、大场面、大制作。在张择端之前的绘画长卷,有东晋顾恺之的《女史箴图》和《洛神赋图》,唐李昭道的《明皇幸蜀图》,五代顾闳中的《韩熙载夜宴图》、赵幹的《江行初雪图》,北宋燕文贵的《七夕夜市图》等。故宫武英殿,我站在《洛神赋图》和《韩熙载夜宴图》面前,突然感觉千年的时光被抽空了,那些线条像是刚刚画上去的,墨迹还没有干透,细腻的衣褶纹线,似乎会随着我们的呼吸颤动。那时,我一面屏住呼吸,一面在心里想,"吴带当风"对唐代吴道子的赞美绝不是妄言。但这些画都不如张择端《清明上河图》规模浩大、复杂迷离。

张择端有胆魄,他敢画一座城,而且是12世纪全世界的最大城市——今天的美国画家,有胆量把纽约城一笔一笔地画下来吗?当然会有人说他笨,说他只是一个老实的匠人,而不是一个有智慧的画家。一个真正的画家,不应该是靠规模取胜的,尤其中国画,讲的是巧,是韵,一钩斜月、一声新雁、一庭秋露,都能牵动一个人内心的敏感。艺术从来都不是靠规模来吓唬人的,但这要看是什么样的规模,如果规模大到了描画一座城市,那性质就变了。就像中国的长城,不过是石头的反复叠加而已,但它从西边的大漠一直铺展到了东边的大海,规模到了令人望而生畏的地步,那就是一部伟大作品了。张择端是一个有野心的画家,《清明上河图》证明了这一点,铁证如山。

时至今日，我们对张择端的认识，几乎没有超出张著跋文中为他写下的简历："东武人也。幼读书，游学于京师，后习绘事。"他的全部经历，只有这寥寥十六个字，除了东武和京师（汴京）这两处地名，除了"游学"和"习"这两个动词，我们再也查寻不到他的任何下落。"游学于京师"，说明他来到汴京的最初原因并不是画画，而是学习，顺便到这座大城市旅旅游。他游学研习的对象，主要是诗赋和策论，因为司马光曾经对宋朝的人事政策有过明确的指导性意见："国家用人之法，非进士及第者不得美官，非善为诗赋论策者不得及第，非游学京师者不善为诗赋论策"，也就是说，精通诗赋和策论，是成为国家公务员的基本条件，只有过了这一关，才谈得到个人前途。"后习绘事"，说明他改行从事艺术是后来的事——既然是后来的事，又怎能如此迅速地蹿升为美术大师？（北京故宫博物院余辉先生通过文献考证推测张择端画这幅画时应在四十岁左右。① 他的绝对年龄虽然比我大九百多岁，但他当时的相对年龄，比我写作此文时的年龄还要小，四十岁完成这样的作品，仍然是不可想象的。）既然是美术大师，又如何在宋代官方美术史里寂然无闻（何况徽宗皇帝还是大宋王朝的"艺术总监"）？

　　关于他所供职的翰林画院，俞剑华先生在1937年由商务印书馆出版的两卷精装本《中国绘画史》中评价说："历代帝室奖励画艺，无有及宋朝者。唐以来已置待诏，祗候，供奉等画官。西蜀南唐亦设画院。及至宋朝，更扩张其规模，设翰林画院，集天下之画人，因其才艺之高低而授以待诏，祗候，艺学，画家正，学生，供

---

① 余辉：《张择端与〈清明上河图〉的来龙去脉》，见杨新等：《清明上河图的故事》，第74页，北京：故宫出版社，2012年版。

奉等官秩。常命画纨扇进献，最良者，令画宫殿寺院。"① 这一传统被明代继承，同样是大画家的明宣宗朱瞻基依照宋徽宗的样子，设立了宫廷画院，地点就在武英殿以北的仁智殿（俗称白虎殿，我每次上班，都要从它的旁边经过）。与宋代不同的是，宋代进入画院的画家，都要经过严格考核，明代却无此制度，因此以书画待诏者，多为当时二流画师，像唐伯虎这样的一流画家反而无缘进入宫廷。明宪宗时，曾将当时的大画家吴伟召入阙下，吴伟放浪形骸，在皇帝面前也毫不收敛，有一次明宪宗到仁智殿，要看他作画，他喝得大醉，东倒西歪地画了一幅松泉图，画完后，宪宗惊叹："真神仙笔也！"

朱瞻基的作品，如《山水人物图》卷、《武侯高卧图》卷，吴伟的作品，如《长江万里图》卷、《灞桥风雪图》轴等，都留在了紫禁城，成为今天故宫博物院的藏品。将近六个世纪的时光，已经抹去了他们的君臣之别，使他们在艺术史里获得了平等的身份。

进入北宋翰林画院的，寂寂无闻的也很多，俞剑华先生说："宋朝之画院，虽为绘画史上之盛事美谈，然其中特出人才，反不若画院以外之多。例如两宋画家之见于记载者有986人之多，而画院不过164人，北宋仅有76人。"②

无论怎样，对我们来说，张择端的身世都是谜，无数的疑问，我们至今无法回答。我们只能想象，这座城市像一个巨大的磁场，吸引了他，怂恿着他，终于有一天，春花的喧哗让他感到莫名的惶惑，他拿起笔，开始了他漫长、曲折、深情的表达，语言终结的地

---

① 俞剑华：《中国绘画史》，上册，第166页，上海：商务印书馆，1937年版。
② 同上。

方恰恰是艺术的开始。

他画"清明","清明"的意思,一般认为是清明时节,也有人解读为政治清明的理想时代。这两种解释的内在关联是:清明的时节,是一个与过去发生联系的日子、一个回忆的日子,在这一天,所有人的目光都是反向的,不是向前,而是向后,张择端也不例外,在清明这一天,他看到的不仅仅是日常的景象,也是这座城市的深远背景;而张择端这个时代里的政治清明,又将成为后人们追怀的对象,以至于孟元老在北宋灭亡后对这个理想国有了这样的追述:"太平日久,人物繁阜;垂髫之童,但习鼓舞;班白之老,不识干戈。"[①] 清明,这个约定俗成的日子,成为连接不同时代人们情感的导体,从未谋面的张择端和孟元老,在这一天灵犀相通,一幅《清明上河图》、一卷《东京梦华录》,是他们跨越时空的对白。

"上河"的意思,就是到汴河上去[②],跨出深深的庭院,穿过重重的街巷,人们相携相依来到河边,才能目睹完整的春色。那一天刚好有柔和的天光,映照他眼前的每个事物,光影婆娑,一切仿佛都在风中颤动,包括银杏树稀疏的枝干、彩色招展的店铺旗幌、酒铺荡漾出的"新酒"的芳香、绸衣飘动的纹路,以及弥漫在他的身边的喧嚣的市声……所有这些事物都纠缠、搅拌在一起,变成记忆,一层一层地涂抹在张择端的心上,把他的心密密实实地封起来。这样的感觉,只能意会,不能言传。

有人说,宋代是一个柔媚的朝代,没有一点刚骨,在我看来,这样的判断未免草率,如果指宋朝皇帝,基本适用,但要找出反

[①] 〔南宋〕孟元老撰、邓之诚注:《东京梦华录注》,第4页,北京:中华书局,1982年版。
[②] "上"是宋朝人的习惯用语,即"到""去"的意思,"河",就是汴河。

例，也不胜枚举，比如苏轼、辛弃疾，比如岳飞、文天祥，当然，还须加上张择端。没有内心的强大，支撑不起这一幅浩大的画面，零落之雨、缠绵之云，就会把他们的内心塞满了，唯有张择端不同，他要以自己的笔书写那个朝代的挺拔与浩荡，即使山河破碎，他也知道这个朝代的价值在哪里。宋朝的皇帝压不住自己的天下了，手无缚鸡之力的张择端，却凭他手里的一支笔，成为那个时代里的霸王。

纷乱的街景中，没有人知道他是谁，要做什么，更没有人知道在不久的将来，他们将全部被画进他的画中。他走得急迫，甚至还有人推搡他一把，骂他几句，典型的开封口音，但他一点也不生气。汴京是首都，汴京的地方话就是当年标准的普通话，在他听来即使骂人都那么悦耳。相反，他庆幸自己成为这城市的一分子。他产生一种无法言说的梦幻感，他因这梦境而陶醉。他铺开画纸，轻轻落笔，但在他笔下展开的，却是一幅浩荡的画卷，他要把城市的角角落落都画下来，而不是其中的一部分。

三

这不是鲁莽，更不是狂妄，而是一种成熟、稳定，是胸有成竹之后的从容不迫。他精心描绘的城市巨型景观，并非只是为了炫耀城市的壮观和绮丽，而是安顿自己心目中的主角——不是一个人，而是浩荡的人海。汴京，被视为"中国古代城市制度发生重大变革以后的第一个大城市"[1]，这种变革，体现在城市由王权政治的

---

[1] 李松：《中国巨匠美术丛书——张择端》，原载辽宁博物馆编：《〈清明上河图〉研究文献汇编》，第478页，沈阳：万卷出版公司，2007年版。

产物转变为商品经济的产物，平民和商人，开始成为城市的主角。他们是城市的魂，构筑了城市的神韵风骨。

这一次，画的主角是以复数的形式出现的。他们的身份，比以前各朝各代都复杂得多，有担轿的、骑马的、看相的、卖药的、驶船的、拉纤的、饮酒的、吃饭的、打铁的、当差的、取经的、抱孩子的……他们互不相识，但每个人都担负着自己的身世、自己的心境、自己的命运。他们拥挤在共同的空间和时间中，摩肩接踵，济济一堂。于是，这座城就不仅仅是一座物质意义上的城市，而是一座"命运交叉的城堡"。

在宋代，臣民不再像唐代以前那样被牢牢地绑定在土地上，臣民们可以从土地上解放出来，进入城市，形成真正的"游民"社会，王学泰先生说："我们从《清明上河图》就可以看到那些拉纤的、赶脚的、扛大包的、抬轿子的，甚至算命测字的，大多数是在土地流转中被排挤出来的农民，此时他们的身份是游民。"[1] 而宋代城市，也就这样星星点点地发展起来，不像唐朝，虽然首都长安光芒四射，成为一个国际大都会，但除了长安城，广大的国土上却闭塞而沉寂。相比之下，宋代则"以汴京为中心，以原五代十国京都为基础的地方城市，在当时已构成了一个相当发达的国内商业、交通网"[2]。这些城市包括：西京洛阳、南京(今商丘)、宿州、泗州(今江苏盱眙)、江宁(今南京)、扬州、苏州、临安(今杭州)……就在宋代"市民社会"形成的同时，知识精英也开始在王权之外勇敢地构筑自己的思想王国，使宋朝出现了思想之都(洛

---

[1] 参见韩福东：《唐少繁华宋缺尊严，数百年的治乱轮回》，原载《人物》，2013年第2期。
[2] 李泽厚：《美的历程》，第191页，北京：生活·读书·新知三联书店，2009年版。

阳)和政治之都(汴京)分庭抗礼的格局。经济和思想的双重自由，犹如两支船桨，将宋代这个"早期民族国家"推向近代。

在这里，我们找到了宋代小说、话本、笔记活跃的真正原因，即：在这座"命运交叉的城堡"里，潜伏着命运的种种意外和可能，而这些，正是故事需要的。英雄的故事千篇一律，而平民的故事却变幻无定。张择端把他们全部纳到城市的空间中，是因为他意识到了这座城市的真正魅力在哪里。有论者说，张择端把镜头对准劳动人民，是出于朴素的阶级觉悟，这有点自作多情。关注普通人的灵魂，关注蕴含在他们命运中的戏剧性，这是一个叙事者的本能。他面对的是一个充满不确定性的世界、一个变化的空间，对于一个习惯将一切都定于一尊的、到处充斥着帝王意志的、死气沉沉的国度来说，这种变化是多么可贵。

在这座城市里，没有人知道，在道路的每一个转角，会与谁相遇；没有人能够预测自己的下一段旅程；没有人知道，那些来路不同的传奇，会怎样混合在一起，糅合、爆发成一个更大的故事。他似乎要告诉我们，所有的故事都不是互不相干、独立存在的，相反，它们彼此对话、彼此交融、彼此存活，就像一副纸牌，每一张独立的牌都依赖着其他的牌，组合成千变万化的牌局，更像一部喋喋不休的长篇小说，人物多了，故事就繁密起来，那些枝繁叶茂的故事会互相交叠，生出新的故事，而新的故事，又会繁衍、传递下去，形成一个庞大、复杂、壮观的故事谱系。他画的不是城市，是命运，是命运的神秘与不可知——当我在北京故宫博物院面对张择端的原作，我最关心的也并非他对建筑、风物、河渠、食货的表达，而是人的命运——连他自己都无法预知自己的命运，而这，正是这座城市——也是他作品的活力所在。日本学者新藤武弘将此称为"价值观的多样化",他在谈到这座城市的变化时说:"古代城市在中央具有重心的左右对称的图形这种统制已去除了,带有各种各样价值观的人一起居住在城市之中。……奋发劳动的人们与耽于安乐的人们,有钱有势者与无产阶级大众,都在一个拥挤的城市中维持着各自的生活。这给我们产生了一种非常类似于现代都市特色的感觉。"[1]

在多变的城市空间里,每个人都在辨识、寻找、选择着自己的路。选择也是痛苦,但没有选择更加痛苦。张择端看到了来自每个平庸躯壳的微弱勇气,这些微弱勇气汇合在一起,就成了那个朝代里最为生动的部分。

四

画中的那条大河(汴河),正是对于命运神秘性的生动隐喻。汴河是当年隋炀帝开凿的大运河的一段,把黄河与淮河相连。它虽然是一条人工河流,但它至少牵动黄河三分之一的流量。它为九曲黄河系了一个美丽的绳扣,就是汴京城。即使在白天,张择端也会看到水鸟从河面上划过美丽的弧线,听到它拍打翅膀的声音。那微弱而又清晰的拍打声,介入了他对那条源远流长的大河的神秘想象。

那不仅仅是对空间的想象,也是对时间的想象,更是对命运的想象。人是一种水生的生物,母体子宫内部那个充盈着羊水的温暖空间,是一个人生命的源头,是他一生中最温暖的居所。科学分析

---

[1] [日]新藤武弘:《城市之绘画——以〈清明上河图〉为中心》,原载《复旦大学学报》社会科学版,1986年第6期。

表明，羊水的主要成分是水，另有少量无机盐类、有机物荷尔蒙和脱落的胎儿羊水细胞。古文字中，"羊"和"阳"是相通的，阳、羊二者同音，代表人类生命之始离不开阳，因此把人类生命起始之源命名为"羊水"，实际上应该为"阳水"。人的寿命从正阳开始，到正阴而结束，印度恒河上古老的水葬仪式，表明了只有通过水这个媒介，逝者才能回归到永恒中去。《圣经》中的伊甸园是一个有河流的花园，河水蜿蜒曲折，清澈见底，滋润着园里的生物，又从园里分四道流出去，分别成为比逊河、基训河、底格里斯河和幼发拉底河。伊甸之河，隐喻了河流与生命无法分割的关系。我们的生命、我们的文化，都是在水的滋润下成长起来的，敏感的人，都能从中嗅到水分子的气味。"关关雎鸠，在河之洲"，中国诗歌出现的第一个空间形象，就是河流，这并不是偶然的。很多年前，孔子曾经来到河边，发出了那句著名的感喟："逝者如斯夫！不舍昼夜。"面对河流，赫拉克利特也曾发表过看法："你不可能两次踏进同一条河流。"有形的河流为无形的时间代言，河水中于是贮满了对生命的训诫和启蒙。千回百转的河水，在我看来更像大脑，贮存着智慧。在河流的启发下，东西方两位哲人取得了类似的意见，即：人生如同河流，变幻无常。他们各自用一句话概括了世界的真谛。

  我曾经不止一次地打量过河水，起初，它的纹路是单调的，只有几种基本的形态，无论河水如何流动，它的变化是重复的，时间一久，才会发现那变化是无穷的，像一个古老的谜题，一层层地推演，永无止境。我们没有发现水纹的细微变化，是因为我们从来不曾认真地打量过河流，就像孔子或者赫拉克利特那样。我望着河水出神，它的变化无形令我深深沉迷。我知道，当它们从我眼前一一流过，河已不是从前的河，自己也不再是从前的自己。

在《清明上河图》中，河流占据着中心的位置。汴河在漕运经济上对汴京城起着决定性作用，如宋太宗所说："东京养甲兵数十万，居人百万家，天下转漕仰给，在此一渠水。"[①] 又如宋人张方平所说："有食则京师可立，汴河废则大众不可聚，汴河之于京城，乃是建国之本，非可与区区沟洫水利同言也。"[②] 可以说，没有汴河，就没有汴京的耀眼繁华，这一点就如同没有底格里斯河和幼发拉底河就没有古巴比伦、没有尼罗河就没有古代埃及、没有印度河就没有哈拉帕文化。但这只是张择端把汴河作为构图核心的原因之一。对于张择端来说，这条河更重大的意义，来自它不言而喻的象征性——变幻无形的河水，正是时间和命运的赋形。如李书磊所说，"时间无情地离去恰像这河水；而时间正是人生的本质，人生实际上是一种时间现象，你可以战胜一切却不可能战胜时间。因而河流昭示着人们最关心也最恐惧的真理，流水的声音宣示着人们生命的密码。"[③] 于是，河流以其强大的象征意义，无可辩驳地占据了《清明上河图》的中心位置，时间和命运，也被张择端强化为这幅图画的最大主题。

河道里的水之流，与街道里的人之流，就这样彼此呼应起来，使水上人与岸边人的命运紧密衔接、咬合和互动。没有人数得清，街市上的人群，有多少是傍水而生；没有人知道，饭铺里的食客、酒馆里的酒客、客栈里的过客，他们的下一站，将在哪里停泊。对他们来说，漂泊与停顿是他们生命中永远的主题，当一些身影从街

[①] 〔元〕脱脱等：《宋史》，第1558页，北京：中华书局，2000年版。
[②] 〔宋〕张方平：《乐全集》，卷二十五。
[③] 李书磊：《河边的爱情》，《重读古典》，第4页，北京：中国广播电视出版社，1997年版。

市上消失，另一些同样的身影就会弥补进来。城市像海绵一样吸收着人群，但其中的人却是不固定的。我们从画中看到的并非一个定格的场景，铁打的城市流水的过客，它是一个流动的过程。它不是一瞬，而是一个朝代。

　　水在中国文化里的强大意象，为整幅画陡然增加了浓厚的哲学意味。它不仅仅是对北宋现实的书写，而是一部深邃的哲学之书。如果记忆里缺少一条河流，那记忆也将是干枯的河床。老子说："上善若水""水善利万物而不争"①，这是自然赋予水的功德。江河之所以永远以最弯曲的形象出现，是因为它试图在最大的幅度上惠及大地。世俗认为，水生财，水是财富的象征，所以才有了"肥水不流外人田"的民谚，这也是对水的功德的一种印证。在现实世界中，汴京就是水生财的最好例证，宋人张洎写道：

　　汴水横亘中国，首承大河，漕引江湖，利尽南海，半天下之财赋，并山泽之百货，悉由此路而进。②

　　周邦彦在《汴都赋》里，把汴京水路的繁荣景象描绘得淋漓尽致：

　　舳舻相衔，千里不绝。越舲吴艚，官艘贾舶，闽讴楚语，风帆雨楫。联翩方载，钲鼓镗鞳，人安以舒，国赋应节。

　　这座因水而兴的城市没有辜负水的恩德，创造了那个时代最

---

① 《老子》，第56页，郑州：中州古籍出版社，2008年版。
② 〔元〕脱脱等：《宋史》，第1558页，北京：中华书局，2000年版。

辉煌的文明。它的房屋，鳞次栉比；城市的黄金地段也寸土寸金，连达官贵人，也有"居在隘巷中，乘舆不能进"①，甚至大臣丁谓想在黄金地段搞一块地皮都办不到，后来当上宰相，权倾朝野，才在水柜街勉强得到一块偏僻又潮湿的地皮。汴京地皮之昂贵，由此可见一斑。这是一个华丽得令人魂魄飞荡的朝代，汴京以一百三十万人口，成为当时世界上最大的城市，成为东方物质文明、精神文明和商业文明的壮丽顶点，张洎在描绘汴京时，曾骄傲地说："比汉唐京邑，民庶十倍。"② 北宋灭亡二十一年后，1147年，孟元老撰成《东京梦华录》，以华丽的文笔回忆这座华丽的城市：

时节相次，各有观赏。灯宵月夕，雪际花时，乞巧登高，教池游苑，举目则青楼画阁，绣户珠帘，雕车竞驻于天街，宝马争驰于御路；金翠耀目，罗绮飘香，新声巧笑于柳陌花衢，按管调弦于茶坊酒肆；八荒争凑，万国咸通，集四海之珍奇，皆归市易，会寰区之异味，悉在庖厨；花光满路，何限春游，箫鼓喧空，几家夜宴，伎巧则惊人耳目……③

"京都学派"（以内藤湖南为代表）的学者们认为宋代是东亚近代的真正开端。也就是说，东亚的近代，不是迟至19世纪才被西方人打出来的，而是早在10—12世纪就由东亚的身体内部发育出

---

① 〔明〕王偁：《东都事略》，见《景印文渊阁四库全书》，总第三八二卷，史部，第一四〇卷，第245页，台北：台湾商务印书馆。
② 《续资治通鉴长编纪事本末》，卷七十七。
③ 〔南宋〕孟元老撰、邓之诚注：《东京梦华录注》，第4页，北京：中华书局，1982年版。

来了，这一论点颠覆了欧洲中心主义的历史叙事，形成了与欧洲的近代化叙事平行的历史叙事，从而奠定了"在中国发现历史"这一理论的地位。

但另一方面，水也是凶险的化身。就像那艘在急流中很有可能撞到桥侧的大船，向人们提示着水的凶险。汴河曾给这座城市带来过痛苦，它在空间上的泛滥正如同它在时间上的流逝一样冷酷无情。《红楼梦》里，秦可卿提醒："月满则亏，水满则溢"①，而"溢"，正是水的特征之一，如同"亏"是月的特征一样不可置疑。将黄河水导入汴河的一个重要结果是，河中的泥沙淤积严重，河床日益抬高，使这条河变得不稳定，而这种不稳定，又使整座城市，以及城市里所有人的命运变得动荡起来。因此，朝廷每年都要在冬季枯水之时组织大规模的清淤工作。然而，又有谁为这个王朝"清淤"呢？

王安石曾经领导了汴河上的清淤运动，甚至尝试在封冻季节开辟航运，与此相平行，他信誓旦旦地对这个并不"清明"的王朝展开"清淤"工程，但这无疑是一场无比浩大、复杂、难以控制的工程。他发起了一场继商鞅变法之后规模最大的改革运动，终因触及了太多既得利益者而陷入彻底的孤立，1086年，王安石在贫病交加中死去，死前还心有不甘地说："此法终不可罢！"②

他死那一年，张择端出生未久。

张择端或许并不知道，满眼华丽深邃的景象，都是那个刚刚作古的老者一手奠定的，甚至有美国学者张琳德(Johnson Linda

---

① 〔清〕曹雪芹著、无名氏续：《红楼梦》，上册，第169页，北京：人民文学出版社，2008年版。
② 〔南宋〕朱熹：《三朝名臣言行录》，转引自邓广铭：《北宋政治改革家王安石》，第337页，石家庄：河北教育出版社，2000年版。

Cooke)推测,连汴河边的柳树,都是王安石于 1078 年栽种的,因为她根据树的形状,确认它们至少有二十年的树龄。张择端把王安石最脍炙人口的诗句吟诵了一百篇,却未必知道这个句子里包含着王安石人生中最深刻的无奈与悲慨:

春风又绿江南岸,
明月何时照我还?

朝代与个人一样,都是一种时间现象,有着各自无法逆转的旅途。于是,张择端凝望着眼前的花棚柳市、雾阁云窗,他的自豪里,又掺进了一些难以言说的伤感与悲悯。埃米尔·路德信希在《尼罗河传》中早就发出过这样的喟叹:"朝代来了,使用了它(尼罗河),又过去了。但是河,那土地之父却留了下来。"[①] 张择端一线一线地描画,不仅使这座变幻不息的城市从此有了一份可供追忆的线索,更在思考日常生活中来不及生发的反省与体悟。

甚至连《清明上河图》自身,都不能逃脱命运的神秘性——即使近一千年过去了,这幅画被不同时代的人们仔细端详了千次万次,但每一次都会发现与前次看到的不同。研究《清明上河图》的前辈学者,比如董作宾、那志良、郑振铎、徐邦达等,已经根据画面上清明上坟时所必需的祭物和仪式,判定画中所绘的时间是清明时分,张琳德也发现了画面上水牛亲子的场景,而水牛产子,恰是在春天,到了 20 世纪 80 年代,一些"新"的细节又浮

---

① [德]埃米尔·路德信希:《尼罗河传》,第 2 页,沈阳:辽宁教育出版社,1997 年版。

出水面，比如"枯树寒柳，毫无柳添新叶树增花的春天气息，倒有'落叶柳枯秋意浓'的仲秋气象"[1]，有人发现驴子驮炭，认为这是为过冬做准备，也有人注意到桥下流水的顺畅湍急，推断这是在雨季，而不可能是旱季和冰冻季节……在空间方面，老一辈的研究者都确认这幅画画的是汴京，细心的观察者也看到了画里有一种"美禄"酒，而这种酒，正是汴京名店梁宅园子的独家产品[2]，这个细节也证实了故事的发生地就在汴京，但新的"发现"依旧层出不穷，比如有人发现《清明上河图》里店铺的名称几乎没有一个与《东京梦华录》里记录的汴京店铺名称一致，由此怀疑它描绘的对象根本不是汴京[3]……总而言之，这是一幅每次观看都不一样的图画，有如博尔赫斯笔下的"沙之书"，每当合上书，再打开时，里面的内容就发生了神奇的变化，以至于今天，每个观赏者对这幅画的描述都是不一样的，研究者更为画上的内容争吵不休。

直到此时我才明白，《清明上河图》并非只是画了一条河，它本身就是一条河，一条我们不可能两次踏入的河流。

五

由于一条河，这幅古老的绘画获取了两个维度——一个是横向

---

[1] 参见高木森：《落叶柳枯秋意浓——重视〈清明上河图〉的意象》，原载（台北）《故宫文物月刊》，1984年第9期。
[2] 参见周宝珠：《〈清明上河图〉与清明上河学》，原载《河南大学学报》，1995年第5期。
[3] 韩森：《〈清明上河图〉所绘场景为开封质疑》，原载辽宁博物馆编：《〈清明上河图〉研究文献汇编》，第464—465页，沈阳：万卷出版公司，2007年版。

展开的宽度,它就像一个横切面,囊括了北宋汴京各个阶层、各行各业的生活百态,让我们目睹了弥漫在空气里的芳香与繁华,这一点已成常识;另一个是纵向的维度,那就是被河流纵向拉开的时间,这一点则是本文需要特别指明的。画家把历史的横断面全部纳入纵向的时间之河,如是,所有近在眼前的事物,都将被推远——即使满目的丰盈,也都将被那条河带走,就像它当初把万物带来一样。

这幅画的第一位鉴赏者应该是宋徽宗。当时在京城翰林画院担任皇家画师的张择端把它进献给了皇帝。宋徽宗用他独一无二的瘦金体书法,在画上写下"清明上河图"几个字,并钤了双龙小印[①]。他的举止从容优雅,丝毫没有预感到,无论是他自己,还是这幅画,都从此开始了颠沛流离的旅途。

北宋灭亡六十年后,那个名叫张著的金朝官员在另一个金朝官员的府邸,看到了这《清明上河图》卷——至于这名官员如何将大金王朝的战利品据为己有,所有史料都守口如瓶,我们也就不得而知。那个时候,风流倜傥的宋徽宗已经于五十一年前(公元1135年)在大金帝国的五国城屈辱地死去,伟大的帝国都城汴京也早已一片狼藉。宫殿的朱漆大柱早已剥蚀殆尽,商铺的雕花门窗也已去向不明,只有污泥中的烂柱,像沉船露出水面的桅杆,倔强地守护着从前的神话。在那个年代出生的北宋遗民们,未曾目睹,也无法想象这座城当年的雍容华贵、端庄大气。但这《清明上河图》卷,却唤醒了一个在金国朝廷做事的汉人对故国的缅怀。尽管它所描绘的地理方位与文献中的故都不是一一对应的,但张著对故都的图像

---

① 这一题签和印玺一直到明朝正德年间还在,后来不知出于什么原因,被人裁掉了。

有着一种超常的敏感，就像一个人，一旦暗藏着一段幽隐浓挚而又刻骨铭心的感情，对往事的每个印记，都会怀有一种特殊的知觉。他发现了它，也发现了内心深处一段沉埋已久的情感。他像一个考古学家一样，把所有被掩埋的情感一寸一寸地挖掘出来，重见天日。北宋的黄金时代，不仅可以被看见，而且可以被触摸。他在自己的跋文中没有记录当时的心境，但在这幅画中，他一定找到了回家的路。他无法得到这幅画，于是在跋文中小心翼翼地写下"藏者宜宝之"几个字。至于藏者是谁，他没有透露，八百多年后，我们无从得知。

金朝没能从胜利走向胜利，它灭掉北宋一百多年之后，这个不可一世的王朝就被元朝灭掉了。一个又一个王朝，通过自身的生与死，证明着"月满则亏，水满则溢"这一亘古常新的真理。《清明上河图》又作为战利品被席卷入元朝宫廷，后被一位装裱师以偷梁换柱的方式盗出，几经辗转，流落到学者杨准的手里。杨准是一个誓死不与蒙古人合作的汉人，当这幅画携带着关于故国的强大记忆向他扑来的时候，他终于抵挡不住了，决定不惜代价，买下这幅画。那座城市永远敞开的大门向他发出召唤。他决定和这座城在一起，只要这座城在，他的国就不会泯灭，哪怕那只是一座纸上的城。

但《清明上河图》只在杨准的手里停留了十二年，就成了静山周氏的藏品。到了明朝，《清明上河图》的行程依旧没有终止。宣德年间，它被李贤收藏；弘治年间，它被朱文徵、徐文靖先后收藏；正统十年，李东阳收纳了它；到了嘉靖三年，它又漂流到了陆完的手里。

有一种说法是，权臣严嵩后来得到了梦寐以求的《清明上河图》,也有人说,严嵩得到的只是一幅赝品。这幅赝品,是明朝的兵部左侍郎王忬以八百两黄金买来,进献给严嵩的,严嵩知道实情之后,一怒之下,命人将王忬绑到西市,把他的头干脆利落地剁了下来,连卖假画的王振斋,都被他抓到狱中,活活饿死。严嵩的凶狠,让王忬的儿子看傻了眼,这个年轻人,名叫王世贞。惊骇之余,王世贞决计为父报仇。他想出了一个颇富"创意"的办法,就是写一部色情小说,故意卖给严嵩,他知道严嵩读书喜欢一边将唾沫吐到手指上,一边翻动书页,就事先在每页上涂好毒药,这样,严嵩没等把书读完就断了气。他想起这个办法时,抬头看见插在瓶子里的一枝梅花,于是为这部惊世骇俗的小说起了一个诗意的名字——《金瓶梅》。①

《清明上河图》变成了一只船,在时光中漂流,直到1945年,慌不择路的伪满洲国皇帝溥仪把它遗失在长春机场,被一个共产党士兵在一个大木箱里发现,又几经辗转,于1953年底入藏北京故宫博物院,它才抵达永久的停泊之地。

只是那船帮不是木质的,而是纸质的。纸是树木的产物,然而与木质的古代城市相比,纸上的城市反而更有恒久性,纸图画脱离了树木的生命轮回而缔造了另一种的生命,它也脱离了现实的时间而创造了另一种时间——艺术的时间。它宣示着河水的训诫,表达着万物流逝和变迁的主题,而自身却成为不可多得的例外,为它反

---

① 对于前一半史实,即《清明上河图》成为王忬被严嵩杀害的诱因,许多史料都有记载,故宫博物院还收藏有一幅明人书信,对这一事件用隐语做了描述;而对故事的后半截,即《金瓶梅》一书成为王世贞谋杀严嵩的凶器,则很可能是后人的演绎,包括吴晗在内的许多历史学家都不认可,参见辰伯(吴晗):《〈清明上河图〉与〈金瓶梅〉的故事及其衍变(附补记)——王世贞年谱附录之一》,原载辽宁博物馆编:《〈清明上河图〉研究文献汇编》,第3—16页,沈阳:万卷出版公司,2007年版。

复宣讲的教义提供了一个反例——它身世复杂，但死亡从未降临到它的头上。纸的脆弱性和这幅画的恒久性，形成一种巨大的反差，也构成一种强大的张力，拒绝着来自河流的训诫。一卷普通的纸，因为张择端而修改了命运，没有加入物质世界的死生轮回中，因为它已经成为我们民族文化的一部分。没有一个艺术家不希望自己的作品永恒，但如果张择端能来到故宫博物院，看到他在近千年前描绘的图画依然清晰如初，定然大吃一惊。

张择端不会想到，命运的戏剧性，最终不折不扣地落到了自己的身上。

至于张择端的结局，没有人知道，他的结局被历史弄丢了。自从把《清明上河图》进献给宋徽宗那一刻，他就在命运的急流中隐身了，再也找不到关于他的记载。他就像一颗流星，在历史中昙花一现，继而消逝在无边的夜空。在各种可能性中，有一种可能是，汴京被攻下之前，张择端夹杂在人流中奔向长江以南，他和那些"清明上河"的人一样，即使把自己的命运想了一千遍也不会想到自己有朝一日会流离失所；也有人说，他像宋徽宗一样，被粗糙的绳子捆绑着，连踢带踹、推推搡搡地押到金国，尘土蒙在他的脸上，被鲜血所污的眼睛几乎遮蔽了他的目光，乌灰的脸色消失在一大片不辨男女的面孔中。无论多么伟大的作品都是由人创造的，但伟大的作品一经产生，创造它的那个人就显得无比渺小、无足轻重了。时代没收了张择端的画笔——所幸，是在他完成《清明上河图》之后。他的命，在那个时代里，如同风中草芥一样一钱不值。

但无论他死在哪里，他在弥留之际定然会看见他的梦中城市。他是那座城市的真正主人。那时城市里河水初涨，人头攒动，舟行如矢。他闭上眼睛的一刻,感到自己仿佛端坐到了一条船的船头,在河水中顺流而下,内心感到一种超越时空的自由,就像浸入一份永恒的幸福,永远不愿醒来。

苏东坡的南渡北归

一

元祐八年(公元1093年),苏东坡在五十八岁上被罢礼部尚书,出知定州,临行前他遣散家臣,把家中一位名叫高俅的小史(书童)送给曾布,曾布未收,苏东坡又送给王诜。七年之后,公元1100年,王诜派高俅给自己的好友、时为端王的赵佶送篦刀,正巧赶上赵佶正在花园里蹴鞠,不想那高俅原来球技很高,赵佶与他对踢,他毫不含糊,赵佶一喜之下,不仅收下了篦刀,连送篦刀的人也一起收下了,宋人王明清《挥麈后录》记载过此事。

几个月后,宋哲宗死,赵佶继位,史称宋徽宗,高俅由殿前都指挥使一路官拜太尉,从此贪功好名,恃宠营私,成了白话小说《水浒传》里的那个大反派。

第二年,绍圣元年(公元1094年),高太后去世的那一年,十四岁的宋哲宗真正执掌朝政,这位青春叛逆的少年天子突然感到与朝廷上失意多年的新政派(王安石那一派)那么地情投意合——前者被太皇太后压制、被元祐大臣们漠视了很多年,仿佛他是空气,在朝廷上根本不存在;后者则多年来一直被排斥在外,正等着机会报仇雪恨。北宋政治又面临着一场一百八十度的翻转,苏东坡的亲友,如弟弟苏辙、学生黄庭坚、秦观、张耒、晁补之,也都受到牵连。李一冰说:"仇恨与政治权力一旦相结合,则其必将发展为种种非理性的恐怖行为,几乎可以认定为未来的必然。"①

尽管苏东坡此时已被贬至定州,天高皇帝远,但他在元祐年间得到重用,本身就是"罪过",他必须为自己的"罪过"付出代价。

对苏东坡的各种投诉,又汇聚在皇帝身边。罪名,依旧是"讥斥先朝""以快怨愤之私",没有一点创意。

"欲加之罪,何患无辞",这句话的意思是说:政治是不讲理的。

那就随他们加吧。

总之,哲宗王朝开张,第一个就要拿苏东坡开刀祭旗。

既然命运无可逃遁,那段时间,苏东坡索性与定州的同好不停地饮酒、作诗、听歌、言笑。他对李之仪说:"自今以后,要如现在这样大家同在一起的日子,恐怕很难期望了,不如与你们尽情游戏于文词翰墨之间,以寓其乐的好。"

浩大的宿命缓缓降临,他竟没有一丝怨愤与哀伤。

二

闰四月初三,苏东坡终于接到朝廷的诏告,撤销他的端明殿学士和翰林侍读学士两大职务,出知英州。

从河北的定州前往广东的英州,如此漫长的道路,没有飞机,没有高铁,必须徒步行走,中间要跨过无数的山脉与大河,对于一位六旬老人,能活着走过来就不容易,连苏东坡都认为自己必将死

---

① 李一冰:《苏东坡传》,下册,第174页,南京:江苏文艺出版社,2013年版。

于道途。但这一路，苏东坡不仅走过来了，而且还玩得挺高兴。

除了都会大城，那时的水陆交通，并不像今天这样繁忙。若非书生赶考，公务羁旅，或逢饥馑战争，古代的中国人更喜欢做"宅男宅女"，而不喜欢四处游荡。中国人家园的观念根深蒂固，他们像植物一样固定在大地上，而国土面积之巨大、古时交通之不便，更在客观上压缩了人们的生活区域，像许多平原地区，并没有高山大川相隔，但那里依旧是闭塞的，究其原因，不是地理上的，而是文化上的。除了像谢灵运这样既有闲钱又有闲情的人，才把"腰缠十万贯，骑鹤下扬州"视为一场美梦，一般的中国人，都会对长途行旅的困顿艰辛心存畏惧。

宋代不杀文官，却形成了一种奇特的贬官文化。官场放逐，反而使许多文人官僚寄情山水，在文化上完全了自我。柳宗元写"永州八记"，范仲淹写《岳阳楼记》，欧阳修写《醉翁亭记》，苏东坡写前后《赤壁赋》，都是在他们受贬之后。但很少有人比苏东坡走得更远。他的道路始于西部的眉州，向东到汴京，向北到定州，此次又要向南，折往英州，不久，他还要渡海，抵达更加荒远的琼州。大宋帝国的地图上，留下他无数的折返线。这些线路，就像他在政治上的颠簸曲线一样，撕扯着他，也成全着他，让他的生命获得了别人所没有的空间感。

那时的苏东坡不会想到，仅仅过了几十年，他经过的国土将会大面积地丧失，不要说北方的定州，纵然是都城汴京，都被金国的铁骑疯狂地踏过，然后一把火，把它从地图上抹掉了。

他带着家人从帝国北方的定州出发，钻入茫茫的太行山时，正逢梅雨时节，凄风苦雨打得他们睁不开眼。风雨晦暗，道路流离，他心里的家国忧患丝毫不比杜甫少，但他脸上，见不到杜甫的愁苦表情。到赵州①时，雨突然住了，无数条光线从云层背后散射下来，苏东坡描述其"西望太行，草木可数，冈峦北走，山谷秀杰"。山川悠远，犹如摊开的古画，或者一曲轻歌，无限地延长。他的心一下子变得无比的透彻与明净，于是写下一首《临城道中作》：

逐客何人着眼看，
太行千里送征鞍。
未应愚谷能留柳，
可独衡山解识韩。②

前两句主要是自嘲，身为逐客，在路上连个正眼看的人都没有，唯有绵绵无尽的太行山，目送他远行。后两句主要是自慰——他自比为唐朝柳宗元，因为永贞革新失败，贬居永州③，才有了山水忘情之乐；还有韩愈，因为被贬到连州阳山，后来遇到朝廷赦免，改任江陵④法曹参军，才能在赴任的途中，一睹衡山的壮丽雄姿。

至滑州⑤后，苏东坡得朝廷恩准，改走水路。到达当涂县慈湖夹时，已是溽热的六月，平地而起的大风阻断了苏东坡的去路。前路迢迢，生死未卜，苏东坡闷坐舟中，望着水浪翻卷，一脸的茫

---

① 今石家庄市赵县。
② 〔北宋〕苏轼：《临城道中作》，见《苏轼全集校注》，第六册，第4321页，石家庄：河北人民出版社，2010年版。
③ 今湖南省永州市。
④ 今湖北省荆州市。
⑤ 今河南省滑州市。

然。突然间，他听到叫卖炊饼的声音，起初还以为是错觉，仔细看时，却见一条小舟在水浪里颠簸而来。小舟为他送来的不只是充饥的炊饼，还有山前墟落人家的消息。空茫的旅途，百里不见一线炊烟，这小小的消息，竟让他感到来自人间的暖意。

这一时刻，他内心里的细微感动，我们同样可以从他的诗里找到：

> 此生归路愈茫然，
> 无数青山水拍天。
> 犹有小船来卖饼，
> 喜闻墟落在山前。①

苏东坡是一个容易感伤的人，也是一个善于发现快乐的人。当个人命运的悲剧浩大沉重地降临，他就用无数散碎而具体的快乐来把它化于无形。这是苏东坡一生最大的功力所在。他是天生的乐天派，相比之下，他推崇的唐代诗人白乐天（白居易）只能是浪得虚名，白白乐天了。

更不用说，他一路上见到了思念已久的亲人旧友，成为对他旅途劳顿的最大犒赏——在汝州，他见到了被贬到那里的弟弟苏辙；过雍邱，他见到了米芾和马梦得；至汴上，他与晁补之共饮；到扬州，他见到了"苏门四学士"之一的张耒。张耒受官法限制，不能迎谒老师，于是派两名兵士随从老师南行，一路安顿照料。

那天晚上，在慈湖夹，苏东坡躺在船上，一直待到月亮西落，

---

① 〔北宋〕苏轼：《慈湖夹阻风五首》，见《苏轼全集校注》，第六册，第4349页，石家庄：河北人民出版社，2010年版。

突然间听见艄公喊道:"风转向了!"他们的船,才又悄悄起航,向帝国的深处行进。

三

苏东坡是在那一年的九月翻过大庾岭的。

从中原到南方,有一道道山脉遮天蔽日,截断去路,好在还有河流,自高山峡谷之间的缝隙穿入,成为连接南北的交通线。那个年代,纵穿帝国南北的道路主要有两条:一条是从大运河入长江,再入赣江,翻南岭,过梅关,入珠江流域;还有一条道路是由长江入湘江,经灵渠,再进入珠江流域。无论哪一条,都凶险异常。相比之下,由中原到岭南,走赣江距离更短,因而,有不同时代的名人从赣江经过,在这里"狭路相逢",在宋代就有欧阳修、苏东坡、辛弃疾、文天祥……我不曾想到过,这条荒蛮中的"道路",竟然成了许多人的共同记忆,也成了中国历史上一个重要的文化现场。它像一根绳子,把许多人的命运捆绑在了一起,不是捆绑在一个相同的时间中,而是捆绑在一个相同的空间中。苏东坡从这里经过的时候,想躲过前人是不可能的,就像后来者在这里躲不过苏东坡一样。

几年前,我曾沿着赣江流域进行考察,与许多历史名人擦肩而过。他们的脚印、意志和所有故事的细节,至今仍蚀刻在那里。连来自意大利马切拉塔的天主教传教士利玛窦,也从这条路上走过。舍此,他无路可走。只不过他是与苏东坡逆向而行,苏东坡是自北向南,自中原而沿海,利玛窦则是自南而北,自沿海而中原。假如当年写《纸天堂》这本书,还有做《岩中花树》这部纪录片时,我能沿这条路走一遍，对于这个外国人进入中国内地的艰难会有更深的体味。

赣江上有十八滩，是公认的事故多发地段。这里落差大，礁石多。江水在暗礁中奔涌，势同奔马，让人望而生畏。我们都会背文天祥的诗句"惶恐滩头说惶恐"，但很多年我都不知道这惶恐滩在赣江上，是赣江十八滩的最后一滩，也是最凶险的一滩。江水急速流转，只有当地的滩师能够洞悉江流的每一处变化，知道江水的纹路所暗示的风险，所以船行至这里，须交给此地的滩师掌舵，行人货物全部上岸，从旱路过了十八滩，再与滩师会师，重新回到船上。到20世纪50年代，赣江上还有滩师，只是换了一个具有时代感的名字：引水员。

再往前，一道山影横在眼前，是南岭。

岭南，因地处"五岭"（也叫"南岭"，即大庾岭、骑田岭、都庞岭、萌渚岭、越城岭）之南而得名。即使到了宋代，也是遥远荒僻之地，用今天的话说，叫欠发达地区，只有广州等少数港口城市相对繁荣。五岭磅礴，隔断了中原的滚滚红尘，周围只有望不到头的大山。而那些山，就是用来跋涉的。唐代的诗人宰相张九龄曾经主持开凿过大庾岭驿道，劈山炸石，以打通中原与岭南，算是开了一条"国道"了吧，但即使"国道"，也是异常艰险。

翻过去，就是岭南了。

苏东坡是中国历史上被贬谪到大庾岭以南的第一人。

那才是"西出阳关无故人"。

那关，是南岭第一关——梅关。它像一道闸门，分开赣粤两省。梅关隘口的古驿道，同样是张九龄主持开建的，而石壁上两个巨大的"梅关"题字，却是宋代嘉祐八年（公元1063年）刻上去的。苏东坡来时，那两个字已赫然在目。

他写下《过大庾岭》：

> 一念失垢污，
> 身心洞清净。
> 浩然天地间，
> 惟我独也正。
> 今日岭上行，
> 身世永相忘。
> 仙人拊我顶，
> 结发授长生。[①]

他的诗里，早已不再有绝望和抱怨，只有宽容和接受。他既乐天，又悯人。乐天，是乐自己；悯人，是悯百姓。李一冰说："死生祸福，非人所为，人亦执着不得。苏东坡今日行于大庾岭上，孑然一身，宠辱两忘，决心要把自己过往的身世，一齐抛弃在岭北，要把五十九年身心所受的污染，于此一念之间，洗濯干净，然后以此清净之身，投到那个叫作惠州的陌生地方，去安身立命。"[②]

他的生命里，不再有崎岖和坎坷，只有云起云落，月白风清。

[①] 〔北宋〕苏轼：《过大庾岭》，见《苏轼全集校注》，第七册，第4391页，石家庄：河北人民出版社，2010年版。
[②] 李一冰：《苏东坡传》，下册，第188页，南京：江苏文艺出版社，2013年版。

四

　　这个梅关，还真是梅之关。梅关南北遍植梅树，每至寒冬，梅花盛开，香盈雪径。一过梅关，大面积的梅花就闯进了苏东坡的视线，盛开如云。

　　那时才是十一月，苏东坡刚到广东惠州，松风亭下的梅花就开了。苏东坡的心底，情不自禁地涌起一阵感慨。他想起了黄州，在春风岭上见到细雨梅花，后来他在诗中记录了当年的憔悴："去年今日关山路，细雨梅花正断魂。"或许，他也想起了《寒食帖》，想起自己在宿醉之后醒来，看见庭院里的海棠花飘落满阶，零落成泥，内心曾被一种巨大的孤独感所包围。如今，那黄州已被他抛到万里云山之外，对梅花的冷艳幽独，他已心领神会，他笔下的梅花，也呈现出另外一副模样。

　　他抬笔，写了一首诗：

　　　　春风岭上淮南村，
　　　　昔年梅花曾断魂。
　　　　岂知流落复相见，
　　　　蛮风蜑雨愁黄昏。
　　　　长条半落荔支浦，
　　　　卧树独秀枇榔园。
　　　　岂惟幽光留夜色，
　　　　直恐冷艳排冬温。
　　　　松风亭下荆棘里，

两株玉蕊明朝瞰。
海南仙云娇堕砌,
月下缟衣来扣门。
酒醒梦觉起绕树,
妙意有在终无言。
先生独饮勿叹息,
幸有落月窥清樽。①

  梅兰竹菊四君子,苏东坡专门画竹,不见他画梅,但他的诗里有梅。苏东坡这首《十一月二十六日,松风亭下,梅花盛开》,是读诗者绕不过去的。因为这诗,把梅花的秀色孤姿描摹到了极致。南宋朱熹,最恨苏东坡,唯有这首诗,他曾不止一次地唱和。清代纪晓岚为此感叹:"天人姿泽,非此笔不称此花。"②

  苏东坡不画梅,扬无咎替他画了。扬无咎笔下的墨梅,不是"近墨者黑",而是在黑白中营造出绚丽耀眼的光芒与色彩。阳性的枝干,挺拔粗粝,阴性的梅花,圆润娟秀,那渊静的黑,与纯净的白,彼此映衬和成就,各有风神与风骨。北京故宫博物院收有他的《四梅花图》卷和《雪梅图》卷,我几乎是过目不忘的。

  元代王冕,也以画梅著称,算是苏东坡的隔世知音吧。他画的《墨梅图》,一枝挺秀,浓淡相宜,以最简练的笔法,描绘梅的傲骨。画中四句题诗,对梅花精神做了准确的提炼:

---

① 〔北宋〕苏轼:《十一月二十六日,松风亭下,梅花盛开》,见《苏轼全集校注》,第七册,第4454页,石家庄:河北人民出版社,2010年版。
② 〔清〕纪昀:《纪评苏诗》,转引自《苏轼全集校注》,第七册,第4457页,石家庄:河北人民出版社,2010年版。

吾家洗砚池头树，
个个花开淡墨痕。
不要人夸好颜色，
只留清气满乾坤。

梅花没有变，是人变了。他的身体变老了，他内心却变得雄健了，就像眼前的梅花，不惧夜寒相侵。他早已看透人世沧桑，五毒不侵。

就像今天人们常说的，半杯子水，他不看那失去的半杯，只看还剩下的半杯。

最经典的例子，当然是他吃羊脊骨的故事。

那时，惠州城小，物资匮乏。由于经常买不到羊肉，苏东坡就从屠户那里买没人要的羊脊骨。苏东坡发现这些羊脊骨之间有没法剔尽的羊肉，于是把它们煮熟，用热酒淋一下，再撒上盐花，放到火上烧烤，用竹签慢慢地挑着吃，就像吃螃蟹一样。这就是今天流行的羊蝎子的吃法。它的祖师爷，依然可以追溯到苏东坡。后来苏东坡给苏辙写信，隆重推出他的羊脊骨私家制法，对自己的创造力沾沾自喜。还说，这样做，会让那些等着啃骨头的狗很不高兴。

苏东坡依旧自己酿酒，就像在黄州那样，给自酿的酒起了桂酒、真一、罗浮春这些名目。酿酒的材料是大米，苏东坡客多，饮酒量也大，有时酒没了，去取米酿酒，才发现米也没了，不禁站在那里发呆，心里步陶渊明《岁暮和张常侍》诗韵，暗自作了一首诗：

米尽初不知，
但怪饥鼠迁。

> 二子真我客,
> 不醉亦陶然。①

对于苏东坡这样的吃货,遥远、荒僻的惠州并不吝啬,它以槟榔、杨梅、荔枝这些风物土产犒劳苏东坡贪婪的味蕾,让苏东坡这个地道的蜀人乐不思蜀。语云:"饥者易为食。"对于一个吃不饱饭的人来说,任何食物都堪称美味。苏东坡与友人夜里聊天,肚子饿了,煮两枚芋头,都是美味。相比之下,朝廷中的高官们,锦衣玉食,还叹无处下箸,倒显得悲哀可怜。

荔枝这种水果,为南国特产,在山重水隔的中原,十分少见,对苏东坡来说,也很新奇。在苏东坡心中,荔枝之味,"果中无比",它的丰肥细腻,只有长江上的瑶柱、河豚这两种水产可以媲美。苏东坡为荔枝写过不少诗,最有名的,就是这一首:

> 罗浮山下四时春,
> 卢橘杨梅次第新。
> 日啖荔支三百颗,
> 不辞长作岭南人。②

苏东坡在家书中跟儿子开玩笑说,千万别让自己的政敌知道岭南有荔枝,否则他们都会跑到岭南来跟他抢荔枝的。

---

① 〔北宋〕苏轼:《和陶岁暮作和张常侍》,见《苏轼全集校注》,第七册,第4789页,石家庄:河北人民出版社,2010年版。
② 〔北宋〕苏轼:《食荔支二首》,见《苏轼全集校注》,第七册,第4744页,石家庄:河北人民出版社,2010年版。

五

然而,帝国的官场,比赣江十八滩更凶险。

就在过赣江十八滩时,苏东坡收到了朝廷把他贬往惠州的新旨意。

苏东坡翻山越岭奔赴岭南的时候,他的老朋友章惇被任命为尚书左仆射兼门下侍郎,成为帝国的新宰相。

苏东坡曾戏称,章惇将来会杀人不眨眼,不过那时二人还是朋友。后来的历史,却完全验证了苏东坡的预言。苏东坡到惠州后,章惇一心想拿他开刀,以免他有朝一日卷土重来。由于宋太祖不得杀文臣的最高指示(北京故宫博物院藏有明代刘俊绘《雪夜访普图》轴,描绘赵匡胤在风雪之夜探访大臣赵普的场面,可见赵匡胤对文臣的重视),他只能采取借刀杀人的老套路,于是派苏东坡的死敌程训才担任广南提刑,让苏东坡没有好日子过。苏东坡过得好了,他们便过不好。

那时,苏东坡的儿子苏迨等人已经去了宜兴,他的身边,只有儿子苏过,侍妾朝云、碧桃。

苏东坡的家伎本来不多,在汴京时也只有数人而已,与士大夫邸宅里檀歌不息、美女如云的阵势比起来,已称得上寒酸了。此番外放,前往瘴疠之地,苏东坡更是把能遣散者都遣散了,唯有朝云,死也不肯在这忧患之际离开苏东坡,尤其在王闰之过世之后,这六十多岁老人的饮食起居,没有人照顾不行,所以她坚决随同苏东坡,万里投荒。

朝云之于苏东坡,并没有妻子的名分,却不失妻子的忠诚与体贴，朝云的存在，让晚年的苏东坡，多了一份安慰。

到达惠州的第二个秋天，苏东坡与朝云在家中闲坐，看窗外落叶萧萧，景色凄迷，苏东坡心生烦闷，便让朝云备酒，一边饮，一边吟出一首《蝶恋花》。

这词是这样的：

> 花褪残红青杏小。
> 燕子飞时，
> 绿水人家绕。
> 枝上柳绵吹又少，
> 天涯何处无芳草。
>
> 墙里秋千墙外道。
> 墙外行人，
> 墙里佳人笑。
> 笑渐不闻声渐悄，
> 多情却被无情恼。①

"蝶恋花"，是五代到北宋时代的词人经常使用的一个词牌，是那个年代里最美的流行歌曲曲调。"蝶恋花"，本来就代表着一种依恋，甚至带有几分欲望的成分，晏几道、欧阳修、苏东坡都曾用这一词牌表述自己的感情，"庭院深深深几许"就出自欧阳修的"蝶恋花"，20世纪词人毛泽东怀念杨开慧的词，也有意使用了这

---

① 〔北宋〕苏轼：《蝶恋花》，见《苏轼全集校注》，第九册，第691页，石家庄：河北人民出版社，2010年版。

一词牌。因此，这一词牌可以被视作一种美学形式。①

苏东坡的这首《蝶恋花》本不是为朝云而作的，在词里，他把自己当成一个在暮春时节站在墙外偷看墙内少女荡秋千的偷窥者，后来那少女发现了有人在偷窥，就从秋千上下来，悄悄跑掉了，她的笑声，也越来越远。所谓"多情却被无情恼"，不是抱怨，而是自嘲，像苏东坡这样坦然在词里写进自己的尴尬的词人，文学史上少见。

朝云抚琴，唱出这首《蝶恋花》，却一边唱，一边落下眼泪。苏东坡看见朝云泪光闪动，十分惊讶，忙问这是为何。朝云说："奴所不能歌者，惟'枝上柳绵吹又少，天涯何处无芳草'二句。"这是因为这二句，看上去朴实无华，却道尽了人世的无常。苏东坡一生坎坷，在严酷的现实之前，他不过是个墙外失意的过客而已。朝云懂得这词里的深意，想到人世无常，一呼一吸之间便有生离死别之虞，她想为苏东坡分担他的痛苦，却又无着力处，每想及此，便泪如泉涌，无法再歌。此后，朝云日诵"枝上柳绵"二句，每一次都为之流泪。后来重病，仍不释口。

后来苏东坡才意识到，这是朝云死亡的不祥之兆。

朝云是在绍圣三年（公元1096年）的七月里死去的，那是她随苏东坡到达惠州的第三个年头，死因是染上了当地的瘟疫。果然是岭南这瘴疠之地害死了她，或者说，是苏东坡的流放，害死了她。

弥留之际，朝云还在口诵《金刚经》的"六如偈"：

一切有为法，

---

① 参见《蒋勋说宋词》（修订版），第87页，北京：中信出版社，2014年版。

> 如梦幻泡影,
>
> 如露亦如电,
>
> 应作如是观。

念着念着,朝云的声息渐渐低微下去,缓缓而绝。

苏东坡的第一位夫人王弗死时,二十七岁。

苏东坡的第二位夫人王闰之死时,四十五岁。

朝云死时,只有三十四岁。

苏东坡悲苦流离的一生,曾先后得到三位女子的倾心眷顾,她们却又先后华年而逝,对于苏东坡,是幸,还是不幸?

有人说,"'枝上'二句,断送朝云"[1]。

朝云死后,苏东坡终身不再去听《蝶恋花》。[2]

三个月后,十月的秋风里,惠州西湖边,梅花又放肆地盛开了。西湖的名字,是苏东坡起的;西湖上的长堤,同样是苏东坡捐建的。西湖的一切,都与从前一样,只是此时,苏东坡的身边,永远不见朝云的身影。她就葬在湖边的山坡上,离苏东坡并不遥远。暮树寒鸦,令苏东坡肝肠寸断,望着岭上梅花,苏东坡悲从中来,写下一首《西江月》:

> 玉骨那愁瘴雾,
>
> 冰姿自有仙风。
>
> 海仙时遣探芳丛,

---

[1] 〔明〕沈际飞:《草堂诗余正集》卷二,转引自邹同庆、王宗堂:《苏轼词编年校注》,第756页,北京:中华书局,2002年版。

[2] 〔清〕沈辰垣等编:《历代诗余》卷一一五,转引自邹同庆、王宗堂:《苏轼词编年校注》,第754页,北京:中华书局,2002年版。

倒挂绿毛幺凤。

素面翻嫌粉涴，
洗妆不褪唇红。
高情已逐晓云空，
不与梨花同梦。①

六

朝云就这样走了，若她是蝴蝶，该有多好，会在每年花开时节，回来寻他。

北回归线的阳光照亮苏东坡苍老的面孔，荡秋千的少女却永远隐匿在黑暗中，永远不再复现。纵然长夜寒凉透骨，梦醒时，却天空深邃，云翳轻远。

无论怎样，生活还要继续。他曾在给友人的信中称，不妨把自己当成一个一生没有考得功名的惠州秀才，一辈子没有离开过岭南，亦无不可。他依旧作诗，对生命中的残忍照单全收，虽年过六旬，亦从来不曾放弃自己的梦想，更不会听亲友所劝，放弃他最心爱的诗歌。在他看来，丢掉了诗歌，就等于丢掉了自己的灵魂。正是灵魂的力量，才使人具有意志、智性和活力，尽管那些诗歌，曾经给他并且仍将继续给他带来祸患。

朝云的死，没有让政敌们对苏东坡生出丝毫怜悯之心，苏东坡内心的从容，却令他们大为不爽。那缘由，是苏东坡的一首名叫

---

① 〔北宋〕苏轼：《西江月》，见《苏轼全集校注》，第九册，第730页，石家庄：河北人民出版社，2010年版。

《纵笔》的诗,诗是这样写的:

> 白发萧萧满霜风,
> 小阁藤床寄病容。
> 报道先生春睡美,
> 道人轻打五更钟。①

这首诗,苏东坡说自己虽在病中,白发萧然,却在春日里,在藤床上安睡。这般的潇洒从容,让他昔年的朋友、后来的政敌章惇大为光火,说:"苏东坡还过得这般快活吗?"朝廷上的那班政敌,显然是不愿意让苏东坡过得快活的,苏东坡快活了,他们就不快活。他们决定痛打苏东坡这只落水狗,既然不能杀了苏东坡,那就让他生不如死吧。朝云死后的第二年(公元1097年),来自朝廷的一纸诏书,又把苏东坡贬到更加荒远的琼州②,任昌化军安置,弟弟苏辙也被谪往雷州。

苏东坡知道,自己终生不能回到中原了。长子苏迈来送别时,苏东坡把后事一一交代清楚,如同永别。那时的他,决定到了海南之后做的第一件事,就是为自己确定墓地和制作棺材。他哪里知道,在当时的海南,根本没有棺材这东西,当地人只是在长木上凿出臼穴,人活着存稻米,人死了放尸体。

那时的苏东坡,白发苍然,孑然一身,只有最小的儿子苏过,抛妻别子,孤身相随。年轻的苏过,过早地看透了人世的沧桑,这

---

① 〔北宋〕苏轼:《纵笔》,见《苏轼全集校注》,第七册,第4770页,石家庄:河北人民出版社,2010年版。

② 今海南。

也让他的内心格外早熟。他知道，父亲一贬再贬，是因为他功高名重，又从来不蝇营狗苟。他知道，人是卑微的，但是自己的父亲不愿因这卑微而放弃尊严，即使自然或命运向他提出苛刻的条件，他仍不愿以妥协而实现交易。这一强硬的姿态是原始的，类似于自然物的仿制。一座山、一块石、一棵树，都是如此。甚至一叶草，虽然弱不禁风，也试图保持自己身上原有的奇迹。这卑微里，暗藏着一种伟大。所以，有这样一个父亲，他不仅没有丝毫责难，相反，他感到无限的荣光。苏过在海南写下《志隐》一文，主张安贫乐道的精神，苏东坡看了以后，心有所感，说："吾可以安于岛矣。"

在宋代，已经有了"海南"之名。海南岛在大海之中，少数民族众多，语言、风俗皆与大陆迥异，《儋县志》记载："盖地极炎热，而海风苦寒。山中多雨多雾，林木阴翳，燥湿之气不能远，蒸而为云，停而为水，莫不有毒。"还说："风之寒者，侵入肌窍；气之浊者，吸入口鼻；水之毒者，灌于胸腹肺腑，其不死者几稀矣。"描述了一幅非常可怕的景象。中原人去海南，十去九不还。苏东坡在给皇帝的谢表中，描述了全家人生离死别的场面：

> 生无还期，死有余责……而臣孤老无托，瘴疠交攻。子孙恸哭于江边，已为死别；魑魅逢迎于海外，宁许生还？念报德之何时，悼此心之永已。俯伏流涕，不知所云臣无任。[1]

这摧肝断肠的景象，将被历史永远记下。

不出苏东坡所料，到达海南后，他看到的是一个"食无肉，

---

[1] 〔北宋〕苏轼：《到昌化军谢表》，见《苏轼全集校注》，第十三册，第2785页，石家庄：河北人民出版社，2010年版。

出无舆，居无屋，病无医，冬无炭，夏无泉"的"六无"世界。

但对于苏东坡来说，最痛苦的，还不是举目无亲，"百物皆无"，而是没有书籍可读。仓皇渡海，当然不会携带书籍，无书可读的窘境，常令苏东坡失魂落魄。于是，苏东坡父子就开始动手抄书。苏东坡在《与程秀才三首》其三中写道："儿子到此，抄得《唐书》一部，又借得《前汉》欲抄，若了此二书，便是穷儿暴富也。"

元符二年（公元1099年）五月，友人郑嘉会从惠州隔海寄来一些书籍，对苏东坡父子，如天大的喜讯，他们在居住的桄榔庵里将书籍排放整齐。在《与郑嘉会二首》之一中，苏东坡说："此中枯寂，殆非人世，然居之甚安。况诸史满前，甚可与语者也。著书则未，日与小儿编排整齐之，以须异日归之左右也。"

那段日子里，父子二人以诗文唱和，情深感厚，情趣相得。《宋史》记载，苏辙曾说过这样的话："吾兄远居海上，惟成就此儿能文也。"

苏过也很喜爱修习道家养生之术。他每天半夜起来打坐，俨然有世外超尘之志。苏东坡在《游罗浮山一首示儿子过》一诗中，骄傲地称许道：

> 小儿少年有奇志，
> 中宵起坐存黄庭。
> 近者戏作凌云赋。
> 笔势仿佛离骚经。[1]

---

[1] 〔北宋〕苏轼：《游罗浮山一首示儿子过》，见《苏轼全集校注》，第七册，第4430页，石家庄：河北人民出版社，2010年版。

与苏东坡一样，苏过在书法和绘画方面也造诣极高，在今天的台北故宫博物院，还收存着他的三件存世书法，分别为《赠远夫诗帖》、《试后四诗帖》和《疏奉议论帖》（即《贻孙帖》）。他也像父亲一样，痴迷于枯木竹石的绘画主题。今天，我们仍可查到苏东坡在儿子所作《枯木竹石图》上写下的题诗：

> 老可能为竹写真，
> 小坡今与石传神。
> 山僧自觉菩提长，
> 心境都将付卧轮。①

而苏东坡自己，则开始整理在黄州时写作未定的《易传》，又开始动笔写《书传》。

七百多年后，纪晓岚读到这些书稿，把它们收入《四库全书》。

七

在黄州时，苏东坡以为自己堕入了人生的最低点，那时的他并不知道，他的命运，没有最低，只有更低。但是对人生的热情与勇气，仍然是他应对噩运的杀手锏。在儋州，他除了写书、作诗，又开始酿酒。有诗有酒，他从冲突与悲情中解脱出来，内心有了一种节日般的喜悦。

与苏东坡泛舟赤壁的西蜀武都山道士杨世昌"善作蜜酒，绝

---

① 〔北宋〕苏轼：《题过所画枯木竹石三首》其一，见《苏轼全集校注》，第七册，第5065页，石家庄：河北人民出版社，2010年版。

醇酽"，苏东坡特作《蜜酒歌》赠他。诗里写了酿制蜜酒的过程：第一天酒液里开始有小气泡，第二天开始清澈光亮，第三天打开酒缸，就闻到了酒香。打量着这甘浓的美酒，苏东坡已经口齿生津了。

然而谁也没有想到，苏东坡酿出的蜜酒，喝下去似乎并不那么甜蜜，反而会导致严重的腹泻。有人曾问苏东坡的两个儿子苏迈、苏过，这究竟是怎么回事？到底是酿酒秘方有问题，还是酿造工艺有问题？两位公子不禁抚掌大笑，说，其实他们的父亲在黄州仅仅酿过一次蜜酒，后来再也没有尝试过，那一次酿出来的味道跟屠苏药酒差不多，不仅不甜蜜，反而有点儿苦苦的。细想起来，秘方恐怕没有问题，只是苏东坡太性急，可能没有完全按照规定的工艺去酿，所以酿出来的不是蜜酒，而是"泻药"。

在黄州，苏东坡酿过蜜酒；在颍州，他酿过天门冬酒；在定州，他酿过松子酒；在惠州，为了除去瘴气，他再酿过桂酒；此时在海南，为了去三尸虫，轻身益气，他再酿天门冬酒。他在《寓居合江楼》末句"三山咫尺不归去，一杯付与罗浮春"后自注云："予家酿酒，名罗浮春。"他还写过一篇《东坡酒经》，难怪林语堂先生在《苏东坡传》中称其为"造酒试验家"。

有了酒，却没有肉。那时的海南，连猪肉也没有，在黄州研究出来的"东坡肉"，他只能在饥饿中想一想而已。他只能野菜野果当干粮，但他还写了一篇《菜羹赋》，声称："煮蔓菁、芦菔、苦荠而食之。其法不用醯酱，而有自然之味。"[①] 在饥饿的驱迫下，他像当年在黄州一样，开始寻找新的食物源。很快，他发现了生蚝的

[①] 〔北宋〕苏轼：《菜羹赋》，见《苏轼全集校注》，第十册，第85页，石家庄：河北人民出版社，2010年版。

妙处。有一年，冬至将至，有海南土著送蚝给他。剖开后，得蚝肉数升。苏东坡将蚝肉放入浆水、酒中炖煮，又拿其中个儿大的蚝肉在火上烤熟，"食之甚美，未始有也"[①]。

刚到海南时，苏东坡经常站在海边，看海天茫茫，寂寥感油然而生，不知自己什么时候才能离开这孤岛。后来一想，九州大地，这世上所有的人，不都在大海的包围之中吗？苏东坡说，自己就像是小蚂蚁不慎跌入一小片水洼，以为落入大海，于是慌慌张张爬上草叶，心慌意乱，不知道会漂向何方。但用不了多久，水洼干涸，小蚂蚁就会生还。从人类的眼光来看，小蚂蚁很可笑，同样，从天地的视角里，他自己的个人悲哀也可笑。

在海南，被阳光镀亮的树木花草，动物的脊背，歌声，甚至鬼魂，都同样可以让他喜悦。这让我想起诗人杨牧在我国台湾岛上写下的一句话："正前方最无尽的空间是广阔，开放，渺茫，是一种神魂召唤的永恒。"[②]

苏东坡穿着薄薄的春衫，背着一只喝水的大瓢，在海南的田垄上放歌而行。途中一位老妇，见到苏东坡，走过来说了一句话，让苏东坡一愣。

她说："先生从前一定富贵，不过，都是一场春梦罢了。"

他不知那老妇是什么人，就像那位老妇，不会知道眼前这位白发老人，曾写下"明月几时有"和"大江东去"的豪迈诗句。

[①] 〔北宋〕苏轼：《食蚝》，见《苏轼全集校注》，第二十册，第8773页，石家庄：河北人民出版社，2010年版。
[②] 杨牧：《奇来后书》，第6页，桂林：广西师范大学出版社，2014年版。

八

公元 1100 年，写一手漂亮的瘦金体的宋徽宗即位，大赦天下，下旨将苏东坡徙往廉州[1]，苏辙徙往岳州[2]。台北故宫博物院收藏的《渡海帖》（又称《致梦得秘校尺牍》），就是这个时候书写的。只不过这次渡海，不是从大陆奔赴海南，而是从海南岛渡海北归，返回大陆。

那一次，他先去海南岛北端的澄迈寻找好友赵梦得，不巧赵梦得北行未归，苏东坡满心遗憾，写下一通尺牍，交给赵梦得的儿子，盼望能在渡海以后相见，这通《渡海帖》，内容如下：

> 轼将渡海，宿澄迈。承令子见访，知从者未归，又云恐已到桂府，若果尔，庶几得于海康相遇，不尔，则未知后会之期也。区区无他祷，惟晚景宜倍万自爱耳。匆匆留此纸令子处，更不重封。不罪！不罪！轼顿首梦得秘校阁下。六月十三日。
>
> 封囊：手启，梦得秘校。轼封。[3]

这幅《渡海帖》，被认为是苏东坡晚年书迹之代表，黄庭坚看到这幅字时，不禁赞叹："沉着痛快，乃似李北海。"这件珍贵的尺牍历经宋元明清，流入清宫内府，被著录于《石渠宝笈续编》，现在是台北故宫博物院《宋四家小品》卷之一。

---

[1] 今广西壮族自治区北海市合浦县廉州镇。
[2] 今湖南省岳阳市。
[3] 〔北宋〕苏轼：《与赵梦得二首》其一，见《苏轼全集校注》，第二十册，第 8855 页，石家庄：河北人民出版社，2010 年版。

2023年与李敬泽、意大利翻译家李莎、张楚、何向阳(从右至左)访问意大利作家联合会

2023 年在法兰克福书展"中国作家之夜"

无论对于苏东坡，还是他之后任何一个被贬往海南的官员，横渡琼州海峡都将成为记忆中最深刻的一段旅程。宋代不杀文官，那个被放置在大海中的孤岛，对于宋代官员来说，几乎是最接近死亡的地带。因此，南渡与北归，往往成为羁束与自由的转折点。但对苏东坡来说，官位与方位的落差，都不能动摇他心里的那根水平线，所谓"吾道无南北，安知不生今"。因为他在自己的诗、画里找到了足够的自由，徜徉其中，无端来去、追逐，尽享欢乐。因此，地位和地理的变化已经不那么重要，好像不管在哪里，他都能得到一种不曾体验过的美。这让他在颠沛之间，从来不失希望与尊严；那份动荡中的安静，在今天看来更加迷人。他在澄迈留下的一纸《渡海帖》，没有心率过速的痕迹，相反，这帖里有一种静，难以想象，静如石头的沉思。

他就这样告别了那个岛，告别了台风与海啸，告别了那些朝朝暮暮的烈日与细雨，告别了林木深处的花妖，带上行囊里仅有的书，重返深远的大陆。再过大庾岭时，一位白发老人看到苏东坡，得知他就是大名鼎鼎的苏东坡，便上前作揖说："我听说有人千方百计要陷害您，而今平安北归，真是老天保佑啊！"

苏东坡听罢，心里已如翻江倒海，挥笔给老人写下一首诗：

> 鹤骨霜髯心已灰，
> 青松合抱手亲栽。
> 问翁大庾岭头住，
> 曾见南迁几个回。[①]

[①]〔北宋〕苏轼：《赠岭上老人》，见《苏轼全集校注》，第八册，第5237页，石家庄：河北人民出版社，2010年版。

再过渡口时，不知他是否会想起当年在故乡的渡口见到过的郭纶，那个满眼寂寞的末路英雄。

岁月，正把他自己变成郭纶。

因此，在故乡，他遇到的不是郭纶，而是未来的自己。

在记忆的那端，"是红尘，是黑发"，这端则"是荒原，是孤独的英雄"[1]。

越过南岭，经赣江入长江，船至仪真[2]时，苏东坡跟米芾见了一面。米芾把他珍藏的《太宗草圣帖》和《谢安帖》交给苏东坡，请他写跋，那是六月初一。两天后，苏东坡就瘴毒大作，猛泻不止。到了常州[3]，苏东坡的旅程，就再也不能延续了。

七月里，常州久旱不雨，天气燥热，苏东坡病了几十日，二十六日，已到了弥留之际。

他对自己的三个儿子说："吾生无恶，死必不坠。"

意思是，我这一生没做亏心事，不会下地狱。

又说："至时，慎毋哭泣，让我坦然化去。"

如同苏格拉底死前所说："我要安静地离开人世，请忍耐、镇静。"

苏东坡病中，他在杭州时的旧友、径山寺维琳方丈早已赶到他身边。此时，他在苏东坡耳边大声说："端明宜勿忘西方！"

苏东坡气若游丝地答道："西方不无，但个里着力不得！"[4]

---

[1] 李敬泽：《小春秋》，第91页，北京：新星出版社，2010年版。
[2] 今江苏省仪征市。
[3] 今江苏省常州市。
[4] 周煇：《清波杂志》，转引自李一冰：《苏东坡传》，下册，第310页，南京：江苏文艺出版社，2013年版。

钱世雄也凑近他的耳畔大声说:"固先生平时履践至此,更须着力!"

苏东坡又答道:"着力即差!"

苏东坡的回答再次表明了他的人生观念:世间万事,皆应顺其自然;能否度至西方极乐世界,也要看缘分,不可强求。他写文章,主张"随物赋形",所谓"行于所当行","止于所不可不止",他的人生观,也别无二致。西方极乐世界存在于对自然、人生不经意的了悟之中,绝非穷尽全力临时抱佛脚所能到达。死到临头,他仍不改他的任性。

苏迈含泪上前询问后事,苏东坡没有做出任何回应,溘然而逝。

那一年,是公元1101年,12世纪的第一个年头。

九

> 心似已灰之木,
> 身如不系之舟。
> 问汝平生功业,
> 黄州惠州儋州。①

这是苏东坡在北上途中,在金山寺见到李公麟当年为他所作的画像时即兴写下的一首诗,算是对自己一生的总结。

有人曾用"八三四一"来总结苏东坡的一生:"八"是他曾任

---

① 〔北宋〕苏轼:《自题金山画像》,见《苏轼全集校注》,第十册,第5573页,石家庄:河北人民出版社,2010年版。

八州知州，分别是密州、徐州、湖州、登州、杭州、颍州、扬州、定州；"三"是他先后担任过朝廷的吏部、兵部和礼部尚书；"四"是指他"四处贬谪"，先后被贬到黄州、汝州、惠州、儋州；"一"是说他曾经"一任皇帝秘书"，在"翰林学士知制诰"的职位上干了两年多，为皇帝起草诏书八百多道。

然而，当生命行将走到尽头的时候，他回首自己的一生，最想夸耀的不是厕身廊庙的辉煌，而是他受贬黄州、惠州和儋州的流离岁月。这里面或许包含着某种自嘲，也包含着他对个人价值特有的认知。钱穆先生在《谈诗》中说："苏东坡诗之伟大，因他一辈子没有在政治上得意过。他一生奔走潦倒，波澜曲折都在诗里见。但苏东坡的儒学境界并不高，但在他处艰难的环境中，他的人格是伟大的，像他在黄州和后来在惠州、琼州的一段。那个时候诗都好，可是一安逸下来，就有些不行，诗境未免有时落俗套。东坡诗之长处，在有豪情，有逸趣。"[1]

即使在以入仕为士人第一价值的宋代，苏东坡也不屑于用世俗的价值规范自己的生命。假若立功不成，他就把立言当作另一种"功"——一种更持久也更辉煌的功业。他飞越在现实之上，这是一种极其罕见的本领，如弗吉尼亚·伍尔夫所说：他"能把生命从其所依托的事实中解脱出来；寥寥几笔，就点出一副面貌的精魂，而身体倒成了多余之物；一提起荒原、飒飒风声、轰轰霹雳便自笔底而生"[2]。

李泽厚先生在《美的历程》中说，苏东坡的选择，"是奉儒家而

---

[1] 钱穆：《谈诗》，见《中国文学论丛》，第117页，北京：生活·读书·新知三联书店，2005年版。
[2] [英]弗吉尼亚·伍尔夫：《普通读者》，第114页，北京：北京十月文艺出版社，2015年版。

出入佛老，谈世事而颇作玄思；于是，行云流水，初无定质，嬉笑怒骂，皆成文章；这里没有屈原、阮籍的忧愤，没有李白、杜甫的豪诚，不似白居易的明朗，不似柳宗元的孤峭，当然更不像韩愈那样盛气凌人不可一世。苏东坡在美学上追求的是一种朴质无华、平淡自然的情趣韵味……并把这一切提到某种透彻了悟的哲理高度"。

李泽厚先生还说，苏东坡"对从元画、元曲到明中叶以来的浪漫主义思潮，起了重要的先驱作用。直到《红楼梦》中的'悲凉之雾，遍布华林'，更是这一因素在新时代条件下的成果"[①]。

九百年后，2000年，法国《世界报》在全球范围内评选1001—2000年间十二位世界级杰出人物，苏东坡成为中国唯一入选者，被授予"千古英雄"称号。

苏东坡在未来国人心中的位置，是蔡京、高俅之辈想象不到的，犹如苏东坡不会料到，蔡京，还有自己曾经的家臣高俅，即将在自己死后登上北宋政治的前台。

十

苏东坡辞世后不久，蔡京就被任命为宰相，司马光又成了王朝的负资产，北宋政坛又掀起了暴风骤雨。尽管这个王朝已经折腾不了几年了，但小人们还是完成了逆袭。他们急不可耐地把已去世多年的司马光批倒批臭，司马光曾经的战友苏东坡，也被拉进了这份"黑名单"，被列为待制以上官员的"首恶"，"苏门四学士"——

[①] 李泽厚：《美的历程》，第166—168页，北京：生活·读书·新知三联书店，2009年版。

黄庭坚、秦观、张耒、晁补之也被打为"黑骨干"。他们请宋徽宗亲笔把这批元祐圣贤的"罪行"写下来,刻在石碑上,立于端礼门前,让这些朝廷的精英遗臭万年。这块篡改历史之碑,史称"元祐党人碑"。

为了与中央保持一致,蔡京下令全国复制这块碑,要求每个郡县都要刻立"元祐党人碑"。这应该是中国历史上规模最大的一次石碑翻刻行动,也是规模最大的篡改历史行为,宋徽宗著名的瘦金体,从此遍及郡县村寨。他们一如当年的大禹、秦始皇,再一次征用了石头,要求石头继续履行它们的政治义务,并用这整齐划一的行动提醒人民,对历史的任何书写都要听命于政治。他们打倒了苏东坡,还不解气,还要踏上亿万只脚,让他永世不得翻身。

但即使如此,还是有人对帝国的这一行径不屑一顾,宋人王明清《挥麈录》里记录过九江一个名叫李仲宁的刻工,就对上级交办的任务心存不满,说:"小人家旧贫窭,止因开苏内翰、黄学士词翰,遂至饱暖。今日以奸人为名,诚不忍下手。"①

《宋史》也记载过类似的故事,比如长安一个名叫安民的刻工,对上级官员说,小民本是一个愚人,不明白为什么要立碑,只是像司马(光)相公这样的人,人都知道他是正直之人,如今说他奸邪,小民实在不忍刻下来。府官听后很生气,要收拾他。安民无奈,只能带着哭腔说,让我刻我就刻吧,只是恳请不要在后面刻上我的名字,别让我落个千古骂名。

此时的官场,唯有高俅敢和蔡京分庭抗礼,说苏东坡的好话。在这一点上,他算有良心。史载,他"不忘苏氏,每其子弟入都,

---

① 〔宋〕王明清撰,田松青校点:《挥麈录》,第157页,上海:上海古籍出版社,2012年版。

则给养恤甚勤"。

那时，苏东坡早已像一个断线的风筝，跌落在离家万里的紫陌红尘中，对宋徽宗和蔡京的举动，他的喉咙和手，都不能再发言了。

苏东坡的一生总让人想起《老人与海》里的老渔夫圣地亚哥，一次次出海都一无所获，最终打回一条大鱼，却被鲨鱼一路追赶。在无边的暗夜里，他没有任何武器，只能孤身搏斗，回港时，只剩下鱼头鱼尾和一条脊骨。

但苏东坡的生命里没有失败，就像圣地亚哥说出的一句话："人不是为失败而生的，一个人可以被毁灭，但不能给打败。"[1]

十一

很多年过去了，苏东坡最小的儿子苏过潜入汴京，寄居在景德寺内。权倾一时的宦官梁师成知道了这件事，想验一验他的身份，就把这事报告给了宋徽宗。一日，宫中役吏突然来到景德寺，宣读了一份圣旨，召苏过入宫。抬轿人把他让进了轿子，然后行走如飞。大约走了十里，到达一处长廊，抬轿人把轿子放下来，一位内侍把苏过引入一座小殿，苏过发现殿中那位身披黄色褙子，头戴青玉冠，被一群宫女环绕的人，正是宋徽宗。

当时正值六月，天大热，但那宫殿里却堆冰如山，让苏过感到阵阵寒凉。喷香仿佛轻烟，在宫殿里缭绕不散，一切都有如幻象。苏过行过礼，恍惚间，听见宋徽宗开口了。他说："听说卿家是苏

---

[1] ［美］海明威：《老人与海》，第99页，上海：上海译文出版社，2009年版。

东坡之子,善画窠石,现有一面素壁,烦你一扫,没有别的事。"

苏过再拜承命,然后走到壁前,在心里度量了一下,便濡毫落笔。

那空白的墙壁,犹如今天的电影银幕,上映着荒野凄迷的景色。

他迅速画出一方石,几株树。①

笔触那么疏淡、简远、清雅、稳重。

那份不动声色,那份磊落之气,几乎与当年的苏东坡别无二致。

在北宋末年落寞迟暮的气氛里,那石头,更凸显几分坚硬与顽强。

只是后来,伴随着金兵南下,那画,那墙,那宫殿,都在大火中消失了。

仿佛突然中断的电影画面。

只不过,在这世上,有些美好的事物是可以逆生长的。

当枯树发芽,石头花开,一张纸页成为传奇,人们就会从那张古老的纸上,嗅出旧年的芬芳。

(本文选自《在故宫寻找苏东坡》,
人民文学出版社,2020年版)

---

① 〔宋〕王明清撰,田松青校点:《挥麈录》,第157页,上海:上海古籍出版社,2012年版。

吴三桂的命运过山车

第一节 倾国之灾

康熙十二年(公元1673年)十二月二十一日，有两匹快马冲入北京城，穿过一条条街道和漫天飞舞的冰霰，冲向正阳门内。街上有人循声望去，脸上露出惊愕的表情，嘴巴张成圆形。因为在城里，从来没有人把马骑得如此飞快，到了大清门的下马石前也不见减速。他们根本看不清这骑马人的面孔，只看到疾驰如飞的速度已将他们脑后的长辫拉成一条直线。但经多识广的北京人一定猜得出，千里之外又出大事了。这两匹快马在坚硬如铁的石板地上敲下一连串坚实的马蹄声，有一种催促人心的力量，但没有人猜得出他们带来了怎样的消息，更不会有人知道，建立不到三十年的大清国，倾国之灾已近在眼前。

两匹快马一路奔到兵部衙门前才停下，那两人飞身下马，脚步零乱地冲进去，双手抱着柱子，身体一起一伏，呼吸越来越浑浊和急促，身体深处甚至发出"毕毕剥剥"的爆裂声，终于，眼睛一翻，昏了过去。

没有人知道，他们已经马不停蹄，疾驰了十一个昼夜。

堂吏认出了他们，一位是兵务郎中党务礼，另一位是户部员外萨穆哈。他们是被朝廷派至贵州，备办吴三桂撤藩搬迁所需粮草船只的。他不知他们为何如此急匆匆地赶回北京，只看到他们嘴唇哆嗦着，已经说不出一句话。堂吏急忙送水过去，看他们喉头一耸一耸地把水吞下去，才慢慢地睁开眼，几乎同时说出一个惊天的消息：

"吴三桂……反了！"[1]

我无法想象康熙大帝在宫殿里得知这一消息时的表情，是震惊，是意外，还是愤怒？那一年，康熙才十九岁，有一张年轻俊美的面庞，自小在宫殿里长大，使他看上去文弱而俊朗。但后来的历史证明，他是一个经得起大事的人。他八岁登基，十四岁亲政，第二年就把权臣鳌拜拿下了。但是此时，他面对的是一个更加凶悍的对手，那就是身经百战的平西王吴三桂。

那或许是年轻的康熙第一次尝到被背叛的滋味，而且，居然有这么多人背叛他。且不说吴三桂——多尔衮、顺治、康熙三代都未曾亏待他，崇祯十七年（公元1644年）的四月二十二日己卯时分，吴三桂在山海关剃发的那一时刻，多尔衮就以顺治皇帝的名义，授予他平西王的称号，康熙元年（公元1662年），康熙又亲自提名，晋封他为亲王，使吴三桂成为得到清朝亲王爵位的第一位汉人，朝廷对他也达到了赏赐的极限，那位陕西提督王辅臣，也几乎是康熙最爱惜的将军。三年前，王辅臣准备离开京城前往甘肃平凉上任，康熙舍不得他走，对他说："朕真想把你留在朝中，朝夕接见。但平凉边庭重地，非你去不可。"后来，康熙又说："行期已近，朕舍不得你走。上元节就要到了，你陪朕看过灯后再走。"临出发那天，康熙突然看见御座边上的一对蟠龙豹尾枪，就对王辅臣说："此枪是先帝留给朕的。朕每次外出，必把此枪列于马前，为的是不忘先帝。你是先帝之臣，朕是先帝之子。他物不足珍贵，唯把此

---

[1] 《圣祖仁皇帝实录》，见《清实录》，第四册，第585页，北京：中华书局，1985年版。

枪赐给你。你持此枪往镇平凉，见此枪就如见到朕，朕想到留给你的这支枪就如见到你一样。"

康熙话音未落，王辅臣早已跪倒在地，泪如雨下，久久不能起身。他抽泣着说："圣恩深重，臣即肝脑涂地，不能稍报万一，敢不竭股肱之烽，以效涓埃！"①

但王辅臣还是反了，跻身在叛乱的队伍中，与朝廷刀兵相向。康熙想必是被这一连串的"不可思议"打蒙了。他一心治国，却众叛亲离。那段日子里，他一定在苦苦思忖，到底是自己出了问题，还是这个世界出了问题。

第二节 午门以深

当年李自成败亡前，以火烧阿房宫的项羽为榜样，一把火烧了紫禁城。两天后，多尔衮、皇太极的遗孀孝庄皇太后带着七岁的顺治抵达北京，进入紫禁城，看到的只是废墟内部闪烁不定的火焰，和盘旋在上空的几缕青烟。

这个携带着关外的寒气与杀气的王朝，进宫伊始，就充当了消防队员的角色——不只要灭掉紫禁城里的火，还要灭掉全天下的火。顺治在装饰一新的太和门前颁诏天下，太和门的后面却是一片荒凉、一个破败不堪的巨大废墟，像一具被掏去内脏的遗骸，透着阴森和冰凉。

这就是大清王朝最初的舞台。

那时的天下，至少还有三个皇帝。大顺皇帝李自成，正从北京

---

① 〔清〕刘献廷：《广阳杂记》，第四卷，第 185—186 页，北京：中华书局，2007 年版。

向他黄土高原上的老巢退却,打着东山再起的算盘;在西南的四川,张献忠建立了大西政权;而在江南,大明王朝还有一片残山剩水,供那些养尊处优的明朝官员苟延残喘,崇祯吊死后第二十四天,消息才传到陪都南京,于是在一片吵吵闹闹中把朱由崧推上帝位,要化悲痛为力量,去继承崇祯的遗志。

这是一片盛产皇帝的土地。土地越是贫瘠,当皇帝的冲动就越是不可遏阻。他们眼中闪动着亢奋和凶险的光焰,自告奋勇地充当救世主的角色,不幸的是皇帝的名额只有一个,四海之内,只能有一个真龙天子。为争夺这个法定名额,他们彼此间要大打出手,把流血和死亡,当作自己的选票。

四个皇帝中,只有七岁的顺治定鼎燕京,入主紫禁城,祈告天地宗庙社稷,取代了原来的明朝皇帝。

紫禁城,是天命之城,因为这座皇城自兴建那天起就是和上天紧紧联系在一起的。"紫",就是紫微星垣(即北极星)。在中国古代的天象观中,天上的恒星分为三垣(即太微垣、紫微垣和天市垣)和二十八宿,其中紫微星垣居于中天,位置永恒不变,那是天帝的居住地,名字叫紫宫或紫微宫。那么,天帝的人间代表——天子,也自然居住在人世间的中心,"王者受命,创始建国立都,必居中土"[①],皇帝的宫殿就是中土,是大地的中央,它也必须以"紫"来命名,表明它与天帝的紫微宫处于相同的序列,因此有了"紫禁城"的命名。三大殿,对应的是天上的三垣,而最重要的寝宫乾清宫、坤宁宫,这一乾一坤,也包含了对天、地的隐喻,与乾清宫东面的日精门、西面的月华门,共同组成天、地、日、月。换

[①] 《五经要义》,转引自乔匀:《紫禁城宫殿建筑与儒学思想》,见《中国紫禁城学会论文集》,第一集,第21页,北京:紫禁城出版社,1997年版。

句话说，偌大的紫禁城，那些星罗棋布、波澜起伏、由无数的直线和曲线组成的宫殿庭院，本身就是一个微缩的宇宙，尤其在夜里，当整个世界都黑暗下来，只有宫殿里灯火繁华，紫禁城就跟这宇宙星系紧紧地融在一起，没有分别了。皇帝就在这天地日月精华中"奉天承运"，他的每一举动，都代表了上天的力量。那条纵贯南北的中央子午线（中轴线），就是人间最重要的权力线，也是帝国内部最敏感的中枢主导神经。紫禁城把上天的意志完美地贯彻到了人间，在它的装饰下，权力不再是野蛮的化身，不再代表暴秦一般的霸权铁律，而是对天意的表达。它纠结（或者说绑架）了上天的力量，使它的主人有了空前的合法性，仿佛一件放大的龙袍，谁穿上谁就是正宗。

李自成也穿上了龙袍，也在紫禁城内登基了，但他没敢，或者是没来得及与那条中轴权力线发生联系，因此没有成为真龙天子，他的大顺王朝也没能纳入中国王朝的序列。他在紫禁城西部的武英殿登基，也选择了向西逃亡，西对应着他的生门，同时，也是他的死穴。

顺治皇帝站立在太和门前，成为至高无上的帝王。他不仅接收了明朝皇帝的权威与荣耀，也将他全部的烦恼照单全收，曾经困扰崇祯皇帝的所有难题，如今同样都堆在顺治皇帝的案头，甚至，他的处境更加堪忧——黄土高原上的李自成、天府之国的张献忠这两个明朝宿敌依旧对清朝虎视眈眈，此外的南明政权，也是一股不容忽视的势力。他三面受敌，或者说，这个王朝诞生伊始，就处在敌人的包围圈中。

在收拾这片旧山河的同时，清朝也开始收拾这片残破的宫殿。

建筑工地从午门开始，经三大殿，一路蔓延到东西六宫。① 这一时期，工匠像战场上的将士一样忙碌。在紫禁城的中央，在中轴线上，有成千上万的民夫在劳作。难道这不是一场声势浩大的行为艺术吗？凡俗而卑微的民夫出现在只有皇帝才能出现的中轴线上，出现在太和殿的中央，甚至出现在摆放龙椅的搭垛上。那搭垛有一个专业的名字，叫作"陛"，实际上是皇帝上下龙椅的木台阶，此时，只有那些身份卑微的民夫才是真正的"陛下"，而皇帝，则只能偏居在紫禁城的一隅，等待着紫禁城的建成。

巨大的宫殿又重新出现在红墙的内部，与原来的部分严丝合缝。午门，顺治四年建成②；乾清宫，顺治十二年（公元 1655 年）建成，而它的真正完成，则是康熙八年，和太和殿工程一道完工。③ 康熙在保和殿住到十五岁，后来又在武英殿住了一年，自乾清宫重修竣工，康熙就移居到乾清宫昭仁殿，在此度过了他生命中的后五十年。

吴三桂反叛的日子里，康熙就住在昭仁殿。昭仁殿在乾清宫的东侧，虽然与乾清宫相连，紧邻紫禁城中轴线，但在乾清宫这座显赫的寝宫面前，这座面阔三间的小殿还是十分不起眼。今天的游客来到乾清宫，看完了金龙盘旋的御座和御座上方康熙手书的"正大光明"匾，就会穿过龙光门，转到它身后的交泰殿和坤宁宫去。

崇祯十七年（公元 1644 年）三月十八日，那个雨雪交加的夜晚，崇祯皇帝得知内城已陷的消息，说了声"大势去矣！"就在昭

---

① 姜舜源：《论北京元明清三朝宫殿的继承与发展》，见《紫禁城建筑研究与保护——故宫博物院建院 70 周年回顾》，第 89 页，北京：紫禁城出版社，1995 年版。
② 〔清〕鄂尔泰、张廷玉编纂：《国朝宫史》，上册，第 187 页，北京：北京古籍出版社，1987 年版。
③ 同上书，上册，第 189、204 页。

仁殿，拔剑砍死了自己的亲生女儿昭仁公主。康熙没有住在华丽轩昂的乾清宫，而是选择了偏居一隅的昭仁殿，一个重要的原因，就是清朝在四面楚歌中建立，天生就有忧患意识。康熙住在昭仁殿，那里记录着崇祯亡国的历史，有崇祯的提醒，大清王朝才不会重蹈覆辙。

那时他在昭仁殿里住了仅仅三年。他知道治大国如烹小鲜的道理，三年中的每一天，他都是如履薄冰、小心翼翼地度过的——他每天凌晨四点前就起床，坐以待旦，以防止帝王的安逸生活会让他趋于慵懒和麻木。

很多年后，康熙皇帝为昭仁殿写下四句诗：

> 雕梁双凤舞，
> 画栋六龙飞。
> 崇高惟在德，
> 壮丽岂为威？[1]

一个王朝的权威性不是仰仗威严的宫殿建立起来的，而是看他的行为是否受到天下百姓的拥戴。

这样提防着，凶险还是不期而至。

第三节　复仇之刃

说起大清王朝的开国功臣，恐怕没有一个比得上吴三桂。

---

[1] 〔清〕鄂尔泰、张廷玉编纂：《国朝宫史》，上册，第208页，北京：北京古籍出版社，1987年版。

那不仅仅是因为在公元 1644 年，统领大明王朝关外兵马的吴三桂背弃了与李自成已经达成的默契，把潮水般的大清军队放进关内，导致大明王朝彻底倾覆和李自成的功败垂成，更因为他紧紧咬住败退的李自成紧追猛打，直至将他彻底剿灭，在这之后，又替大清王朝铲除了南明政权，用弓弦残忍地绞杀南明政权最后一位皇帝——永历皇帝，让大清王朝终于放下了那颗悬着的心。

吴三桂从山海关跟随清军一路进关，没有进北京城，就向着李自成败退的方向一路追去了。他没有时间进城，多尔衮也不允许他进城，因为他毕竟是汉人，多尔衮不准他先期进城，当然有他的不放心——万一吴三桂入宫，率先坐在紫禁城的龙椅上，大清岂不是前功尽弃？但吴三桂那时也考虑不了这么多，李自成是他最大的仇人，他不能放走他，他要追上他，亲手把他劈成两半。

那时的北京城里，几乎所有的宫殿都冒着黑烟，空气中弥漫着硝磺、桐油、烧焦的木头和人的尸体发出的呛鼻味道。与这座城池擦身而过，吴三桂一定会心情复杂地向城墙上方那片污黑的天际望上一眼。他心情黯然，这或许与街巷中那些仓皇无措的百姓无关，甚至与那个走投无路的大明皇帝无关，而只关乎一个女人——他耳鬓厮磨的爱妾陈圆圆。在这个世界上，已经没有什么让他牵挂的了。他的父亲吴襄是被李自成在永平范家店斩首的，首级挑在竹竿上示众；他全家大小三十四口也在北京二条胡同满门抄斩，一个也没活成；甚至连他的忠诚都死了，大明王朝的纲常名教全是一通鬼话，李自成的大顺王朝更是贪婪到丧心病狂，它们都是一丘之貉，都不值得他去效忠。他的心，死了，再也没有什么人需要他牵挂了，他感到一种彻底的轻松。假如说还有一个例外，那就是陈圆圆。在这个冷漠的世界上，也只有陈圆圆还能牵动他的一缕柔情。

那时他一定会想,那个被刘宗敏霸占的陈圆圆,此刻正在何处?大顺军队仓皇逃亡之际,她到底是死,是活?是夹杂在流萤一般纷乱的人群中逃命,还是被大顺军队挟持出走?想到这里,一种深刻的绝望与痛楚一定会深深地扯住他的心,让他感到一阵剧烈的痉挛。

与少帅吴三桂的挺拔凶猛相比,李自成的败亡堪称狼狈。他们人马相撞,在满城飞舞的渣滓和灰烬之间,踉跄着逃出齐化门。然而惊魂未定,前面的战马就倒在地上,马腿绊在马腿上,结果是无数战马如同多米诺骨牌一样接二连三地倒下,一股股的石灰粉扬空而起,迷瞎了人们的双眼,越是用手擦,石灰就越是往眼缝儿里钻。那是吴三桂预先侦察到他们的逃亡路线,在齐化门外的大道上提前挖了数千个陷阱,里面放上大水缸,水缸内装满石灰,又在上面盖好浮土,等着大顺军队马失前蹄。李自成的士兵们的惨叫声,与战马绝望的嘶鸣声混合在一起,像旋涡一样在天空中盘旋着,很多年后,有人说每逢大雪之夜出齐化门的时候,还能听到这些恐怖的声音。

吴三桂像一只老鼠夹子,牢牢地夹住李自成部队的尾巴,让它痛不欲生,又甩不掉它。李自成匆匆涉过无定河①,出城才三十里,就被吴三桂追上了。那时李自成的队伍带着从宫殿里掳来的物资辎重,还有宫人美女,行动迟缓,于是,李自成传出号令,甩掉那些辎重。吴三桂涉过无定河,一到固安,就看见那些零乱的金银衣甲,有的散落在道旁,有的斜挂在树上,像吊死鬼,随风舞动。

这仿佛是一场奇特的欢迎仪式,自从过了无定河,自固安到涿州再到保定,李自成的人马一路上都为吴三桂准备了金银财宝,挂

---

① 隋代称桑干河,金代称卢沟河,清康熙三十七年改名为永定河。

在路边的树枝上,金光闪耀,吸引着吴三桂部下的视线。只有吴三桂目不斜视,他知道,假如被那些财宝引诱,去争抢"战利品",就会失去宝贵的追击时机。他不允许自己有丝毫的犹豫,因为在他眼里,最大的战利品无疑是李自成的那颗人头。只有用那颗人头,他才能告慰自己的父亲和全家老小,也才配得上装饰他的战无不胜。

  李自成退出北京那天,是四月三十日清晨。四天后,距定州①还差十里,吴三桂就远远地望见了前方的大顺军。大顺军负责断后的部将谷大成也看见身后地平线上飞扬的尘土。尘土渐渐消落的时分,铠甲和兵刃在阳光下闪闪发光,奔跑的马蹄声也像海浪一样,一层一层地浮起来。他知道追兵到了,立即掉转马头,让队伍后阵变前阵,准备迎击吴三桂。转眼间,吴三桂的队伍就带着巨大的惯性,冲到谷大成阵中,双方厮杀在一起,仿佛两股混浊的旋涡,互相冲击和缠斗。大顺军疲于奔命,饥寒交迫,归心似箭,一心要离开这是非之地,早已无心恋战,更重要的是,在山海关,他们早已领教过吴三桂铁骑的厉害,所以吴三桂的骑兵一冲过来,大顺的阵势就乱了,人人自保,各自为政,谷大成大叫着,挥刀劈死了几名临阵退缩的士兵,却依旧制止不了颓败的局势。此时吴三桂已杀红了眼,脖子上青筋暴凸,挥刀斩去别人的头颅犹如斩下地里的高粱棵子,定州北十里的清水铺,已然成了一片屠宰场,地上躺满了横七竖八的尸体,鲜血从那些尸体里滋出来,力道强劲,在空气中划过一道道弧线以后,形成一摊一摊的血洼,如同画家在大地上涂下的亮丽油彩。

---

  ① 今河北定州市。

第四节　乱世佳人

一片兵荒马乱中，陈圆圆就混杂在那群满面血污、衣衫凌乱的女子中。她没有死。从后来的史料推测，李自成下令将吴三桂全家抄斩时，她应该不在北京二条胡同吴宅，而是已被刘宗敏掳至府中，溃逃时，刘宗敏必定是舍不得杀她，就把她和数千女子匆匆带上逃亡之路。吴三桂的队伍杀过来时，陈圆圆一定是远远望见了吴三桂，所以当其他女子纷纷逃命的时候，她却孤身迎着吴三桂的战旗走去……

自从吴三桂在山海关听到陈圆圆被刘宗敏霸占，就再也没有得到过陈圆圆的消息。记忆中那个熟悉的陈圆圆被战火、浓烟和死亡一层层地遮挡起来，像一层厚厚的血痂，把他的心紧紧包裹住，让它变冷、变硬，失去了原有的温度和质感，他整个人都变成一个杀人的机器，幽暗、冷酷，没有了正常人的情感。所以当陈圆圆再度出现在自己面前时，他简直无法判断眼下是梦，是幻，还是无须质疑的真实。

可以想象那一夜会是多么漫长，她美轮美奂的面孔、玉一般的肩膀，乃至馨香入骨的气味，他都是那么熟悉。这些都曾在他的世界里销声匿迹，如今，它们都回来了，在他伸手可触的范围内。当他企图覆盖她的身体，在黑暗中寻找她温热的嘴唇，他才发现自己的动作居然是那么粗鄙和笨拙。在这凡俗的，甚至肮脏的世界中，她就是仙女，让他的生命有了希望和光泽。找到陈圆圆，等于让吴三桂找回了那丢失已久的魂。他那颗孤悬已久的心终于又回到了原来的位置上，有了最初的血流。他不再晕眩，不再迷茫，而终于有了正常的心跳。

这一刻他才发现,深埋已久的爱情居然没有泯灭,他渴望这份爱情能让他的灵魂得到一个安歇之所,但陈圆圆终究不是止痛剂,也不是迷幻剂。时间一久,吴三桂心底的那份疼痛就会幽幽地泛上来。当新一轮的疼痛涌上来时,甚至会比之前更加疼痛。

一个新的问题此时会隐隐地浮上来,把吴三桂的心扯住——被刘宗敏霸占期间,陈圆圆会不会失节?关于这一隐私,我查遍史料,没有找到答案。我想这一秘密一定随着主人进了坟墓,即使时人有记录,也未必靠谱——兵荒马乱,谁会在意一个艺伎的下落呢?而作为当事人,吴三桂和陈圆圆也绝无可能对外人谈及此事。陈圆圆固然曾是吴门名妓,色艺冠时,但中国历史上的名妓展露的通常只是绝技而并非肉体,陈圆圆后来被田弘遇收入府中,也是以歌伎身份供养,便于他结交名士。遇到吴三桂,才两情相许。这份深情,岂容他人染指?因此,他们重逢的喜悦里,一定夹杂着一种深刻的隐痛。我猜想这份疼痛一定折磨着他,撕扯着他,甚至控制着他。最终,那份椎心泣血的疼痛又彻底俘获了他,让他俯首帖耳,驱使他拿起自己的兵刃,继续复仇。从这个意义上说,那个柔情的夜晚又是多么短暂。

芙蓉帐底,连鬓并暖,那绝不是吴三桂此行的终点,而只是他的起点。

天长地久有时尽,此恨绵绵无绝期。[①]

天亮的时候,吴三桂又成为原来的那个吴三桂——那个属于战场的、杀人不眨眼的吴三桂。他的心被仇恨填满了,只有凶狠而持

---

① 〔唐〕白居易:《长恨歌》,见《唐诗选》,下册,第149页,北京:人民文学出版社,1978年版。

久的杀戮才能消解这份恨。在爱与恨的角逐中，占上风的往往是后者。

吴三桂披挂好铠甲，又上路了。他不知哪里是终点，或许，只有李自成的死路，才是此行的终点。他不知道，他估计得太保守了。这条路越走越长，他出大同，渡黄河，取榆林，逼延安，李自成丢了根据地，拔营南下，奔向湖北，吴三桂咬住不放，击溃刘宗敏、田见秀五千步骑兵，生擒了刘宗敏、宋献策，把李自成一步步逼入九宫山的死地。

李自成死后，仇恨也并没有在他的心中泯灭。他为这仇恨寻找新的猎物，那就是南明王朝的末代皇帝朱由榔。朱由榔（永历）是明神宗朱翊钧（万历）的孙子，明熹宗朱由校（天启）、思宗朱由检（崇祯）、安宗朱由崧（弘光）的堂弟。此时，他已是南明政权的第四代领导核心（前三代分别是弘光政权、隆武政权、鲁王监国政权），而那个以明为号的国度，依旧延续着它从前的黑暗。对于这个流亡政权来说，官僚们的既得利益已经很小，但他们依旧死抱不放，每个人都想着自己，没人顾及国家的安危。腐败和党争对他们来说已成习惯，没有它们，他们活不下去，有了它们，他们又注定会灭亡。或许正是这一点，使得吴三桂的背叛有了理直气壮的理由。

永历带着他的一班文武狼狈逃向云南，进入昆明。但没过多久，清军就像奔涌的洪水，尾随而至。永历无路可退，只好越过国境，逃往缅甸。他带着他王朝的军队和百姓刚出昆明城西的碧鸡关，人马就拥挤踩踏，哭声震天，永历不禁下令停车，站起身来，扶住黔国公沐天波的肩头，回首眺望昆明宫阙，一行热泪滚涌而出，带着凄苦的哽咽声说："朕行未远，已见军民如此涂炭，以朕一人而苦万姓，诚不若还宫死社稷，以免生灵惨毒。"① 说完，放声大哭。

顺治十八年（公元 1661 年），年仅二十四岁的顺治皇帝辞世，康熙登基，永历的命运，不会因清朝皇帝的变化而有丝毫的改变。十二月初二，日已西沉，丛林笼罩在一片薄暮中。走投无路的永历，连同太后、皇后，依次坐上缅甸官员备好的轿子，向河岸走去，文武大臣和妻妾子女在他们后面一路跟随，一路哭泣。大约行了五里，就到了河岸，永历看见有几只船早在那里等候，就下轿登舟。船起航了，风从丛林里钻出来，在他耳边拂过，声音凄厉。这时天完全黑了下来，周遭什么也看不见，永历也不知船往哪里去。就在这时，突然有一个人涉水来到永历船前，背上永历就走。永历问来者何人，他说："臣是平西王前锋高得捷。"永历语气平缓地说："平西王吴三桂吧！现在已到这里吗？"来者沉默不语，四周传来他行走时哗哗的水声。

吴三桂就这样与缅甸王合谋擒获了永历。就在这一天夜里，吴三桂前往羁押地见永历，行了一个长揖礼，并没有跪拜。永历问："来人是谁？"吴三桂沉默着，不敢回答。永历再问，吴三桂扑通一声跪倒，依旧不敢回答。永历第三次问，吴三桂才鼓起勇气，说出了自己的名字。永历叹了一口气，说："朕本北人，死时要面朝北京的十二陵，你能办得到吗？"② 吴三桂面如死灰，只答了一个字："能。"就出去了，从此再也不敢面见永历。

康熙元年四月二十五日，吴三桂下令，在昆明城外的篦子坡，

---

① 〔清〕李天根：《爝火录》，下册，第 927 页，杭州：浙江古籍出版社，1986 年版。

② "朕本北人，欲还见十二陵而死，尔能任之乎？"见〔清〕徐鼒：《小腆纪传》，第六卷，第 81 页，北京：中华书局，1958 年版。

将永历父子用弓弦勒死，然后将遗体运到城北门外火化，销尸灭迹。

据史书记载，永历被勒死的时候，昆明城突然响了三声霹雳，大雨倾盆而至，空中突然出现一团黑气，像龙一样飘忽游荡，徘徊良久，才缓缓离去。①

第五节　山河泣血

党务礼和萨穆哈将吴三桂反叛的消息传入宫阙之前，这个帝国正按它固有的节奏有条不紊地行进着，就像一条河流，不徐不疾，却沉实而稳定。在岁月的更替中，康熙取代了顺治，一步步实现了权力的平稳过渡。不久之前，康熙皇帝刚刚根据太皇太后的旨意，加封了顺治的后妃，三位博尔济吉特氏分别被封为恭靖妃、淑惠妃和端顺妃，董鄂氏也被封为宁谧妃②。对于那些宫墙深锁、罗幕轻寒的先帝宫妃们来说，这样的封赏多少也是一点安慰，至少，她们没有被这宫城孤立、遗忘。

冬至这一天，康熙前往天坛圜丘祭天，又派遣官员前往永陵、福陵、昭陵、孝陵奠拜先祖，苍茫的天地中，他感到一丝孤独和无助，就像一个孩子，要伸手牵住长辈们的衣襟。

之后，康熙又亲率文武大臣侍卫等，前往太皇太后、皇太后所住的慈宁宫行礼，又前往太和殿，接受文武百官上表朝贺。③

---

① "风霾突地，屋瓦俱飞，霹雳三震，大雨倾注，空中有黑气如龙，蜿蜒而逝"，见〔清〕《庭闻录》，第22页，上海：上海书店，1985年版。
② 《圣祖仁皇帝实录》，见《清实录》，第四册，第582页，北京：中华书局，1985年版。
③ 同上书，第四册，第580—581页。

那是宫殿中最重要的三个节日之一①，内廷通常要举行隆重的贺仪。昭仁殿外，乾清宫、交泰殿和坤宁宫这后三宫就仿佛微缩的天地，在雪白的台基上展开。天刚微明，内銮仪卫就已经在交泰殿左右设好了仪驾，在交泰殿檐下设中和韶乐，在乾清宫北面的檐下设丹陛大乐。中和韶乐和丹陛大乐，是明清两朝宫廷用于祭祀、朝会、宴会的皇家音乐，融礼、乐、歌、舞为一体，文以五声，八音迭奏，是名副其实的雅乐。乐声中显示出皇家对天神的歌颂与崇敬，也渲染出皇权的神圣与威严。

天色亮时，宫殿的轮廓一层层地自天宇下浮现出来，随着执礼太监的奏请声，皇后着礼服，仪态雍容地走出坤宁宫，到交泰殿升座。她头戴薰貂吉服冠，冠上缀着朱纬，均匀地覆盖着冠顶，冠上缀着的东珠，在冬日的薄阳下熠熠发光，坤宁宫外，皇贵妃、贵妃、妃、嫔等早已在交泰殿前站好。这时，中和韶乐响起，玉振金声，在冰凉的空气中荡远，第一乐章是《淑平之章》，歌词如下：

> 承天地道光，
> 嗣徽音兮俪我皇。
> 椒宫壸教彰，
> 万国为仪燕翼昌。
> 彤管纪芬芳，
> 春云渥，
> 环珮锵。
> 安贞德有常，

---

① 元旦、冬至和帝后万寿(生日)是皇宫三大节日。

敷内政，

应无疆。①

……

然而，透过这平和典雅、节奏缓慢的乐曲，在大地的远方，已经荡起一片尘烟。置身太平盛世，转眼就是祸起萧墙、山河泣血。

听到吴三桂谋反的奏报时，康熙皇帝面沉似水。他是那么年轻，就像他统治的大清国，年轻、冲动，满怀理想与激情，却又要经过太多的迷乱、彷徨甚至挫败。

微小的昭仁殿，谛听得到天地日月运转的声音吗？康熙时常望着门外的风雨，遥想着在重重宫门之外，在风雨之外，有连绵的战事正在发生。宫殿犹如江山，被凄风苦雨笼罩着，显出一派凄迷的光景。或许那时刚好有一匹载着驿卒的瘦马，跨过河水暴涨的卢沟桥，驰入风雨中的北京城，把来自穷乡僻壤的奏报，一层层地传入宫阙，呈递到他的面前。

康熙皇帝在昭仁殿里迎来了他执政生涯的最大危机。他面色沉稳，他的目光盯紧了帝国的版图，准备在这块巨大的棋盘上与吴三桂好好下一盘棋，看看到底鹿死谁手。康熙派孙延龄守广西，瓦尔喀进四川，停撤平南王尚可喜、靖南王耿精忠两藩，以团结一切可以团结的力量，同仇敌忾。那是一场看不见对手的鏖战，既考验果敢，也考验耐心。康熙和吴三桂，面孔分别深隐在紫禁城昭仁殿和昆明平西王府里，相距万里，却都能感觉到对方脸上的杀气。他们各自布下的棋子，在楚河汉界两侧排开了阵势，为争夺每一寸土地

---

① 〔清〕鄂尔泰、张廷玉编纂：《国朝宫史》，上册，第86、87页，北京：北京古籍出版社，1987年版。

而殊死拼杀。地图上的荆州，绝对是不能丢失的一个点。这春秋时楚国的大本营，自古是天下的要冲，在江汉平原拔地而起，扼守着长江天险，自它诞生起，就几乎与战争和死亡相伴随。荆州的历史，就是一部浴血史，层层叠叠的死尸，成为它成长的最佳沃土。这里是离死亡最近的地方，大意失荆州，往往会带来满盘皆输。康熙召见议政大臣等，说："今吴三桂已反，荆州乃咽喉要地，关系最重。着前锋统领硕岱、带每佐领前锋一名，兼程前往，保守荆州，以固军民之心，并进据常德，以遏贼势……"①

吴三桂棋先一着，康熙紧随其后，落子无悔。他们各自的棋子犹如一场疾雨，在帝国的大地上散开，随即隐没在那一片焦枯的土地上。

一时间，康熙无事可干，他感到极度紧张之后的突然放松。等待不是最好的办法，但有时，除了等待，世界上没有更好的办法了。

昭仁殿静谧无声，这寂静，也是一种彻骨的煎熬。

第六节　红亭碧沼

本来，吴三桂用不着再反了。

永历的死，标志着吴三桂的复仇大业已经圆满完成。他心目中的仇人，一个个地从世界上消失了，变成尸体，变成灰渣，变成微量元素。他剿杀了李自成，扫平了山陕等地的贺珍叛乱和甘肃的回民起义，彻底铲除了南明的流亡政权，在完成个人复仇的同时，顺

---

① 《圣祖仁皇帝实录》，见《清实录》，第四册，第 585 页，北京：中华书局，1985 年版。

便也帮大清朝荡平了天下。

康熙登基那年，清朝的最后一个政敌——永历，已经在昆明篦子坡被吴三桂活活勒死了。所有的动荡，所有的离乱，似乎都因永历的死而宣告了终结。爱也爱了，恨也恨了，无论吴三桂，还是这个在战火中煎熬已久的国度，都应该歇歇了。

我相信在这段时期，无论昭仁殿里的康熙皇帝，还是镇守云南的吴三桂，都度过了各自生涯中最轻松、最惬意的时光。一座座崭新的宫殿在紫禁城内重新矗立起来，以宏大的规模宣示着这个王朝的野心，吴三桂也不甘落后，建造气势恢宏的平西王府。在遥远的云南红土地上，楼宇派生出楼宇，亭台复制着亭台，值得一提的是，王府的选址不在别的地方，而是恰在永历皇帝的故宫——五华山故宫。

当时有人这样描写吴三桂王府之富丽："红亭碧沼，曲折依泉，杰阁崇堂，参差因岫，冠以巍阙，缭以雕墙，袤广数十里。卉木之奇，运自两粤；器玩之丽，购自八闽。而管弦锦绮以及书画之属，则必取之三吴，捆载不绝，以从圆圆之好。"[1] 陈圆圆当年"牵萝幽谷，挟瑟勾栏时"[2]，怎会想到今天的光景！

除了王府，吴三桂还大肆兴建花园，比如王府西面的"安阜园"，广达数十里，流水碧波，有虹桥飞架，园内亭台楼阁，高达百余丈，园中松柏，也高达三丈。他在园中建了一座"万卷楼"，收藏古今书籍，"无一不备"。当然他还收集美女，为此，他派遣专人，到"三吴"地区挑选美女，后宫之选，不下千人。在自己的地盘上，吴三桂建立了一个属于自己的乐土，每逢宴乐，吴三桂

---

[1] 原文见〔清〕钮琇：《觚賸》，第72页，上海：上海古籍出版社，1986年版。
[2] 同上书，第70页。

就会拿出自己的笛子，幽幽地吹起来，身边的宫人美女们窈窕伴舞歌唱。歌舞罢，吴三桂就命人重金赏赐，看到美女们争抢金银珠玉的身影，吴三桂放声大笑。

但吴三桂毕竟是一个重情意的人，无论他活得多么没心没肺，都没有忘记陈圆圆，因为她是他生死相依的伴侣。即使她曾被刘宗敏霸占，也没有影响他对她的爱意，这份感情，应当说难能可贵了。当朝廷降旨，将亲王的正室以妃相称的时候，吴三桂的第一心思就是把妃的名号赐给陈圆圆，陈圆圆说："妾以章台陋质，得到我王宠爱，流离契阔，幸保残躯，如今珠服玉馔，依享殊荣，已经十分过分了。如今我王威镇南天，正是报答天恩的时候，假如在锦绣当中置入败絮，在玉几之上落下轻尘，这岂不是贱妾的罪过吗？贱妾怎敢承命？"①

的确，陈圆圆所要不多，油壁车、青骢马，几经离乱之后，从前的梦想都化作了现实，化作眼前的良辰美景，她还有什么奢求呢？至于王妃的封号，她是承担不起的，吴三桂这才把它给了自己的正室张氏。

但他还是为陈圆圆专门修建了一座花园，名字叫"野园"，在昆明北城外，是一片浩渺无边的花园。美人似水，佳期如梦，在这繁花似锦的春城，他无须再想死亡和离别。在碧园清风中入睡，睡时陈圆圆在他身边，醒时陈圆圆还在他身边。无论是梦，还是醒，都不能把他们分开了。怀抱陈圆圆的吴三桂，拥有的岂止是美色，更是一番人世有情的温慰。有情人终成眷属，两情缱绻间，他此时的幸福，就像他的权力一样坚固，他可以完全凭借自己的意志来拼

---

① 〔清〕钮琇：《觚賸》，第 71—72 页，上海：上海古籍出版社，1986 年版。

搭梦幻的楼台,他的梦没有人能撼动。

那段日子里,吴三桂常来野园,用月光下酒。酒酣时,陈圆圆会唱上一曲。歌声悠扬清婉,那是属于他们自己的"中和韶乐",不是用来修饰辉煌的仪仗,而是对他们内心幽情的诉说。"冲冠一怒为红颜",那已是二十多年前的旧事了,吴三桂已不是那个怒发冲冠的少年,陈圆圆也已不是当年的美少女。但她虽已年届四旬,却依旧额秀颐丰、容辞娴雅,风韵丝毫未减。吴三桂听得动情,就会拔出宝剑,随歌起舞。陈圆圆歌唱,吴三桂舞剑,两个人的眼角,都漾着几点泪花。

但吴三桂想错了,他的世界貌似坚不可摧,实际上不堪一击。他的奶酪,并非无人能动。那个人,就是万里之外的康熙大帝。

吴三桂太迷信自己手中的实力,这种实力给他带来一种虚妄的安全感——天高皇帝远,他与康熙至少是井水不犯河水吧。但他穿金戴银,吃香喝辣,搜刮民脂民膏,俨然成了一方诸侯,他的安全感,分分钟就会被皇帝撕碎。

——假若皇帝调虎离山,召他进京述职,哪怕是召他入宫寒暄叙谈,他能抗旨吗?

一入深宫,他岂不就成了皇帝砧板上的鱼肉?

就像孙悟空,终究逃不出如来佛的手掌心。

红亭碧沼,那是吴三桂的乐园,更是他的陷阱。

失乐园,是他无法抗拒的命运。

吴三桂走到了他政治生涯的顶峰,从那顶峰坠落下来,也只是转眼间的事情。

一个朝代,一个人,都是如此。

康熙削藩的圣旨一到,他才如梦初醒。

第七节 鸟尽弓藏

吴三桂纸醉金迷、裘马轻狂,对社稷来说并不是一件坏事,因为一个玩物丧志的开国元勋对于朝廷来说绝对是"安全"的同义词。吴三桂已经位及亲王,是一个汉族官员所能达到的最高点,又有美人在侧,他应当是无欲无求了。

假如说吴三桂还有什么心愿的话,那就是朝廷能让自己像明朝沐英那样,世世代代镇守云南,世袭亲王的爵位。但他想得太简单了。西寺落成时,吴三桂让盐道官赵廷标作诗一首。赵廷标脱口而出一首打油诗:

> 金刚本是一团泥,
> 张拳鼓掌把人欺。
> 你说你是硬汉子,
> 你敢同我洗澡去!

虽是玩笑,却暗含了一种警示。飞鸟尽,良弓藏,狡兔死,走狗烹,这是千古不易的真理。功高盖主,更是人臣之大忌。因为他的功劳簿记得满满的,皇帝的英明就显不出来。自刘邦麾下悍将韩信到眼前的鳌拜,哪个功高震主的臣子不死得无比难看?更重要的是,昆明城里的万丈楼台,无疑是对紫禁城威严的巨大挑战,因为建筑本身就是野心的纪念碑,建筑的高度,标定着野心的高度。吴三桂的殿宇高达百丈,即使万里之外的北京,也无法视而不见。

危楼高百尺,下一句就是:手可摘星辰。

那颗星辰，就是皇帝朝冠上的那颗璀璨的龙珠。

昭仁殿里，康熙突然感到一阵冷风吹过自己的发际，他下意识摸了一下，头顶那颗龙珠还在。

终于，一种警觉的目光，第一次自紫禁城的深处射来。

只是吴三桂毫无察觉。如花的美景和美女的细腰遮住了他的视野。

人到中年的吴三桂，思考的能力已开始退化。

十多年前，我的朋友张宏杰曾经写过一篇关于吴三桂的长散文《无处收留》，我十分喜欢这篇散文。在这篇散文中，宏杰将康熙与吴三桂的冲突归结为二者道德原则的冲突，他写道："一条噬咬旧主来取悦新人的狗，能让人放心吗？一个没有任何道德原则的人，可以为功，更可以为祸。"

相比之下，"康熙皇帝基本上是在和平环境下长大的，与从白山黑水走来的祖先不同，他接受的是正规而系统的汉文化教育。到了康熙这一代，爱新觉罗家族才真正弄明白了儒臣所说的天理人欲和世道人心的关系。出于内心的道德信条，他不能对吴三桂当初的投奔抱理解态度，对于吴三桂为大清天下立下的汗马功劳，他也不存欣赏之意。对这位王爷的卖主求荣，他更是觉得无法接受。对这位功高权重的汉人王爷，他心底只有鄙薄、厌恶，还有深深的猜疑和不安。"[1]

精辟，深刻，却不完全。

因为宏杰兄高估了康熙大帝的道德信条，后来的事态发展证明，康熙也并非一个道德的完人，相反，他同样是一个过河拆桥、

---

[1] 张宏杰：《无处收留》，见《大明王朝的七张面孔》，第297—298页，桂林：广西师范大学出版社，2006年版。

背信弃义的行家里手。本文开篇提到王辅臣，本来是因为吴三桂造反而被康熙派到甘肃去平叛的，他却因受到陕西经略莫洛欺压，陷入死地，造成部队哗变，愤而叛清，向莫洛军营发起突然袭击，莫洛被流弹打死。从平叛到反叛，王辅臣命运的戏剧性转折让康熙百思不解，急忙召见王辅臣的儿子、大理寺少卿王继贞，劈头一句话就是："你父亲反了！"王辅臣是骁将，他的反叛，无论从心理上，还是战略上，都给朝廷带来极大的打击。康熙忧心忡忡地对大学士们说："今王辅臣兵叛，人心震动，丑类乘机窃发，亦未可定。"[①] 康熙不幸言中了，王辅臣的反叛，在陕甘引起连锁反应，绝大多数地方将领都加入到反叛的行列。陕西是战略要地，叛军向南可与四川叛军会合，向北可挺进中原，长驱直入帝都北京，而当时的清军正云集在荆州，准备堵住吴三桂这股洪水，北京城虚空，大清王朝已命悬一线。

朝廷实在没有力量再去对付王辅臣了，只能派了一些蒙古兵前往陕西征剿，天寒马瘦，数千蒙古骑兵集结在鄂尔多斯草原上，整装出发。但康熙深知，对王辅臣安抚为上，频频摇动橄榄枝，以求不战而屈人之兵。他不仅派人前往王辅臣营中，让他传达皇帝的旨意，甚至把王辅臣的儿子王继贞都派了过去，临行还叮嘱他："你不要害怕，朕知你父忠贞，决不至于做出谋反的事。大概是经略莫洛不善于调解和抚慰，才有平凉兵哗变，胁迫你父不得不从叛。你马上就回去，宣布朕的命令，你父无罪，杀经略莫洛，罪在众人。你父应竭力约束部下，破贼立功，朕赦免一切罪过，决不食言！"[②]

[①]《圣祖仁皇帝实录》，见《清实录》，第四册，第665—666页，北京：中华书局，1985年版。

[②]〔清〕刘献廷：《广阳杂记》，第四卷，第186页，北京：中华书局，2007年版。

送走了王继贞，康熙的心里还是忐忑不定。他在昭仁殿里徘徊苦思，然后走到紫檀长案前，提笔给王辅臣写了一封信：

去冬吴逆叛变，所在人心怀疑观望，实在不少。你独首创忠义，揭举逆札，擒捕逆使，差遣你子王继贞驰奏。朕召见你子，当面询问情况，愈知你忠诚纯正笃厚，果然不负朕，知疾风劲草，于此一现！其后，你奏请进京觐见，面陈方略。朕以你一向忠诚，深为倚信，而且边疆要地，正需你弹压，因此未让你来京。经略莫洛奏请率你入蜀。朕以为你与莫洛和衷共济，彼此毫无嫌疑，故命你同往再建功勋。直到此次兵变之后，面询你子，始知莫洛对你心怀私隙，颇有猜嫌，致有今日之事。这是朕知人不明，使你变遭意外，不能申诉忠贞，责任在于朕，你有何罪！朕对于你，"谊则君臣，情同父子"，任信出自内心，恩重于河山。以朕如此眷眷于你，知你必不负朕啊！至于你所属官兵，被调进川，征戍困苦，行役艰辛，朕亦悉知。今事变起于仓促，实出于不得已。朕惟有加以矜恤，并无谴责。刚刚发下谕旨，令陕西督抚，招徕安排，并已遣还你子，代为传达朕意。惟恐你还犹豫，因之再特颁发一专敕，你果真不忘累朝恩眷，不负你平日的忠贞，幡然悔悟，收拢所属官兵，各归营伍，即令你率领，仍回平凉，原任职不变。已往之事，一概从宽赦免。或许经略莫洛，别有变故，亦系兵卒一时激愤所致，朕并不追究。朕推心置腹，决不食言。你切勿心存疑虑畏惧，辜负朕笃念旧勋之意。①

---

① 此为李治亭先生译文，原文见《圣祖仁皇帝实录》，第四十四卷，见《清实录》，第四册，第589页，北京：中华书局，1985年版。

这封信声情并茂，连顽石都能融化，王辅臣的骨头再硬，也抵御不了皇帝的催泪攻势，史书记载，皇帝敕书一到，王辅臣就率领众将"恭设香案，跪听宣读"，向北京的方向，长哭不已。疾风夹杂着他们的哭号，听上去更加凄厉。终于，几经周折之后，王辅臣决定归降大清。这一捷报飞报北京，让康熙脸上立刻露出喜悦之色，宣布将王辅臣官复原职，加太子太保，提升为"靖冠将军"，命他"立功赎罪"，部下将吏也一律赦免。①

　　然而，康熙最终还是食言了，吴三桂死后，康熙并没有忘记对王辅臣秋后算账，康熙二十年(公元1681年)盛夏，正当清军如潮水般把昆明城团团包围的时刻，王辅臣突然接到康熙的诏书，命他入京"陛见"，他知道，兔死狗烹的时候到了，从汉中抵达西安后，与部下饮酒，饮至夜半，老泪纵横地说："朝廷蓄怒已深，岂肯饶我！大丈夫与其骈首僇于刑场，何如自己死去！可用刀自刎、用绳自缢、用药毒死，都会留下痕迹，将连累经略图海，还连累总督、巡抚和你们。我已想好，待我喝得极醉，不省人事，你们捆住我手脚，用一张纸蒙着我的脸，再用冷水噀之便立死，跟病死的完全一样。你们就以'痰厥暴死'报告，可保无事。"②听了他的话，部下们痛哭失声，劝说他不要自寻死路，王辅臣大怒，要拔剑自刎，部下只能依计行事，在他醉后，把一层一层的白纸蘸湿，敷在他的脸上，看着那薄薄的纸页如同青蛙的肚皮一样起伏鼓荡，直到它一点点沉落下来，王辅臣的脸上，风平浪静。

---

① 《圣祖仁皇帝实录》，见《清实录》，第四册，第796—797页，北京：中华书局，1985年版。
② 〔清〕刘献廷：《广阳杂记》，第四卷，第186页，北京：中华书局，2007年版。

王辅臣不露痕迹地死了，朝廷只能既往不咎。他以这样不露痕迹的"病死"假象蒙蔽了康熙，使他逃过了斩首，也保全了自己的全家和部下不被抄斩，但其他降清将领就没有他幸运了，自康熙二十年年底，清军攻下昆明，到第二年五月，不到半年时间，吴三桂手下大量投诚清朝的将吏被康熙下令处死，其中，从清朝反叛后又归降的李本琛、江义、彭时亨、谭天秘等均被凌迟处死，王公良、王仲礼、巡抚吴说、侍郎刘国祥、太仆寺卿肖应秀、员外郎刘之延等等一大批从吴三桂部队投诚朝廷的将领皆"即行处斩"，为斩草除根，他们超过十六岁的子女也在被杀之列，其余家眷亲属，没有死的也都终生为奴，流放到东北的苦寒之地。康熙末年，王一元在辽东为官，沿途看见许多站丁，蓬头垢面，生活极苦，向他们打听，都说是吴三桂的部下，被发配到塞外充当苦役。著名清史学者李治亭先生在撰写《吴三桂大传》时曾经在东北走访当年被流放的吴三桂的部下兵丁后裔，他们说：他们的祖先早就传下话，当年凡副将以上的将领都被杀头了。[①]

康熙"赦免一切罪过，决不食言"的庄严许诺言犹在耳，转眼就是一场残酷的血洗，康熙的道德信条，显然也是靠不住的。在皇权至上的年代，保持皇位的稳定是最大的道德，在此之上不再有什么别的道德。于是，"宁杀三千，不放一个"就成为中国皇帝最执着的信条。康熙无疑也是一个利益至上的实用主义者，在这一点上，他与吴三桂完全是半斤对八两。

---

① 李治亭：《吴三桂大传》，第617页，南京：江苏教育出版社，2005年版。

第八节　权力铁律

康熙与吴三桂之间的冲突之所以爆发，根本原因是——在极权社会，存在着一种权力守恒定律，即：权力总量是一定的，一个人的权力增大，就意味着另一个的权力减小。即使在皇帝与臣子之间，这一守恒定律仍然存在。

清朝皇帝虽然成了紫禁城的主人，中轴线上那一连串做工考究的龙椅收容了他们在马背上颠簸已久的屁股，对于执政者来说，这很重要，因为像暴秦那样"仁义不施"、仅凭实力裸奔的时代一去不复返了，天意成为对皇权最合理的解释，天意解决了帝王们对自身政权合法性和可持续性的普遍焦虑，但无论皇帝怎样为自己寻找上天这个靠山，在这片一望无边的国土上，他依旧只是一个孤零零的个体，是"孤"，是"寡"，他永远作为单一的个数，而不可能以多数的形式存在，那黑压压的多数会让他心生恐惧，显然，要让天下臣服，仅凭虚无缥缈的天意是不够的，还需要做出可靠的制度安排。

集权，还是分权，这是个问题。这个问题和哈姆雷特的问题同样重要，因为这个问题本身就关系到生存还是毁灭这个大主题。朝代就像钟摆一样，在集权和分权的两极间摇摆不定。夏朝和商朝是集权的，大禹创立夏朝，规划出以中央集权为核心的"九州五服"的天下共同体，在中华大地上完成了一次历史性的聚合，但过度集中的权力却导致了帝王们的荒淫无度，导致国家沦亡，这两朝的末代皇帝桀王和纣王，也从此成为暴君的代名词。周朝是分权的，公元前1046年一个春天的夜晚，伐纣的牧野之战结束后两个月，周武王双目低垂,苦苦思索着强大的商朝灭亡的原因,他要"一家的天下"变成"大家的天下",开始分封制,把单数变成复数,借此增强帝王权力的稳固性,没想到过度的放权导致了中央权力的"空心化",使天下大乱,周朝在四面楚歌中彻底灭亡。汉初分王,唐代藩镇,试图建立"你好我也好"的"公天下",但"七王之乱""藩镇割据"却又成为各自朝代最恐怖的记忆。宋代生怕皇权旁落,把权力攥出了油,把天下的将军当贼防,但权力集中带来的腐败,最终让这个王朝死无葬身之地,"无限江山,别时容易见时难"。江山传到明清两朝,这一政治困境也击鼓传花似的传到这两朝皇帝手里。明朝第二位皇帝朱允炆"削藩",导致了自己权力的倾覆,清朝为了夺取和巩固政权而分封诸王,封吴三桂为平西王,耿精忠为靖南王,尚可喜为平南王,使他们成为中国历史上最后一批藩王[1],但仅过了二十多年,"分封"[2]的恶果就显露无遗,藩王们割据一方,尾大不掉,使藩地成为针插不进、水泼不进的独立王国,不仅侵蚀着皇帝的权力,而且所有的行为还都让皇帝买单。这是在吸皇帝的血、榨皇帝的骨髓,让康熙皇帝奋起自卫,开始了"平三藩"的大业。此后的权力钟摆,就只向皇帝一方无限靠近

---

[1] 此前的后金天聪七年(公元1633年)、天聪八年(公元1634年),先后从明朝叛降后金政权的孔有德、耿仲明、尚可喜被分别封为"恭顺王""怀顺王"和"智顺王",史称"三顺王"。顺治六年(公元1649年),"三顺王"改封号,"恭顺王"孔有德改为定南王,进军广西,后来兵败桂林,自焚而死;"怀顺王"耿仲明改为靖南王,南下时死于江南,其子耿继茂袭爵,后病死,靖南王爵位又由耿继茂之子耿精忠继承;"智顺王"尚可喜为平南王,平定两广,藩守广东。顺治元年(公元1644年)吴三桂在山海关投降清军时,被封为平西王,后来又封为亲王。孔有德死后,剩下吴三桂、耿精忠、尚可喜三王,各据藩地,并称"三藩"。

[2] 清初的封王与历史上的分封有所不同,"三王"的领地并非封地,封王在各自封地上并不像明代以后的分封诸王那样享有全权,而是只有爵位之名,赐爵号而不赐土地,然而,他们因为享有兵权、财权、民政权、人权等诸多权力,实际上成为雄霸一方的诸侯。

了。天下之事，天下人再也无权染指。清朝不仅像明朝一样不设宰相，而且连明朝那样的"内阁首辅"也没有，皇帝赤膊上阵，董事长兼总经理，康熙设立的"南书房"、他的儿子雍正设立的"军机处"，都是皇帝的跟班打杂，目的就是集权力于皇帝一人。康熙还不过瘾，又发明了密折制度，全国上下遍布皇帝耳目，普天之下无论官员动态、匪患盗患还是菜价米价、夫妻吵架，都可以写成密折呈入宫中，由皇帝一人亲览①，以便未雨绸缪。明代东西厂、锦衣卫固然恐怖，却是有形的恐怖，它的形状就是东西厂、锦衣卫的形状，而在康熙的时代，告密制度则几乎扩散到整个官场，这是一种无形的恐怖，更加深入骨髓。曹雪芹的爷爷曹寅、父亲曹颙、叔叔曹頫，都成了康熙的情报员，他们主持下的江宁织造，除了充当为皇帝采办丝织品和各种奢侈品的机构，更是一个货真价实的特务机关。

雪片般飘来的密折成为大清皇帝永远做不完的家庭作业，长长短短的句读里，藏着许多人的噩梦，连红极一时的曹家也不例外。

有清一代，中国的皇权专制达到了历史上的最高峰值。为了维系这种皇权而建立的官僚机构越来越庞大，从而使政府效率的降低和腐败在所难免。英国历史学家帕金森曾经提出一条定律，即：行政机构会像金字塔一样不断增多，所以行政人员会不断膨胀，虽然看上去每个人都很忙，但组织效率却越来越低下，其原理是：一个不称职的官员倾向于任用两个（或多个）水平比自己更低的人当助手，依此类推，则庸人越来越多，机构也越来越膨胀，政府变得越来越无用。

---

① 《钦定大清会典事例》，第一〇四二卷，第 17494—17495 页。

这种皇帝权力的最大化固然带来了清初的盛世,但是"一统就死"的效应并未发生改变,空前的盛世,是以空间的禁锢和僵化为代价的,透支了皇权的生命,并最终断绝了皇权的后路。清是中国历史上最后一个皇朝,清朝之后,这种垄断性的权力在这片土地上再无市场。

第九节　低级错误

争夺权力如同喝血,越喝越渴,无论对紫禁城里的康熙,还是平西府里的吴三桂,都不例外。因此,康熙与吴三桂之间为争夺有限的权力资源而爆发的冲突不是偶然的,而是必然的;不是个性的冲突,而是命运的冲突。他们或许都不想冲突,但他们都躲不开。

只不过康熙和吴三桂都犯了低级错误。

在清初的这盘弈局上,年轻的康熙和踌躇满志的吴三桂,都算不得高手。

真正的高手,不是忙着自己出招,而是对对方心里想什么心知肚明。

尽管天高皇帝远,吴三桂乐以忘忧,却不足以打消皇帝对他的顾虑。他自恃有军队,有地盘,更不差钱①,就更大错特错,因为他越是如此,在康熙看来就越不顺眼。

但吴三桂最大的错误并不在此,而在他不应该心急火燎地杀死永历。永历已经逃至缅甸,穷途末路,小阴沟里掀不起什么风浪

---

① 吴三桂有六万军队,据此向朝廷索要高额军费,云南军费之沉重,在康熙初年也丝毫未减,左都御史王熙愤然指出:"就云贵言,藩下官兵岁需俸饷三百余万,本省赋税不足供什一。"参见赵尔巽等撰:《清史稿》,第三十二册,第9694页,北京:中华书局,1977年版。

了,但只要他在,朝廷就不敢动吴三桂。可以说,永历非但不是吴三桂的敌人,反而是吴三桂的护身符,吴三桂非但不能抓他、杀他,而且要护他、养他。永历的生老病死,决定着吴三桂的安危。吴三桂的福音,原竟不是出自朝廷的恩典,而是来自永历的赐予。

只要飞鸟不尽,良弓就不会被束之高阁;只要狡兔不死,走狗就不会被红烧了下酒。

水至清则无鱼,包括吴三桂这条体肥肉厚的大鱼。

他的恩师洪承畴在离开云南时曾经忠告吴三桂:"不可使连续一日无事。"但吴三桂并没有深刻领会老师这句话的深意。虽然后来不断在云南制造些小乱,借以向朝廷要钱和索功,但都是小打小闹,亡羊补牢。

在养敌自重这方面,他比不上晚清军机大臣袁世凯的一根手指头。

而康熙的错误则在于,在"平三藩"的问题上过于急躁冒进。那时的康熙,血气方刚,眉宇间闪烁着指点江山的气概。大事不着急,"平三藩"本可以慢慢来。"三藩"之中,平南王尚可喜最乖,在康熙十二年(公元 1673 年)的春天里上疏康熙,要求放弃兵权,带全家归老辽东。尚可喜自动撤藩,逼得不愿撤藩的吴三桂和耿精忠不得不做出自动撤藩的政治表态,吴三桂自信地说:"皇上一定不敢调我。我上疏,是消释朝廷对我的怀疑。"[①] 没想到康熙在他的撤藩申请上批下两个最可怕的字——同意。

[①] 〔清〕刘献廷:《广阳杂记》,第一卷,第 179 页,北京:中华书局,2007 年版。

在康熙迅疾地写下"会同户、兵二部，确议具奏"① 的批文之前，他实际上还有更加稳当的选项：既然尚可喜自动撤藩，就先成全他，另两个看情况慢慢来，比如"三藩"之中吴三桂虽然实力最强，但他的年龄也最大，时间站在年轻的康熙一边，他耗得起，只要有足够的耐心，就会把吴三桂活活耗死，等他百年之后，再图撤藩不迟，至于耿精忠，实力远不及吴三桂，吴藩一撤，耿藩也自然成了强弩之末。

但康熙却选择了最不科学的选项，采取"休克疗法"，同时撤掉"三藩"，非但不能团结一切可以团结的力量，反而让他的对手团结起来，同仇敌忾。

康熙批准撤藩的命令传到了云南，吴三桂顿时目瞪口呆。

危楼高百尺，转眼跌下来。

就像今日游乐园里的过山车，从高点瞬间向低处滑行，速度之快，令人头晕目眩。

站在权力的大游戏场里，吴三桂就感觉到一阵前所未有的晕眩。

对吴三桂此时的心境，李治亭先生的分析堪称准确："他用鲜血和无数将士的生命换来的荣华富贵，苦心经营的宫阙，还有那云贵的广大土地，都将轻而易举地被朝廷一手拿去。一种无限的失落感，使他惆怅难抑，渐渐地，又转为悔恨交加，一股脑儿地袭上了心头！……他意识到自己面临着他一生中又一次重大选择。正像三十年前他在山海关上，面对李自成农民军与清军，做出命运攸关的

---

① 《圣祖仁皇帝实录》，见《清实录》，第四册，第566页，北京：中华书局，1985年版。

选择一样，而此次选择，远比那一次更复杂更困难！

"强烈的权势欲驱使他无法安静下来，他不能忍受寂寞，不甘心失去已得到的东西。最使他思想受到震动的是，他感到清朝欺骗了他，撕毁了所有的承诺，把已给他的东西一股脑儿都收回去，这怎能使他心甘情愿！一种自卫的本能不时地鼓励他抗拒朝廷背信弃义的撤藩决定。"①

终于，在经历无数个夜晚的撕裂与挣扎之后，一阵阵的鼓角声刺破了康熙十二年十一月二十一日静谧的晨曦，六十二岁的吴三桂又一次披挂起戎装，这一次并不是奉旨出征，因为他永远不可能再遵奉清朝皇帝的旨意了，他开始了新一轮的反叛，自称"天下都招讨兵马大元帅"，建国号——周。

在这场弈局上调兵遣将的康熙和吴三桂并不知晓，他们自己实际上也是棋子，是历史棋盘上的棋子，被历史裹挟着，推推搡搡地，在这个历史时刻狭路相逢。如果冲突的双方不是康熙、吴三桂，也必将是另外两个人。这是一场早已注定的大戏，演员可以换，但情节不会改，或者说，老天爷这位伟大的剧作家早就把情节写好放在那儿了，等着康熙和吴三桂对号入座。

但他们脑子里都没有像我们一样有这么多的观念、理论，他们脑子里只有一个简单的法则——谁赢，这天下就归谁，而且只能一个人赢，没有共赢。在康熙眼中，自己当然是天底下最正宗的皇帝，其他人——从李自成、张献忠、永历到此时冒出来的吴三桂，都是山寨的。而在吴三桂看来，大清的天下是自己送给康熙的，他能送出去，也能夺回来。

---

① 李治亭：《吴三桂大传》，第383页，南京：江苏教育出版社，2005年版。

长风吹过旷野,吹动吴三桂蓄起的长发。他头戴汉族的方巾,身穿素服来到永历的墓前,在地上洒了一碗酒,又趴在地上,重重地磕了三个响头,号啕大哭。史书记载,三桂一哭,三军同哭。吴三桂带动了全军的哭声,又在全军的哭声里器宇轩昂地接着哭。他的哭声就像一只小舢板,在哭声的河流中颠簸、颤动和冲撞;三军的哭声就像一曲器宇轩昂的大合唱,吴三桂无疑是那最具权威性的领唱。他的哭声气贯丹田,却不够气贯长虹,因为他的哭声凝聚了太多的愤懑与悲哀,却扛不起天下的道义,更与永历扯不上一毛钱关系——永历是被他残忍绞杀的,他哭永历,岂不是猫哭老鼠?难道在这一刻,他真的尝到了被背叛的滋味而良心发现,试图用眼泪洗刷自身的耻辱?

永历若地下有知,不知做何感想。

这已经是吴三桂一生经历的第三次背叛了。第一次,他背叛了对他寄予厚望的明朝;第二次,他背叛了与李自成达成的协议,阵前倒戈,导致李自成队伍的一溃千里。他的一生,是背叛的一生,是从一次背叛走向新的背叛,生命不息、背叛不止的一生。

还有第四次背叛,那就是他最终背叛了他的爱人——那个与他相依相偎的陈圆圆。

得知吴三桂举起叛旗的消息,陈圆圆默然离开了野园,独自投向无人的荒野。她瘦弱的身影,从此消失在历史云烟中,以至于清朝攻陷昆明以后,在吴三桂的籍簿上也没有发现陈圆圆的名字。

有人说城破时,陈圆圆自缢而死;有人说她独自走到城外,投滇池而死;也有人说她流离他乡,当了道士,在药炉和青灯间打发余生。假如说吴三桂的一生是一辆过山车,那么陈圆圆就跟从着他冲向巅峰和低谷，她无怨无悔。士为知己者死，吴三桂没有做到；女为悦己者容，陈圆圆问心无愧。时人喟叹，陈圆圆这样终了此生，倘在九泉下遇到吴三桂，也算是不负了，只怕是吴三桂抬不起头来，对不住陈圆圆那份刻骨铭心的深情。[1]

三百多年后，有报纸报道在贵州岑巩县水尾乡马家寨发现了一个墓碑，上书"吴门聂氏之墓"六个字，碑文记录了陈圆圆离开昆明后，来此僻居的过程。有人认为碑上"吴门"二字暗指陈圆圆籍贯苏州，"聂氏"不过是陈圆圆为隐瞒身份而编的假姓，旁边有吴三桂心腹大将马宝的衣冠冢，这些痕迹似乎都证明了，那一抔温湿的泥土，就是陈圆圆生命的最后归处。[2]

第十节 凄风苦雨

这片浩大的国土上，吴三桂的兵马常来常往，不知杀过几个来回了。当年率清军杀过长江的那份豪情还历历在目，这一次，他几乎是按着原路杀回去的，这逆向的旅程里，似乎包含着他对自己过去历程的否定。对他而言，否定之否定的结果并不是肯定，而是虚无。他的节节胜利，遮掩不住他的迷茫与空虚。

他的心是空的。

没有正义，没有爱。

他的心是空的，即使拥兵二十万也不能给他带来力量感。一望见长江北岸，他立刻感到一阵心虚。

---

[1] "遇乱能全，捐荣不御，皈心净域，晚节克终，使延陵遇于九原，其负愧何如矣！"见〔清〕钮琇：《觚賸》，第70页，上海：上海古籍出版社，1986年版。

[2] 《陈圆圆及其墓地》，原载《中国旅游报》，1986年11月11日。

一瞬间，他感到自己就像一具被抽干了血液的行尸走肉，没有勇气再踏上北方的土地了。他不敢再与昨日的自己相遇，更不敢面对康熙的面孔。在军事形势最有利的时候，他突然间崩溃了，只希望长江天险可以保住他的小朝廷。

吴三桂的联合大军很快分崩离析了，因为人们很快看出来，吴三桂起兵的目的，并不是为从前的明朝复仇，而是为他自己。

一切都应验了康熙对吴三桂的咒骂："吴三桂反复乱常，不忠不孝，不仁不义，为一时之叛首，实万世之罪魁……"①

吴三桂连一片道义的遮羞布都找不到，他的霸业也就没了支撑。战局很快急转直下，吴三桂从高歌猛进到一败涂地，他的赌博很快失去了成功的希望。

康熙十七年（公元1678年）三月初一，吴三桂在衡州②匆匆登上帝位，行衮冕礼时，突然天降大雨，仪仗、卤簿被大雨冲得东倒西歪，看来他的"钦天监"工作不称职，天气预报做得极差，而他那名义上的"帝国"也像凄风苦雨中的典礼一样，草草收场了。

三个月后，郁郁寡欢的吴三桂突然中风，后患上痢疾，狂泻不止，没等孙子吴世璠赶到衡州，就咽了气。

这一年，他六十八岁。

北京的天气也格外异常，只不过与凄风苦雨中挣扎的衡州相反，帝国的北方不是涝，而是旱。大旱持续了很久，让康熙这位上天之子感到很没面子。显然，上天代理人的角色并不好当，一场自然灾害，就能让"君权神授"这一美丽的神话露出破绽。老天不

---

① 《圣祖仁皇帝实录》，见《清实录》，第四册，第606页，北京：中华书局，1985年版。
② 今湖南衡阳。

靠谱，把皇权维系在老天身上更不靠谱。六月里，康熙给礼部的谕旨，几乎成了一份深刻的自我检查：

> 人事失于下，则天变应于上。……今时值盛夏，天气亢旸，雨泽维艰，炎暑特甚，禾苗垂槁，农事甚忧。朕用是夙夜靡宁，力图修省，躬亲斋戒，虔祷甘霖，务期精诚上达，感格天心……①

关于旱灾的奏报堆满了康熙的案头，昭仁殿里，康熙终于坐不住了。丁亥这一天，康熙皇帝庄重地穿好礼服，面色凝重地走出昭仁殿，前往天坛祈雨。

《清实录》记录下了这不可思议的一幕——就在康熙行礼时，突然下起了雨。② 雨滴开始还是稀稀疏疏，后来变成绵密的雨线，再后来就干脆变成一层雨幕，在地上荡起一阵白烟。地上很快汪了一层水，水面爆豆般地跳动着，我猜想那时浑身湿透的康熙定然会张开双臂，迎接这场及时雨，他一定会想，老天爷没有抛弃自己，或者说，是自己精诚所至，感动了上天，给了这个帝国新一轮的生机。对于战事沉重的帝国，没有比这更好的兆头了，康熙步行着走出西天门，那一刻，他一定是步伐轻快，胜券在握。

三年后(公元1681年)的金秋十月，被城墙阻挡数月的清军终于涌进昆明城。望着黑压压的清军，大周帝位的继任者、年仅十六岁的吴世璠将一把利刃干脆利落地插进自己的脖颈，吴家被灭门，

---

① 《圣祖仁皇帝实录》，见《清实录》，第四册，第950页，北京：中华书局，1985年版。
② 同上。

2024 年雨中在故宫乾清宫前(洪海 摄)

2024 年在故宫(洪海 摄)

包括襁褓中的婴儿,只有吴三桂爱妾们洁白的身体在清朝将军们粗壮的臂膀间蠕动挣扎,屈辱地苟且偷安。

大雪吹寒的时节,又有几匹飞驰的驿马闯过北京深夜无人的街道,向大清门冲去,速度之快,让巡夜兵丁的嘴巴同样张成了圆形。昭仁殿内,康熙在睡梦中骤醒,披衣而起时,太监刚好将快报呈上来。他双手颤抖着将它打开,这一次他看到的,是清军克复昆明的捷报。康熙大帝会喜极而泣吗?他在这座宫殿里苦等了九年,当那个年仅十九岁的稚嫩天子已经挺立成了二十八岁的坚硬汉子时,终于等来了属于自己的胜利。九年中,他几乎没有一夜安寝过,那些断断续续的夜晚,充斥着失望、迷茫、焦躁甚至悔恨,但捷报到来时,所有这一切都烟消云散了。只有穿透那些漫长而污浊的夜晚,年轻的他才能看到天地之澄澈、人生之壮丽。他走到案前,抽出一支笔,挥挥洒洒写下一首七言诗:

洱海昆池道路难,
捷书夜半到长安①。
未矜干羽三苗格,
乍喜征输六诏宽。
天末远收金马隘,
军中新解铁衣寒。
回思几载焦劳意,
此日方同万国欢。②

---

① 长安,借指北京。
② 《康熙御制诗选》,第38页,沈阳:春风文艺出版社,1984年版。

此时,"云南等处俱已底定,天下永归太平"。康熙神色庄重地祭告了天地、太庙、社稷,十二月初八,康熙密谕奉天将军安珠瑚,命其筹备圣驾前往盛京,祭拜先祖。密谕中说:

> 盛京①乃祖父初创根本之地,朕不时思念。现值天下无事,欲诣山陵致祭,亦未料定。朕前巡幸,未至永陵②,至今悔恨。今若幸彼,必至祖辈旧址观看。③

唯一的遗憾,是吴三桂的坟墓,清军一直没有找到。虽有人提供线索,但挖出的都是伪墓。有一天,他们甚至一口气挖出了十三副尸骨,因为无法分辨,索性一把火烧了。

吴三桂活不见人,死不见尸,就像一缕青烟,从人间蒸发了。他消失得如此干净,好像他从来不曾到人世间来过。

又一个春天降临到昆明城时,野园已成了真正的野园,满庭清寂,芳草萋萋,昔日的明眸皓齿、舞袖歌扇早已不见了踪影,只有片片花瓣,从秋千架前,悠然飘过。

---

① 今辽宁省沈阳市。
② 清王朝祖陵。
③ 中国第一历史档案馆编:《康熙朝满文朱批奏折全译》,第7页,北京:中国社会科学出版社,1996年版。